Bella and the Beast
by Olivia Drake

# 魔法がとける前に公爵と

オリヴィア・ドレイク
水野麗子[訳]



ライムブックス

# 魔法がとける前に公爵と

**主要登場人物**

イザベラ（ベラ）・ジョーンズ……准男爵の令嬢
マイルズ・グレイソン……エイルウィン公爵。エジプト学者
サイラス……イザベラの弟。ライラと双子
ライラ……イザベラの妹
シーモア・ジョーンズ……イザベラの父親。准男爵。考古学者。故人
オスカー・グレイソン……マイルズのいとこ
ヘレン・グレイソン……オスカーの妻
ウィリアム・バンベリー・デイヴィス……エジプト学者
ハサニ……マイルズの従者
レディ・ミルフォード……伯爵未亡人。社交界の花形
ハーグローヴ……レディ・ミルフォードの執事

# 1

ミルフォード伯爵未亡人クラリッサは新たな計画を渇望していた。

朝食の席につき、トーストにバターを塗りながら思案に暮れている。クラリッサは伯爵と結婚して見事、再起を果たした。のちに未亡人となってからは王子と恋愛を楽しみ、ロンドン社交界の重鎮として充実した人生を送ってきた。そして現在、もっとも打ちこんでいるのが、ほかの女性たちにも幸せになる機会を与えることだ。

クラリッサは朝刊を手に取った。社交欄のページを開き、昨夜の舞踏会に出席したデビュタントたちの名前にざっと目を通す。だが、甘やかされたレディには興味をかきたてられない。

それよりも、身分の低い付き添い役《シャペロン》や、貧しい話し相手《コンパニオン》を探していた。そういった女性は社会から忘れ去られ、無視されるか、こき使われるかするのが常だ。不幸な境遇のせいで壁の花となり、婚期を逃す運命にある。

その中にきっと、縁を取り持ってくれる人を必要としている誰かがいるはずだ。

数週間前に社交シーズンがはじまって以来、クラリッサは計画にうってつけの娘を探しつづけていた。候補者は何人かいたものの、どれも決め手に欠けた。いまひとつぴんと来なかったのだ。どの娘にも、美しい赤い靴を貸す気にはなれなかった。

青い磁器のカップでクリーム入りの紅茶を飲みながら、新聞を読み終えた。ため息をついて新聞をたたんだそのとき、食堂に執事が入ってきた。ハーグローヴは執事の鑑《かがみ》のような男で、黒い燕尾服《えんびふく》と真っ白な手袋を身につけ、白髪は短く刈ってある。平然としたいかめしい顔つきから、心の内はまったく読めなかった。

クラリッサはカップを置いてしげしげと執事を見た。ハーグローヴが朝食の邪魔をするからには、もっともな理由があるはずだ。

ハーグローヴはリネンの掛け布がかかったテーブルの前で立ち止まると、お辞儀をした。

「奥さまがお探しになっていた方が、イングランドに戻ってこられました」

クラリッサは困惑した。ハーグローヴがいつものごとく簡潔に話したため、意味を理解するのに少し時間がかかったのだ。けれどもそのあと、興奮のあまり身を震わせながら、椅子を引いて立ちあがった。

「イザベラ・ジョーンズのことね？　たしかなの？」

「はい」ハーグローヴは前に出ると、手紙をクラリッサに手渡した。「一〇分前に、オックスフォードから届いたものです」

宛名はハーグローヴになっているため、赤い封蠟《ふうろう》はすでに破られている。クラリッサは安物のざらざらした紙を開いた。読みにくい字で書かれた手紙を読み進めるうちに、自然と笑みを浮かべていた。

「すばらしいわ」手紙を執事に返しながら言う。「ミス・ジョーンズは生まれてからほとんどずっと、外国で暮らしていたのよ。それがいまになって帰ってきて、適齢期を過ぎているのにまだ結婚していないなんて……実は無理を承知で調査を頼んだの。結果がこんなに早く出るとは思ってもみなかったわ」

「おそらく、運命によって定められているのでしょう」

ハーグローヴは本当は何もかも承知しているのではないかとクラリッサが考えたのは、これがはじめてではなかった。使用人の中でもっとも信頼しているハーグローヴにさえ、赤い靴が持つ不思議な力について打ち明けたことはない。遠い昔、両親を亡くし、継母に遺産を奪われ、義姉ふたりにばかにされていた頃からずっと、自分だけの秘密にしてきた。最愛の父の死後、使用人として厨房に追いやられていた人生最悪の時期、裏口に年老いたロマ族の女が物乞いに来た。気の毒に思い、あたたかい食事を分け与えると、お返しとしてビーズのついたとても美しい靴をくれたのだ。

その靴を履けるのは、真実の愛を手に入れるにふさわしい娘だけ。

クラリッサは食卓を離れ、通りに面した細長い窓のところまで歩いていった。行き交う馬車や歩行者をしばらく見おろしたあと、執事のほうを振り返った。「もうひとつ頼みたいことがあるの。とても難しい仕事よ。エイルウィン公爵に、助手を雇ったほうがいいと思わせるの。もちろん、こちらの正体は明かさずにね」

「かしこまりました、奥さま」

ハーグローヴはお辞儀をすると、食堂から出ていった。彼ならきっとうまくやってくれる。王室の諜報員《ちようほういん》に匹敵するほどの広い人脈を持っていて、実際、ナポレオン戦争のあいだはそれを職業としていたのだ。

クラリッサはいま一度、思いがけない吉報を受けた喜びに浸った。ついに、あの世捨て人のエイルウィン公爵にぴったりの花嫁を見つけた。公爵の獣のような仮面をはぎ取り、浮き世に連れ戻すことができる女性を。

少なくとも、クラリッサはそう信じていた。

靴は合うかしら？　ミス・イザベラ・ジョーンズが新たなシンデレラとなるの？

一刻も早く、その答えを知りたい。

## 2

オックスフォードの繁華街を重い足取りで歩いていたイザベラ――ベラ・ジョーンズは、婦人服店の前でふと立ち止まった。ショーウインドーに飾られた流行のドレスに見とれたわけではない。自分にはとうてい手の届かない高級品だとわかっている。彼女の目を引いたのは、窓の下隅に立てかけてある白い厚紙だった。

〝お針子求む。経験者のみ〟

ベラは希望に胸が高鳴るのを感じた。弟と妹――サイラスとライラを養うために、お金を稼がなければならない。家庭教師の職にいくつか応募してみたのだが、なしのつぶてだった。この大学町には学問のある人――科学や数学、文学の学位を持つ男性が大勢いる。異国の地を父親と旅してまわり、古語を学んだだけの女をわざわざ雇う必要などない。ペルシア語を流暢《りゅうちょう》に話せたとしても、『ラーマーヤナ』を原語のヒンディー語で長々と暗唱できたとしても、なんの役にも立たなかった。

一年近く前、父はペルシアで息を引き取った。子どもたちに残されたのは、はるか彼方《かなた》のオックスフォードにある小さな家と、想像を絶する富への期待だけだった。そういうわけで、ベラはお金をかき集めてイングランド行きの旅券を買った。そして父の最後の願いをかなえるために、弟と妹を連れて山あいにある小屋を離れ、ラバでメソポタミアの砂漠を横断し、船に乗って地球を半周したのではないかと思えるほど長い旅をしてきたのだ。

〝オックスフォードに帰りなさい〟父は死の床で、ベラの手を握りしめながら息も絶え絶えに言った。〝約束してくれ。エイルウィンを探しだせ。地図を見つけるんだ。半分はおまえのもの……ファラオの宝〟

悲しみや不安に打ちのめされそうになりながらも、ベラは金や宝石を思い描いて心の支えにしていた。ミスター・エイルウィンを探しだし、地図について尋ね、父の取り分だというファラオの財宝の半分を要求しようとかたく決心していた。そうすれば貧困から抜けだせる。食べ物や服や本といった、生活に必要なものを買うお金に困らずにすむようになるのだ。

先月、オックスフォードに到着したあとすぐ、ベラは町の人に聞きこみをした。郵便局長にも、精肉店の主人にも、牧師にもきいてみた。ところが、ミスター・エイルウィンという名の男を知っている人はひとりもいなかった。それで、父はうわごとを言っていたのだという結論に達した。父が高熱に浮かされて言ったことを真に受けてしまったのだ。

はるばるイングランドまで帰ってきたのに、無駄足だった。

ミスター・エイルウィンという人物は存在しない。宝の地図も。ファラオの財宝が自分たちを貧困から救いだしてくれるという夢はついえ、厳しい現実が心に重くのしかかった。それ以来、ベラは新聞の求人広告にくまなく目を通すようになった。けれど何度面接を受けても、無駄に終わった。

ベラは目をあげ、窓ガラスに書かれた金文字を見つめた。〝フォザーギル婦人服専門店〟

英国風の装いについて、ほとんど何も知らない自分が雇ってもらえるわけがない。ベラは身につけている金色のスパンコールがついた茶色のスカートと、帯を締めた深紅色のブラウスをちらりと見おろした。伝統的なペルシアの服装だ。異国の田舎者とあざ笑われるだけだろう。

ベラは緑色の毛糸のショールをかきあわせた。いいえ、そんなの関係ないわ。まっすぐ縫えるのなら、服装なんてどうでもいいはずだ。針の使い方なら心得ている。退屈な仕事かもしれないけれど。父のシャツやズボンをつくろっていたのはベラだった。弟と妹が自分で縫えるようになるまで、代わりに服を仕立てていたのも。

そう思い直すと、ベラは婦人服店のドアを押し開け、にぎやかな店内に足を踏み入れた。人々のざわめく声が、天井の高い部屋に響き渡っている。貴婦人の一団がテーブルからテーブルへと飛びまわり、陳列された高価な織物や贅沢《ぜいたく》な装飾品を、キッド革の手袋をはめた手であれこれ品定めしていた。

活気に満ちているにもかかわらず、その店は東洋の混雑した市場《バザール》とはまるで違い、上品な雰囲気が漂っていた。大声で呼びかける商人や値切ろうとする客はおらず、黒ずくめの店員は客の貴婦人たちと同じくらい優雅に見える。

戸口に立っているベラを、店員のひとりが鋭い目つきで見ていた。口ひげを生やした痩せた男で、熟していないザクロをかじったかのように、きつく唇を引き結んでいる。男はベラのほうへ歩きだしたが、客のひとりに呼び止められると、愛想笑いを浮かべながらトレイに並んだボタンの説明をはじめた。

店員に追いだされてたまるものですか。ベラは店主と話がしたかった。うつむいたまま大勢の客のそばをそっと通り過ぎ、事務所につながっているとおぼしき奥のドアへ向かった。種々の高級な商品に目がくらみそうになる。東洋の女性と同様に、イングランドのレディも装飾品で身を飾りたてるのが好きなのだ。色とりどりのビーズや繊細なレース、ダチョウやクジャクの羽根が置いてある。奥の壁際に並べられた生地のほうへ、ベラは磁石に吸い寄せられるように近づいていった。

ブロンズ色の薄いシルクを目にしたら、触れずにはいられなかった。とても軽くて、水のようにさらさらと手のひらを滑り落ちる。子どもの頃の記憶が呼び覚まされた。ある日の午後、小屋に帰ったら、母がこれと似た生地でできたドレスを着ていたのだ。旅のあいだずっと、旅行かばんにしまいこまれていた大切な服だ。その日は、父は泊まりがけの調査に出かけていたけれど、両親の結婚記念日だった。だから母は、イングランドから持ってきた唯一の思い出の品である、その花嫁衣装を身につけたのだ。

ベラは胸がいっぱいになった。母が故郷の地を踏むことは二度となかった。一五年前、弟と妹を産んだ直後に息を引き取ったのだ。

「その手をどけろ」ふいに、背後から男の怒ったような声が聞こえてきた。「パリから取り寄せたフランス産のシルクだぞ」

ベラはあわてて手を離し、くるりと振り返った。そこにいたのは、先ほどベラを監視していた店員だった。間近で見ると、カブトムシの甲殻みたいに肌が光っている。口をゆがめて侮蔑の表情を浮かべると、長い口ひげが触角のごとく揺れ動いた。

ベラは顎をあげた。「店主と話をさせてください」

店員はベラが触っていた生地を手に取ると、汚れや破れがないか確かめるようにためつすがめつ見た。「わたしがミスター・フォザーギルで、ここはわたしの店だ。いますぐここから出ていけ。おまえが買えるようなものはひとつも置いていない」

「お針子の職に応募したいんです」

フォザーギルはさげすむような目つきで、ベラの着ている服をじろじろ見た。

「その職はもう埋まっている」

相手の態度から、それが嘘だとわかった。「でも、まだ窓に広告を出していますよね？」

「わたしが嘘をついていると言いたいのか？　早く出ていけ。ここはロマが入れるような店ではない」

ベラは体をこわばらせた。イングランドでも、ロマは詐欺師や泥棒だと思われているのだ。

「サー、あなたは誤解――」

突然、フォザーギルがベラの二の腕をつかんできつく締めつけた。そのまま店の玄関口へ引っ張っていく。

客がひそひそ話をしはじめ、中には首を伸ばしてもっとよく見ようとする者もいた。ピンクのボンネットをかぶったブロンドの若い貴婦人が友人たちに耳打ちすると、いっせいに笑いだした。それをきっかけに、忍び笑いの渦がわき起こり、ベラは屈辱感でいっぱいになった。

頬が燃えるように熱くなる。これまでも面接の際に、うさんくさそうな目つきで見られたことはあった。異国の服を着た女は警戒されるらしい。けれども、いま目の前にいる貴族たちのように、あからさまに見下した態度を取る人はいなかった。彼女たちはあたかもその上等な靴で土を踏みつけるかのごとく、ベラを笑い物にした。

笑い声がベラの自尊心を深く傷つけた。この数週間、挫折を繰り返してきたせいで、すでに自信を失いかけていたのだ。このまま身をすくめて逃げだしてしまいたかった。だが心の奥では、激しい怒りが渦巻いていた。

玄関口に近づいたところで、ベラは服の下に手を入れた。象牙の柄をつかみ、短剣を鞘《さや》から抜くと、古びた刃が金属音をたてた。

剣先をフォザーギルの顎に突きつける。「その汚い手を離しなさい!」

フォザーギルは啞然《あぜん》として立ち止まった。目を見開き、ベラをつかんでいた手をおろす。

貴婦人たちは息をのみ、悲鳴をあげる者もいた。おびえてあとずさりし、衣《きぬ》ずれの音や靴音が響き渡った。

フォザーギルは高慢な態度を引っこめ、死人のように青白い顔をしている。唇が震えているせいで、口ひげも揺れていた。「た、頼む！　こ……殺さないでくれ！」声を詰まらせながら言う。

ベラは短剣を突きつけたままでいた。この虫けらのような男を、恐怖に身もだえさせたい。カルデアの砂漠に張ったテントに忍びこんで、ベラの財布を盗もうとした強盗と同様に、彼女にとって恐れるに足る存在ではないと証明したかった。

その強盗は血を流し、わめきながらあわてて逃げるはめになった。

恐怖のあまり泣きだした貴婦人がいた。ふと気がつくと、みな目を見開いてベラを見つめている。早くこの場を立ち去ったほうがいい。「今回は見逃してやるわ」ベラはあざけるように言った。「でも次にあんたが不当に扱った女性は、そんなに甘くないかもしれないわよ」

短剣を腰の鞘におさめた。

フォザーギルが横ざまによろめいた。喉をつかんで恐る恐るさすったあと、手を見て血が出ていないのを確かめると、背筋を伸ばした。「いまいましいロマめ！」つばを飛ばしながら言う。「治安判事に報告してやるからな！」

治安判事。

ベラはぞっとした。面倒を起こすわけにはいかない。

急いでドアを引き開け、春の午後の曇り空の下に飛びだした。にぎやかな通りを駆け抜け、買い物かごをぶらさげた主婦や黒いローブをまとった教師、ショーウインドーをのぞきこんでいる貴婦人たちの合間をすり抜けていく。フォザーギルが警官を呼ぶ声が背後から聞こえてきた。あの女をつかまえてくれ、と道行く人に懇願する声も。

その頼みを聞き入れた者もいた。

ベラは猫背の老職人や、ちょうど店から出てきた白い前掛けをつけた薬剤師の手を振りきって逃げつづけた。大方の者はぶつからないよう彼女をよけていく。丸石を敷きつめた車道に飛びこむと、そこに大きな樽《たる》を積みこんだ黄色の荷馬車がものすごい速度で走ってきた。ベラは危うくひかれそうになった。けれども驚いた栗毛の馬が横にそれ、御者の制御もむなしく歩道に接触した。青果店の前に積み重ねてあった木箱が、大きな音をたてて地面に落ちる。

野菜や果物が四方八方へ転がった。青果店の主人が不運な御者に向かって悪態をつく。散らばった商品を通行人が追いかけ、わんぱく小僧はイチゴやオレンジをポケットに詰めこんだ。

混乱に乗じて、ベラは大勢の買い物客に紛れこんだ。目立たないよう、走るのをやめて早足で歩く。最初の角をすばやく曲がり、路地裏を急いで通り抜けて並木道に出た。

灰色の大きな雨雲が低く垂れこめている。冷たい空気は湿っぽく、石炭の煙のにおいがした。ベラはちらりと振り向き、誰も追ってきていないことを確かめた。幸い、人通りは少なく、れんが造りの町屋敷《タウンハウス》が立ち並ぶ通りを急ぎ足で歩く彼女を気に留める人はいなかった。

屋根の向こうに、石造りの大学と聖マリア教会の鋭い尖塔《せんとう》が見える。それらを目印にすれば道に迷わないことを、仕事を探しているあいだに覚えた。

仕事。まだ見つかっていないのに騒動を起こしてしまったから、もうどこにも雇ってもらえないかもしれない。

激しい怒りはすでに薄れていて、胸が苦しかった。癇癪《かんしゃく》を起こすべきではなかったのだ。どれほど侮辱されたとしても、短剣を抜いたのは間違いだった。牢屋《ろうや》に放りこまれでもしたら、サイラスとライラはどうやって生きていけばいい？

一五歳のふたりには、勉学を続ける機会が与えられるべきだ。まだ生活のために働かせたくはない。自分は受けられなかった正式な教育を授けてやりたい。彼らにとって母親と呼べる存在はわたしだけ。その務めを放棄するわけにはいかない。

ベラは意気消沈した。警官に追われているかもしれないから、しばらく身を隠したほうがいいだろう。フォザーギルに名前や住所を教えなかったのがせめてもの救いだ。ほとぼりが冷めれば、ふたたび仕事を探しに出かけられるようになるはず。

そうでないと困る。貯金が底を突きかけているのだから。

ファラオの宝の話が本当だったらよかったのに。ミスター・エイルウィンが見つかっていれば、こんな思いをせずにすんだ……。

その考えをあざ笑うかのごとく、雨交じりの風がベラの顔に吹きつけた。ショールを引きあげて頭にかぶる。わたしたちはこの地の人間なのだと自分に言い聞かせた。父は准男爵だった。あの店にいた意地悪な貴婦人たちと何も変わらない、生粋のイングランド人だ。

ベラは二九年前にオックスフォードで生まれたが、この地に関する記憶はまったくなかった。古代文明の研究者である父、サー・シーモア・ジョーンズに連れられ、小さい頃に外国へ渡ったのだ。幼少時代は諸国を放浪し、密林で遺跡を見つけたり、山腹に彫られた巨大な彫像を発見したり、忘れ去られた帝国の古い宮殿を探検したりといった冒険の連続だった。

それでもベラの心をとらえて放さなかったのは、イングランドだ。

毎晩おこすたき火のそばで、母がよく故郷の話をしてくれた。ベラを寝かしつけながら、ゆるやかに起伏する田園地方や霧に包まれた緑の丘、金ぴかの馬車に乗った王女も通る曲がりくねった道、シダの茂みからこっそり顔を出す妖精について話してくれたのだ。ターバンを巻いた東洋人や、悪臭を放つラクダのキャラバンよりも、ずっと心を引きつけられた。

冷たい雨に、ベラは思わず身震いした。スカートの裾が水たまりに浸《つ》かって、びしょ濡れになっている。イングランドの生活は夢見ていたものとは違った。田園風景や羊の牧草地はたしかに美しいけれど、それを楽しむ余裕がなかった。

町のはずれまで来ると、ベラは足取りを速め、小さな家が立ち並ぶ土の道を歩いた。数日間、仕事を探しに行けなくても、きょうだいと過ごせるのだと考えて気分を引きたてようとした。一緒に家事をしたり、勉強を教えたりできるのだと。

轍《わだち》だらけの道を行き、オークの木立を通り過ぎたところで、ぴたりと足を止めた。まばたきをして、まつげについた雨粒を払い落とす。このまままっすぐ行った先に、父が遺《のこ》してくれた家がある。ツタに覆われたわらぶき屋根の小さな家で、二階に寝室がふた部屋あり、窓ガラスがついている。煙突からひと筋の煙が立ちのぼり、ごちゃごちゃした庭に咲いた数本の黄色いバラが彩りを添えていた。

だが、ベラの目を引いたのは別のものだ。

庭の門の近くに、見たこともないほど豪華な馬車が止まっていた。車体はクリーム色で、ドアに金の渦巻き装飾が施され、金箔《きんぱく》をかぶせた巨大な車輪がついている。高い御者台に座った体格のいい御者が、黒い山高帽のつばから雨をしたたらせながら、四頭の白い馬の手綱をつかんでいた。そして家の玄関先には、若葉色のお仕着せを着た従僕が黒い傘を手に見張りに立っている。

ベラは思わずぽかんと見とれた。まるでおとぎばなしから飛びでてきた馬車みたい。どうしてわたしの家の前に止まっているの？　道に迷ったのかしら？　でもそうだとしたら、戸口から物珍しげにのぞいている近所の人たちに道を尋ねるはずだ。

馬車の持ち主は誰？　それを言うなら、その人はどこにいるの？　わたしの家の中？

ベラは胸がざわつくのを感じた。フォザーギルの店にいた客の中にベラを面接した人がいて、顔を覚えていたのかもしれない。その人がわたしの行為を非難しに来たのだろうか？

まさか、そんなはずはない。あの店の中に見覚えのある人はいなかった。

そうでないなら、サイラスかライラが事件に巻きこまれたのかもしれない。きっとベラの言いつけを守らずに町へ出かけたのだ。ライラは約束事に従うほうだが、サイラスはすぐにふらふらと近所を散策しに行ってしまう。私有地に侵入するか何かしたのだろう。いまこの瞬間にも、役人に叱られているかもしれない。フォザーギルのように狭量で薄情な人間に。

ベラは短剣の柄に指をかけた。ごついブーツで水たまりをはね散らかしながら、馬車のうしろを通って家へ急いだ。

庭の門を開けると蝶番《ちょうつがい》のきしむ音がした。キイチゴの藪《やぶ》にスカートを引っかけながら、足早に敷石の上を歩いていく。引っかかったスカートをはずそうと身をかがめたとき、ショールがずりさがってぬかるみに落ちた。緑色の糸に黒い水が染みこんでしまった。

ベラは汚れたショールを丸めて脇に挟んだ。戸口に立っている、白いかつらをつけた従僕がこちらを向く。その無表情な顔を見るとなぜか緊張した。

ベラは従僕の前で立ち止まった。「ご主人さまは誰なの？　どうしてここにいるの？」

「それはわたしがお答えするべきことではございません」従僕はそう言うと、玄関のドアを開けた。それから大理石像のごとくじっとして、ベラが家の中に入るのを待った。

不安が募った。これほどきちんと教育された礼儀正しい使用人の主人なら、裕福で地位のある人物に違いない。サイラスとライラはどのくらい前からつかまっているのだろう？

その答えを知る方法は、ひとつしかなかった。

## 3

家の中に入ると、雨が降っているため、狭い玄関広間は薄暗かった。正面に細い階段があり、廊下を歩いていくとキッチンにつながる。壁付き燭台《しょくだい》のろうそくの光がちらちら揺らめいていた。

ベラは急いで壁のフックにショールをかけた。左手にある部屋に入ると、勉強の途中で席を離れたかのように、テーブルに本が散らかっていた。父親の研究日誌をおさめた木箱が三つ、隅に置いてある。さらに右手にあるドアを通り抜けると、毎晩そこに集まって朗読したり、復習したりする居間があった。

そこからかすかな話し声が聞こえてくる。ベラは短剣の柄に手をかけたまま、居間に入ったところで立ち止まった。石造りの暖炉の炎がパチパチと燃えている。部屋のあちこちに椅子やテーブルが置かれ、壁には年月を経て黒ずんだ風景画が数枚かかっていた。

先月この家にはじめて入ったときは、かびくさくて打ち捨てられた雰囲気が漂っていた。サイラスとライラが特大のトルコ絨毯《じゅうたん》を表に運びだして四半世紀分の埃をはたき、ベラは石の床を隅々までごしごし洗った。窓をすべて開け放し、クモの巣を払いのけ、ベッドのわらのマットレスを干し、暖炉の横にある本棚を磨いた。家じゅうに蜜蠟とアルカリ石けんのさわやかなにおいが充満するまで掃除したのだ。

ところが今日は、花の香水のかすかな香りが漂っている。

ベラはすばやく室内を見まわした。屋根が雨もりしていて、片隅に置かれたたらいに雨水がぽたりぽたりと落ちている。それから訪問客が目に留まった。

小さな書き物机の高い背もたれのついた椅子に、女王然とした貴婦人が座っていた。ほっそりした体に、レースのついた赤紫色のドレスをまとっている。その女性がベラのほうを振り向くと、上品なボンネットをかぶり、漆黒の髪に縁取られた優美な顔が見えた。ベラより年上だろうが、なめらかな肌はつやつやしていて年齢不詳だ。

ベラを見て、その女性の顔がぱっと明るくなった。やさしい微笑み。弓形の黒い眉の下の目は深いスミレ色。ベラは不安に駆られていたにもかかわらず、思わずうっとりした。目をそらすことができない。これほど美しい女性を見たのははじめてだ。

「ベラ！　今日は早く帰ってきたんだね！」

弟の声がして、われに返った。まばたきすると、片手に羽根ペンを、もう一方の手にペンナイフを持ち、机の横に立っているサイラスの姿が目に入った。驚いたことに、それまで弟が部屋にいることに気づかなかった。砂色の髪はくしゃくしゃで、しわだらけのシャツを着た肩は丸まっている——急速に背が伸びて、ベラとライラよりずっと高くなったことに当惑しているせいだ。難しい年頃で、ときおり不機嫌になることもある。

でも、今日はわくわくしているようだ。それを見て取り、ベラはいくらか不安がやわらいだ。弟か妹が面倒に巻きこまれたわけではないのかもしれない。

ベラは問いかけるような目つきで弟を見た。「これはどういう状況なの？」

「レディ・ミルフォードが姉上に置き手紙を書こうとしていたんだ」サイラスが言う。「だから、ぼくはペンを削っていたところ。レディ・ミルフォードはロンドンからぼくたちを訪ねてきてくださったんだよ。馬車を見た？」興奮に顔を輝かせながら、窓の外に目を向けた。

「豪華だよね」

「そうね」差し迫った危険はないようなので、ベラは短剣から手を離した。けれども、まだ疑念は残っている。「レディ・ミルフォード、なぜわたしたちのことをご存じなんですか？どうしてここへ？」

貴婦人は椅子から立ちあがると、衣ずれの音をさせながら優雅に歩いてきた。「順を追って説明するわ。突然お邪魔してごめんなさい。あなたがミス・イザベラ・ジョーンズね」

ベラは眉をひそめた。わたしを洗礼名で呼ぶ人はひとりもいない。なぜ知っているの？「ベラと呼んでください」ぎこちない口調で言う。

レディ・ミルフォードがしとやかにうなずいた。「わかったわ。それなら、ミス・ベラ・ジョーンズ、ようやくお会いできてうれしいわ」

キッド革の手袋をはめた手を差しだされ、ベラはこっそりスカートで手を拭いてから握手した。ふたりの違いをまざまざと意識させられる。レディ・ミルフォードは一分の隙もない身なりをしているというのに、自分は髪が乱れていて、異国の服は雨でずぶ濡れだ。

ベラは顎をあげた。「〝ようやく〟とはどういう意味ですか？」

「わたしはあなたのお父さままであるシーモア卿の古い知りあいなのよ。イングランドを離れる前のね」レディ・ミルフォードの顔に悲しげな表情が浮かんだ。「お父さまは最近亡くなられたと、サイラス卿からうかがったわ。心からお悔やみを申しあげます」

ベラは慎重にうなずいた。弟が〝サイラス卿〟と呼ばれると妙な感じがする。たしかに弟は准男爵の爵位を継いだわけだけれど。この状況の何もかもが奇妙に思えた。学者だった父と、目の前のきらびやかな女性にどんな接点があったというのかしら？

「父とはどこで知りあったんですか？」

「共通の友人がいて――」

そのときライラが部屋に入ってきて、レディ・ミルフォードは口をつぐんだ。

ライラが大きな紅茶のトレイを手に、しずしずと歩いてくる。まさにイングランドの美少女そのもので、ベラは誇りでいっぱいになった。ベラと違って、ライラはあか抜けている。針仕事も得意で、ペルシアの服をすべて英国風のドレスに仕立て直してしまった。フォザーギルの店に入っても場違いには見えないだろう。今日はスパンコールのついた空色の綿のドレスを着ていて、細いウエストが強調されていた。琥珀《こはく》色の髪を、瞳の色と同じ青いリボンで結んでいる。

ライラはレディ・ミルフォードに微笑みかけると、弾んだ口調で言った。「お待たせしてすみません。お湯を沸かすのに時間がかかってしまったんです」

暖炉のそばのテーブルにトレイを置いたあと、ベラの姿を見て目を丸くした。

「まあ、ベラ！　びしょ濡れじゃない！　一緒に二階へ行きましょう。着替えを手伝うわ」

ベラは濡れた茶色の髪に手をやった。英国風に身なりを整えたいという虚栄心と、貴族の規範に従う必要はないという誇りがせめぎあう。フォザーギルの店にいたお高くとまった人たちに対して感じた怒りがまだくすぶっていて、一歩も譲れない気持ちになっていた。

「暖炉のそばに座るから、すぐに乾くわ」

「でも、風邪を引いてしまうわよ」ライラが言い返す。「レディ・ミルフォードはきっと待っていてくださるわ。サイラスにお相手をさせましょう」

「喜んで」弟が近づいてきて、物欲しげな目つきでトレイを見ながら言った。

「いいのよ、わたしはこのままで平気だから」ベラはきっぱりと言い、まなざしで妹を制した。それから、家の中で一番ましな椅子――刺繍《ししゅう》入りの座面に虫食いの穴ができていない唯一の椅子を指し示した。「レディ・ミルフォード、どうぞこちらにおかけください。ライラ、お茶をいれてちょうだい」

ライラは下唇を突きだしてふくれっ面をしながらも、バラ模様の磁器のティーポットを持ちあげて、カップに紅茶を注ぎはじめた。

レディ・ミルフォードは同情の視線をライラに投げてから椅子に腰かけると、ベラに向かって言った。「ありがとう、ミス・ジョーンズ。あなたは実際家なのね。あなたさえ気にならなければ、席をはずしてくださってもかまわないのよ。風邪を引いてはいけないわ」

「大丈夫です」ベラはそう言ったものの、本当は寒さに震えていた。暖炉のそばにある椅子に座り、濡れた裾が火によく当たるようスカートの位置を直した。茶色の生地だから泥はねが目立たないのが、せめてもの救いだ。

ライラがカップをみなに配った。ベラは湯気の立った紅茶に砂糖をひとつ入れ、スプーンでかきまぜた。頭の中が疑問でいっぱいになっている。レディ・ミルフォードは父を訪ねてきたの？　父に会えると思ってここへ来たのかしら？　でも三〇年近く外国にいたのに、どうして父がイングランドに戻ってきていると考えたの？　それにロンドンからはるばるやってくる前に、手紙で確かめるのがふつうなのに。

ベラが質問する前に、スツールに腰かけたサイラスが単刀直入に言った。「父と知りあったきっかけを教えてください」

レディ・ミルフォードはサイラスにやさしく微笑みかけてから答えた。「シーモア卿とは三〇年くらい前に知りあったの。あなたはお父さまにそっくりね。同じ砂色の髪と青い目。とてもすてきな人で、ダンスが上手だったわ」

サイラスが紅茶を喉に詰まらせた。「父がダンスを？　田舎を歩きまわったり、遺跡を掘り返したりするところしか見たことがなかったけど――あとは本ばかり読んでいました」

「若いときはお目当ての女性に気に入られようと頑張るものなのよ。シーモア卿は、あなたたちのお母さまから結婚の承諾を得ようと必死だった。レディ・ハンナ・スカーブラは、シーズン中もっとも人気のあった美女のひとりだったのよ」

「季節《シーズン》？」ベラは困惑した。「それは冬ですか、夏ですか？」

「春に決まっているじゃない」紙のように薄いシードケーキをてきぱきと配りながら、ライラが甲高い声で言う。「毎年春になると、貴族はパーティーや舞踏会へ出席するためにロンドンに集まるのよ」

ベラは驚いて妹を見た。「どうしてそんなことを知っているの？」

「ミセス・ノリスがファッション誌を見せてくれたの」ライラは皿を置くと、レディ・ミルフォードに説明した。「ミセス・ノリスは近所の人なんです。牧師さんの未亡人で、昔はよくパーティーに招かれていたんですって。レディはとてもすてきなドレスを着るそうよ。憧れてしまうわ」

サイラスがふた切れ目のケーキをこっそり手に取った。「ぼくが商売を覚えるのを姉上が許してくれさえすれば、ドレスなんてたくさん買ってやるのに」

「だめよ」ベラは鋭い声で言った。このことでたびたび言い争いになっている。サイラスはまだ子どもなのに、自分が一家の主《あるじ》だと思いこんでいるのだ。「いまは勉強に集中しなさい」

「それなら、ライラは新しいドレスを買えないから」サイラスがすねた口調で言う。「そんな雑誌を見ても無駄だな」

ライラが鼻にしわを寄せた。「話に水を差さないで。いつか必ず舞踏会に出席するわ。ひと晩じゅう踊り明かすんだから」彼女は青いスカートをひるがえしながらくるくるまわり、見えないパートナーと踊りはじめた。

ベラは唇を引き結んだ。お客さまの前だというのに遠慮がなさすぎる。話をもとに戻すために言った。「レディ・ミルフォード、父とは共通の友人がいて知りあったとおっしゃいましたね。その方について教えていただけますか？」

「お父さまと同じで、古代の遺跡の研究をしていらした貴族よ」カップの縁越しにのぞくレディ・ミルフォードの目つきが鋭くなる。「あなたも知っているかもしれないわね。エイルウィン公爵よ」

ベラはカップを口に運ぼうとしていた手を止めた。喉がからからに乾いていく。エイルウィン！　まさか公爵だとは思わなかった。その名前を口にしたときの父の骨張った指の感触がよみがえった。

「エイルウィン」サイラスがケーキを頰張り、口の端にかけらをくっつけたまま言う。「はじめて聞く名前だ。ベラは知ってる？」

ベラは無言で首を横に振った。心臓が早鐘を打っている。父のいまわの際の話は、自分だけの秘密にしていた。まだ一五歳の弟と妹に、宝の地図やらファラオの財宝やらといった荒唐無稽な話を吹きこみたくなかったから。

〝オックスフォードに帰りなさい〟病気のせいで青白い顔をした父は、あえぎながら言った。〝約束してくれ。エイルウィンを探しだせ。地図を見つけるんだ。半分はおまえのもの……ファラオの宝〟

父の病状は悪くなる一方で、ベラはおびえていた。コレラは父の体をあっという間にむしばんでいった。宝など欲しくなかった。ただただ、父の健康が回復することを願っていた。

〝お父さま、無理をしてはいけないわ。もうおやすみになって。また明日、話をしましょう〟

だが、詳しい話を聞く機会は訪れなかった。父は二度と目覚めなかったのだ。

ミスター・エイルウィンという人物をベラが探していたことなど、ふたりは知る由もない。見つからなかったのも当然だろう。ただのミスター・エイルウィンではなかったのだ。高位の貴族だった。たまたま訪ねてきたレディ・ミルフォードの知りあいだなんて、思いがけない幸運だ。その人物の情報をさりげなく聞きだそう、とベラは考えた。

「公爵さまですって！」ライラが叫んだ。「王女さまみたいにお城に住んでいるのかしら？」

「まあ、お城と呼んでもいいでしょうね」レディ・ミルフォードが答える。「ロンドンにあるエイルウィン・ハウスはバッキンガム宮殿と同じくらい大きいから」

ライラの目がいっそう輝いた。「まあ！　奥さまはヴィクトリア女王陛下にお会いになったことがあるんですか？　戴冠式の絵を見ただけですけど、とてもお美しい方ですよね！　ドイツの王子さまから求愛されているという噂は本当なのかしら？」

これ以上、話を脱線させられてはかなわない。ベラはカップをソーサーに置いた。

「レディ・ミルフォードは噂話をしにいらっしゃったわけではないのよ。ライラ、サイラス、席をはずしてちょうだい。お客さまとじっくりお話がしたいの」

双子が抗議の声をあげた。「まだ紅茶が残ってるんだけど」とサイラス。

「もっと公爵さまのお話が聞きたいわ」ライラも言った。「お父さまがそんなに身分の高い方と知りあいだったなんて、全然知らなかったんですもの！」

ベラは手を叩いた。「はい、そこまで。いますぐこの部屋から出ていってちょうだい。ドアを閉めていくのを忘れないでね」

ふたりはぶつぶつ言いながらも姉の命令に従った。ライラはレディ・ミルフォードにお辞儀をすると、つんと顎をあげて飛びだしていった。サイラスはケーキをもうひと切れつかんでからライラのあとに続き、ドアをばたんと閉めた。

沈黙が流れ、暖炉の火がはぜる音が鳴り響いた。部屋の隅ではあいかわらず雨水がしたたっている。

レディ・ミルフォードは双子の無礼なふるまいにもまったく動じず、静かに紅茶を飲んでいた。エイルウィン公爵についてききたいことは山ほどあるけれど、ここは慎重に事を進めなければならない。ベラは弟たちと違って、簡単に貴族を信用しないだけの分別があった。

彼女はゆっくりと息を吐きだした。「申し訳ありません、マイ・レディ。外国で、異なる風習を持つ人たちに囲まれて暮らしていたものですから、しつけがなっていなくて」

「好奇心旺盛で、はつらつとしたいい子たちね。楽しませてもらったわ」レディ・ミルフォードが謎めいた笑みを浮かべながらベラをじっと見つめた。「お母さまは弟さんと妹さんを産んだあとすぐに亡くなられたから、あなたがふたりを育てたんですってね。サイラス卿から聞いたわ」

「はい。下のふたりは母を知らないんです」

「当時はまだあなたも子どもだったでしょう」

「一四歳でした」レディ・ミルフォードがわずかに眉をあげたのを見て、急いでつけ加える。「手助けしてくれる人がいたんです。父が子守を雇って、長いあいだ一緒に暮らしました」

胸に鋭い痛みが走った。ジャレと別れるのは本当につらく、みんなで大泣きした。しかし、ジャレをイングランドまで連れてくるだけの余裕はなかった。

レディ・ミルフォードが身を乗りだした。「それで、いまは手助けしてくれる人はいるの？ 詮索するつもりはないのだけれど、シーモア卿はちゃんと財産を遺してくれたのよね？ それとも、この家だけ？」

ベラは体をこわばらせた。「これで満足しています。派手な装飾は必要ありませんから」

「気に障ったのなら、ごめんなさいね。古い友人のご家族のことが心配なだけなの」

そう言ったレディ・ミルフォードの表情が思いやりに満ちていたので、ベラは悩みを全部打ち明けてしまいたい衝動に駆られた。父の死後、ずっと背負ってきた重荷をおろしてしまいたかった。けれども、レディ・ミルフォードはいかにもおせっかい焼きという感じで、何か魂胆があってベラを操ろうとしているのではないかという印象がなぜかぬぐえなかった。そろそろ会話の主導権をこちらが握る番だ。

「イングランドにいた頃の父の話を、もっと聞かせてくださいませんか？ 父は古代文明の研究に没頭していて、昔話をしてくれたことなんてめったになかったんです」ベラは感じのいい作り笑いを浮かべた。「その公爵さまって……エイルウィン公爵とおっしゃったかしら？　わたしが知っているかもしれないだなんて、どうして思われたのですか？」

「四代目公爵はアマチュアのエジプト学者だったの。あなたのお父さまを助手にして、一緒にエジプトの墓を発掘したのよ」レディ・ミルフォードが首をかしげる。「覚えていないの？」

「どういうことですか？」

「あなたもご両親と一緒にエジプトへ行ったのよ。といっても、当時あなたはまだ五歳か六歳だったから、覚えていなくてもしかたがないかもしれないわね」

エジプト。そのとき突然、脳裏にある光景が浮かんだ――熱い砂を掘って穴を広げようと悪戦苦闘するベラを、年上の少年が横で見て笑っている。記憶の断片はすぐに消え去り、彼女は動揺した。「わたしたちはもっと遠くまで旅したんです。アジアや中近東のいろいろな場所へ行きました」

レディ・ミルフォードがティーポットを手に取り、まずベラのカップに、それから自分の分を注いだ。「でも、エジプトには少なくとも一年はいたのよ。間違いないわ。エイルウィン公爵のエジプト遠征は、当時社交界の噂の的になっていたの。その最中に殺されてしまったのだから」

槍《やり》で突かれたような衝撃を受け、ベラは息をのんだ。「公爵は亡くなられたんですか？」

「そうよ。あれは悲劇的な事件だったわ。墓荒らしに襲われたの」

内心の動揺を押し隠して、暖炉の揺れる炎に目を向けた。エイルウィン公爵はとうの昔に亡くなっていた。父はそれを知っていたはずなのに、なぜオックスフォードに帰って公爵を探すように言ったのかしら？

やはり熱に浮かされていたのだろう。幻覚を見ていたに違いない。

よみがえった希望がまたたく間にふたたび消え去った。父は頭が混乱して過去に戻り、エイルウィン公爵がまだ生きていると思いこんだのだ。

エジプトで暮らしていた頃の話を、両親が一度もしなかったのは不思議だ。公爵が殺害されたことを思いだすのがつらかったからだろうか？　その答えは永遠にわからない。宝の地図も永遠に見つからない……。

ベラはため息をついた。「それは……とても残念です」レディ・ミルフォードに視線を戻し、小さな声で言う。「父が親しくしていた方なら、ぜひお会いしたかったですわ」

レディ・ミルフォードの唇にかすかな笑みが浮かんだ。「エイルウィン公爵に会いたいのなら、わたしがお膳立てするわよ」

「いま、なんとおっしゃいました？」

「現公爵――爵位を継いだ五代目公爵のことよ。お父さまと同じエジプト学者で、数々の遺物をイングランドに持ち帰ったの」

驚きのあまり、ベラは言葉を失った。レディ・ミルフォードがカップを置いて椅子から立ちあがる。窓辺へ行って雨を眺めたあと、ベラのほうを向いた。

「それ以来、現公爵がもう二〇年以上、遺物を整理しつづけているのよ。とても大変なお仕事だから、学芸員《キュレーター》を雇うべきだと、わたしはずっと前から思っていたの」

「キュレーターですか？」

「ええ。実はオックスフォードに来たのは、その話をするためだったのよ、ミス・ジョーンズ。お父さまが戻ってこられたら、公爵を手伝ってあげるよう説得するつもりだったの」レディ・ミルフォードは人差し指で顎をとんとんと叩いた。「でも、あなたもとても聡明《そうめい》で有能な人みたいだから、その仕事に志願してみたらどうかしら？」

ベラは胸が高鳴るのを感じた。これは奇跡と言うほかない。公爵が所有する遺物をベラが調べたがっているとは、レディ・ミルフォードは夢にも思っていないのだから。その中に地図があるのかしら？　ファラオの宝があるという話は本当だったの？

父が探すように言ったのは、きっと息子のほうだったのだ。

ベラは興奮を押し隠すのに苦労しながら言った。「でも……エイルウィン公爵がわたしを雇ってくださるでしょうか？　エジプトの歴史についてほとんど何も知りませんし」

それをはねつけるように、レディ・ミルフォードが手をひらひら振った。

「あなたは前公爵の仕事仲間のご令嬢なのよ。それだけでじゅうぶん推薦する理由になるわ。あとはあなたの頑張り次第ね」

レディ・ミルフォードは書き物机のところへ行き、そこに置いてあった青いベルベットの袋を手に取った。ひもをほどいて袋の中に手を入れる。

その様子を、ベラはほとんど気にも留めていなかった。自分を雇ってくれるようにエイルウィン公爵を説得する方法ばかり考えていた。女というだけで偏見を持たれるのに、それが学術的な実績もない女ならなおさらだ。オックスフォードでの職探しより、さらに厳しい面接になるに違いない。フォザーギルのような平民の男でさえ、わたしを見下したのだから。ベラは切迫感に襲われた。どうしてもこの仕事を手に入れなければならない。宝の地図を秘密裏に探す唯一の方法だ……。

ふと気がつくと、レディ・ミルフォードが目の前に立っていた。美しい靴を手に持っている。小さなビーズのついた赤いサテンの靴で、炉火の光を受けてきらきら輝いていた。

レディ・ミルフォードはその靴をすり切れた絨毯の上に置いた。「公爵は立派なお屋敷にお住まいだから、それなりの格好をしていかなければならないわ。よかったらこれを履いてみて。ぴったりだったら、しばらく貸してあげてもいいわよ」

ベラはその踵《かかと》の高い靴を見おろした。レディ・ミルフォードはどうして余分な靴を袋に入れて持ち歩いているのかしら？　しかも、それをわたしに貸してくれるなんて変わっているわ。「こんな靴を履く機会があるのでしょうか？」

「もちろん面接のときに履いていくのよ。エイルウィンは背が高くて威厳があるの。あなたも最高の自分を見せたいでしょう？」

ベラは施しを受けることを嫌悪していた。でもファラオの宝の半分を手に入れるためには、この靴を借りるしかない。だらしないロマだと見なされ、公爵に相手にされなかったら困る。

身をかがめてブーツを足から引き抜いた。履き古してすり減ったブーツは、赤い靴の隣に置くと石炭の塊みたいに見える。足首に入った部族の入れ墨《タトゥー》が、白いストッキングで隠れているのがせめてもの救いだ。そんなものを目にしたら、レディ・ミルフォードは今回の話を白紙に戻してしまうかもしれない。

ベラは美しい靴につま先を入れた。するとたちまち幸福感に満たされ、気分が高揚した。豪奢《ごうしゃ》な靴がずきずき痛む足をやさしく包みこみ、まるで雲の中に足を踏み入れたかのようだった。急に力がわいてきて、ベラはさっと立ちあがると、狭い部屋の中を壁に沿って歩きはじめた。驚くほど履き心地がいい。

「わたしの足にぴったりです。奥さまとサイズが同じだなんて信じられません」まだ湿っているスカートの裾を持ちあげ、うっとりと靴を眺める。「でもこんなに美しい靴は、結婚適齢期を過ぎたさえない女には似合わない気がします」

クリームをなめた猫みたいに満足げな表情を浮かべていたレディ・ミルフォードが、ベラの肩に両手を置いた。「いいこと、あなたには貴族の血が流れているのよ。きちんとした格好さえすれば、どこの良家のレディにも引けを取らないわ」

ベラは思わず笑いそうになった。「レディ？　このわたしが？」

「そうよ。それから面接用のドレスも用意しないと」レディ・ミルフォードはそう言うと、袋から数枚の硬貨を取りだしてサイドテーブルに置いた。「お父さまの古い友人からの贈り物として受け取ってちょうだい。これだけあれば、必要なものは全部そろうでしょう。あなたがロンドンへ行っているあいだ、弟さんと妹さんの世話をしてくれる人も雇えるわ」

驚きのあまり、ベラはレディ・ミルフォードをじっと見つめた。「そんな――受け取れません！」

「キュレーターとして雇われたいなら受け取るしかないわよ。その代わり、ひとつお願いがあるの。エイルウィンの前で、わたしの名前は絶対に出さないで。公爵は自尊心の高い世捨て人だから、人に操られるのを嫌うのよ」

ベラは自分こそ操られているような気がした。レディ・ミルフォードからお金をもらうのは自尊心が許さない。とはいえ、ほかにエイルウィン・ハウスに入りこむ方法はなかった。

「仰せのとおりにします、マイ・レディ」

「それと、あらかじめ警告しておくけれど」レディ・ミルフォードが謎めいたまなざしをしながらつけ加えた。「エイルウィンは気難しいところがあるの。野獣と呼ぶ人もいるのよ。でも心配しないで。どう話を持ちかければいいか、いまからわたしが教えてあげるから」

# 4

舞踏室のドアが荒々しく開けられたとき、エイルウィン公爵マイルズ・グレイソンは、かがみこんで花崗岩《かこうがん》でできた巨大な石碑を見ていた。広い部屋に足音が響き渡る。

ふたり分の足音だ。

マイルズは歯を食いしばり、悪態をついた。ガラス張りの壁から午後の太陽の光が差しこむこの部屋で、碑文を解読していたところだ。見慣れない象形文字《ヒエログリフ》をあと少しで判読できそうだったのに。

集中力がとぎれてしまった。振り向いて、神聖な場所に入りこんできた侵入者が誰なのか確かめようとしたが、おびただしい数の彫像や遺物に視界をさえぎられた。マイルズが仕事をしているあいだ、使用人は部屋に入ってこない。舞踏室は立ち入り禁止にしてある。

床に積み重ねた書類の上に金縁の眼鏡を放り投げると、マイルズは立ちあがって神や女神の石像越しに向こうをのぞいた。侵入者の姿が目に入ると、表情をさらに険しくした。こんなことをするのはあいつらしかいないと予想できたはず——イングランド一、愚かで役立たずのふたりだ。

マイルズの相続人であるいとこのオスカー・グレイソンが、金製の握りのついたステッキで寄せ木張りの床を突きながら、古代の遺物でできた迷路をくぐり抜けてきた。しゃれた深緑色の膝丈の上着に真鍮《しんちゅう》のボタンがついた深紅色のベスト、格子縞《じま》のスティラップズボン（裾を足の裏に引っかけてはくズボン）といういでたちだ。黒い巻き毛は頰ひげと同様、きれいに整えてあった。

オスカーが口角をつりあげて陽気な笑みを浮かべた。「やあやあ、見つけたぞ、いとこ殿！またがらくたの山に隠れていたな！」

オスカーの隣にいる妻のヘレンは、ファッション・プレート（最新ファッションのイラスト）から飛びだしてきたような女性で、袖にひだ飾りのついたローズピンクのドレスをまとっている。髪は金色、肌はクリーム色で、信じられないほどウエストが細い。だが、マイルズは外見の美しさには惑わされなかった。浅薄で虚栄心の強い女だ。オスカーが頭の鈍そうな顔つきなのに対して、妻のほうは猫のように狡猾《こうかつ》そうな琥珀色の目をしている。

ヘレンがその目で、マイルズの作業着であるだぶだぶのシャツと黒いズボンを一瞥《いちべつ》した。それから近づいてくると、香水のにおいをぷんぷんさせながら、マイルズの頰のあたりで音だけのキスをした。

「マイルズ、会えてうれしいわ」甘い声で言う。「でも、まだ着替えがすんでいないみたいね。お邪魔だったかしら？」

「ああ、そのとおり」マイルズはいらいらしながら手についた埃を払った。「仕事中だ。誰も通さないよう、きつく言っておいたのだが」

「もちろん、たったふたりの親戚なら話は別だ」オスカーが言う。「きみは一日じゅう、この陰気な部屋に閉じこもっている。少しくらい身内と話すのも悪くないだろう?」

このふたりの家族愛をマイルズが疑うのは、至極当然のことだった。彼らが屋敷を訪れるときは、決まって何か魂胆がある。「また賭け事をして借金を抱えたのだとしても、肩代わりはしてやらないぞ。四半期ごとの手当を引きあげるつもりもない。わたしを言いくるめようとしても無駄だ」

オスカーのにやけた顔が渋面へと変わった。「金の無心をしに来たわけじゃない。だけどせっかくその話が出たんだから、ぼくの手当をあげてくれてもいいんじゃないか。なんといっても、きみはこの広大な屋敷と、収益の大きい領地を五箇所も所有しているんだから」

「いつかはおまえのものになる。そのときになればきっと、わたしがくだらないものに無駄遣いさせなかったことをありがたく思うだろう」

「くだらないものに使うわけじゃない! ぼくたちはわずかな金をやりくりして、かつかつの生活を――」

「あなた」ヘレンがたしなめるようにオスカーの腕に触れた。「そうかっかしないで。またつまらないけんかをするためにここへ来たわけじゃないでしょう?」

ふたりがこっそりと視線を交わすのを見て、マイルズは用心した。「話があるのなら、さっさと言え」怒鳴るように言う。「今日は忙しいんだ」

ヘレンがまつげをぱちぱちさせながら、にっこりした。「先週はわたしたちが開催した音楽会に来てもらえなくて残念だったわ、マイルズ。とてもすてきな会だったのに」

「オペラ歌手のわめき声を聞かされるのはごめんだ」

「招待しても無駄だと言っただろう？」オスカーがヘレンに言う。「マイルズは世捨て人なんだから。誰かと親交を結ぼうなんて気はないんだよ」それからマイルズに向かって言った。

「だけど、きみと違ってぼくたちは社交界に大勢知人がいる。ロンドンの主立ったパーティーには必ず招待されるんだ」

「だから、わたしたちもそれに見合うおもてなしをしようと常に努力しているのよ」ヘレンはそう言ったあと、口をゆがめた。「でもあいにく、タウンハウスが手狭なの。あなたも一度でも訪ねてくれていたら、盛大な舞踏会を開けるような屋敷ではないとわかってもらえるんだけど……」

中身のない会話にうんざりして、マイルズは石碑に目を戻した。例の象形文字が気になってしかたがなかった。どこかで見たことがあるはずだが思いだせない。シャンポリオンの『ヒエログリフの体系概説』と、一〇年以上かけて自分で編纂《へんさん》している辞書で何時間も調べたが見つからなかった。

ふいにヘレンの声が思考に割りこんできた。「……エイルウィン・ハウスで舞踏会を開催するのが一番よ。こんなに立派な舞踏室があるんですもの！　何年も使っていないなんてもったいないわ」彼女はキッド革の手袋をはめた両手を広げた。「想像してみて、この部屋がかつての栄光を取り戻した姿を。シャンデリアに何百本ものろうそくをともし、ミントグリーンのシルクの壁掛けを飾って、台座の花瓶にはピンクのバラを生けるの。ぴかぴかに磨きあげた床で紳士淑女が——」

「だめだ！」はしゃいでいる妖精《ニンフ》と智天使《ケルビム》が描かれたアーチ形の天井に、マイルズの怒声が反響した。「絶対に許さない！」

ヘレンが目を見開いた。「そんなに興奮する必要ないわよ、マイルズ。準備はわたしがするから。あなたにはいっさい迷惑をかけないわ。ここにあるものは」ハヤブサの頭を持つホルス神の大きな彫像を、気味悪そうに一瞥してから続ける。「全部運びだしましょう。収納室かどこかへ移してしまえばいいわ。力持ちの従僕を集めれば、一日で終わる作業よ」

「だめだと言ったんだ」マイルズは歯を食いしばって言った。ばかげたパーティーを開くために貴重な遺物を片づけようとするとは、図々しいにもほどがある。「いいか、このエイルウィン・ハウスで舞踏会を開催することは絶対にない。ここにあるものはひとつたりとも動かさない。この部屋はずっとこのままだ」

「お願いよ、そんなこと言わないで」ヘレンがかわいらしい声でせがむ。「舞踏会が終わったらもとに戻すから。何もかも、もとどおりにするわ。だから、せめて考えてみてちょうだい」

「考える必要などない。もう答えは決まっている」

ヘレンは媚《こ》びた表情を引っこめて、下唇を突きだした。「でも、埃まみれの遺物なんて屋敷じゅうにあるじゃない。仕事なら、一週間くらいほかの部屋でもできるはずよ。ねえ、オスカー、意地悪しないでとあなたからマイルズに言ってちょうだい」

「意地悪をするな」マイルズに向かってステッキを振りながら、オスカーが律儀に繰り返した。「家族なんだから、それくらいの便宜をはかってくれたっていいだろう。がらくたで遊びたいのなら、ほかにもたくさん部屋はあるんだから」

もはや我慢の限界だ。

マイルズはアーチ形のドアを指さした。「出ていけ。ふたりとも、いますぐに」

「まあ、ひどいわ！」ヘレンが叫ぶ。「舞踏会に出席するよう無理じいするつもりはないのよ。あなたの社交嫌いは重々承知しているから。でも、わたしたちにまで楽しむことを禁じるなんてあんまりじゃない！」

「自分のことしか考えられない男なんだよ」オスカーが言い放った。「エイルウィン・ハウスはぼくの財産でもあるのに。父上は二階の子ども部屋で育った。公爵の息子だったんだ！」

「次男だがな」マイルズは明確に言った。「さあ、さっさと出ていかないと従僕を呼んで、おまえたちを表に放りだすぞ」

尊大なまなざしでふたりをにらみつけた。彼らは甘やかされた子どもみたいなものだ。毅《き》然《ぜん》とした態度を示してやる必要がある。オスカーは小さい頃からめそめそした性格で、昨年ヘレンと結婚したあともそれは変わっていない。以前は手がかかるだけだったが、いまはそれに加えて出世欲に取りつかれているようだった。

ふたりはなおもぶつぶつ不平を言いつづけた。そのあとでヘレンが哀れみを誘うような口調で言った。「行きましょう、あなた。わたしたちはお呼びじゃないんですって！」

遺物の迷路をあと戻りするふたりのすぐうしろを、マイルズはついていった。古王国時代の花崗岩の石棺に、大事そうに指で触れる。彼らに腹いせに傷をつけられるのではないかと気が気でなかった。

よそよそしい別れの挨拶をしたあと、オスカーとヘレンは白い大理石の巨大な柱のついた広い廊下を気取った足取りで歩きだした。すぐさまひそひそと話しはじめ、不機嫌な声が石の壁に反響する。マイルズはふたりが角を曲がるまで見送った。会話の内容は聞き取れなくても、恨みごとを言われているのはわかる。言いたいように言わせておこう。考え直すつもりはない。

舞踏会などくだらない！　ヘレンの思いつきに決まっている。どうしてあの女は古代文明の遺物をあれほど嫌うのだろう？　一〇年前に死んだマイルズの母親も嫌っていて、エイルウィン・ハウスより田舎にいるほうを好んだ。この屋敷を訪れた女性は誰しも、そこらじゅうに散らばっているエジプトの遺物を非難するような目つきで見る。中には、改装の必要があるとほのめかす女もいた。

マイルズはドアの取っ手をつかんだ。今度は鍵をかけておこう。今日はもうこれ以上邪魔をされてはかなわない。なんとしても、あの象形文字を解読したいのだ。

ところがドアを閉めようとしたとき、長い廊下の向こう側にいる、深紅色のお仕着せを着た従僕の姿が目に留まった。銀製のトレイを手に、こちらへ向かって歩いてくる。

マイルズは歯を食いしばった。手紙を運んできただけならいいのだが。また誰かが訪ねてきたというのならたまらない。招かれざる客を通してはならないと言ってあるのに。彼は絨毯の上をすばやく歩いていき、従僕に近づいた。「ジョージ、言ったはず——」

そのとき、従僕の背後にいる女に気がついた。

ブロンズ色のドレスの上に金色の帯を締めた女が、柱の陰に隠れながらこそこそ近づいてくる。麦わら帽子の広いつばに隠れて、顔はわからない。マイルズが細めた目でじっと見ていると、彼女は体を壁にぴったりつけて姿を隠した。

マイルズは一歩踏みだした。「誰だあれは?」嚙みつくようにきく。

ジョージがちらりと振り向いた。「とおっしゃいますと?」

「柱の陰にいる女だ。おまえのあとをつけている」

従僕の顔が髪粉をつけた白いかつらと同じくらい青白くなった。トレイを差しだして言う。

「そのう、お客さまがお見えです。どうしても旦那さまにお会いしたいと言って聞かなくて。控えの間で待つように言っておいたのですが」

マイルズはトレイの上の名刺をつかみ取った。〝ミス・B・ジョーンズ〟ときれいな字で書かれている。

その名前に聞き覚えはなかった。マイルズはいやな予感がした。貴婦人たちはあらゆる口実を使ってエイルウィン・ハウスに入りこんでくる。屋敷の前を通りかかったときに都合よく足首をくじいた女がいた。マイルズの領地の管理人から言伝《ことづて》を預かっているとか、マイルズの死んだ母親と友人だったとか言い張る女もいた。策を弄する女たちはみな信じこんでいる——独身の公爵は花嫁候補を探しているに違いないと。

「追い返しましょうか？」ジョージがびくびくしながら尋ねた。

マイルズは名刺を握りつぶした。「いや、わたしが対応する」

くしゃくしゃになった名刺をトレイに放り投げ、ミス・ジョーンズが隠れている場所に向かって歩きはじめた。足音は厚い絨毯に消され、マイルズが近づいてくることに気づかない彼女が柱の陰からそっと顔を出した。

目を見開いてマイルズを見あげる。帽子に縁取られた顔立ちは平凡だが、瑠璃色の瞳が印象的だった。

マイルズは驚いて立ち止まり、言葉を失った。ミス・ジョーンズは無邪気なデビュタントではなく、大人の女だ。なぜか親近感を覚え、柱に張りついている彼女と一瞬見つめあった。どこかで会ったことがある気がする。何か強く引きつけられるものを感じた。わけがわからなかった。瞳を別にすれば、特にきれいな女でもないのに。

「ここで何をしている？」マイルズは問いつめるように言った。

ミス・ジョーンズは彼の作業着に視線を走らせたあと、柱の陰から出てきた。

「エイルウィン公爵に会いに行くところです。約束してあります」

「嘘をつくな。今日、会う約束をした相手などいない」

「まあ！　まさか……でも……あなたが公爵さま？」彼女の頬が徐々に赤く染まっていく。

「お会いできて光栄です、サー。わたしはミス・ベラ・ジョーンズ。ミス・ジョーンズと申します」

ミス・ジョーンズはぎこちないお辞儀をすると、手袋をはめた手を差しだした。女性らしい優雅な仕草ではなく、男のようなきびきびとした動作だ。マイルズは気がつくと握手をしていた。しっかりしていながらも華奢な、意志の強い女性の指だった。

ひと癖ありそうな女だ。

マイルズはすぐに手を離した。「きみは招かれてもいないのに屋敷の中をうろついていた」冷ややかに言う。「そんな相手と話すことはない。お引き取り願おう」

ジョージがそっと前に出た。「玄関へご案内します」

ミス・ジョーンズは従僕を無視して、瑠璃色の瞳でマイルズをじっと見つめた。

「どうかお許しください。使用人のあとをつけてきたのは、あなたに面会を断られるかもしれないと心配だったからです。とても大事なお話があるんです」

「ごねても無駄だ。この屋敷から出ていけ。二度と来るな」

マイルズはきびすを返し、舞踏室に向かって歩きはじめた。ミス・ジョーンズの厚かましさに――あの目で堂々と見つめられたことに、ひどく腹が立った。まるで、悪いのは策略に引っかからない彼のほうだと言わんばかりの目つきだった。ところが三歩も歩かないうちに、彼女の声に呼び止められた。

「待ってください、サー――閣下！　わたしはあなたのご家族の知りあいなんです。わたしの父はサー・シーモア・ジョーンズ。あなたのお父さまと一緒にエジプトで仕事をした仲間です」

マイルズは言いようのない衝撃を受けた。ゆっくりと振り返り、ふたたび彼女と向きあう。不信の念と驚きが胸の中でせめぎあった。だから親近感を覚えたのか？　子どもの頃に会っていたから？

エジプトにいたときから二〇年以上が経っている。うっすらと記憶に残る、当時彼につきまとっていた六歳の女の子の面影を目の前の女に探した。ベラ……イザベラ。あの子はそう呼ばれていた。そして瑠璃色の目をしていた。だが、思いだせるのはそれくらいだ。当時マイルズは一三歳で、うるさい女の子の相手をする気にはなれなかった。

シーモア卿のことは、親切で誠実な大人だと思っていた。ファラオの墓についてマイルズが質問するたびに、根気よく説明してくれた。笑うと白い歯がきらりと光る、真っ黒に日焼けしたひげ面をいまでも思い浮かべることができる。

父が墓荒らしに殺されたあとも、マイルズはシーモア卿のことを無邪気に信じていた。ところが丸一日も経たないうちに、あの男はマイルズを置き去りにしたのだ。妻と娘だけを連れ、夜の闇に紛れて逃げだし、二度と姿を見せなかった。

父を亡くして、異国の地にひとり取り残されたマイルズは、絶望と悲しみに押しつぶされそうになった。そのうえ、激しい罪悪感に苦しんでいた。あの運命の夜、マイルズとけんかさえしなければ、父が野営地を離れることはなかった。死ぬことはなかったのだ……。

そのことを思いだすと、闇に吸いこまれるような感覚に陥った。

マイルズは深呼吸をした。この女の言うことを簡単に信じてはならない。これもまた策略かもしれない。彼に取り入るために仕組まれた罠という可能性もある。

しかし、ミス・ベラ・ジョーンズが本当にシーモア卿の娘だとしたら……。

彼女の知っていることを聞きださなければならない。

## 5

「ついてこい」公爵が怒鳴るように言った。

ベラはすぐに命令に従った。面会の約束があるなんて白々しい嘘をついてしまったあとで、ふたたび怒りを買うような真似はできない。大股で廊下を歩く彼に遅れまいと、小走りでついていく。裾につまずいてしまわないように、スカートを持ちあげた。

レディ・ミルフォードからもらったお金をライラに渡し、フォザーギルの店にブロンズ色のシルクを買いに行かせた。あの生地で作ったドレスを着ることができて、最高にうれしかった。

けれどもいまは、着心地のいいペルシアの服が恋しかった。コルセットがきつくて苦しいし、帽子の広いつばに視界をさえぎられ、目の前にいる公爵しか見えない。

どこへ連れていかれるのだろう?

いずれにせよ、屋敷から追いだされずにすんだ。ベラは気分が高揚するのを感じた。最初の関門は通過した。話を聞いてもらえるのだ。

それにしても、レディ・ミルフォードは大げさに言っていたわけではなかった。エイルウイン公爵は本当に野獣だった。傲慢で横暴な独裁者で、歓迎するふりすらしない。英国貴族に対する不信の念は強まる一方だ。

ベラは公爵の広い背中をにらみつけた。彼はベラがついてきているかどうか振り返って確かめることなどしない。彼女の存在など気にも留めていないように見える。指を鳴らすだけで部下が命令に従うことに慣れているみたいだ。

一方、予想外だったこともある。

ベラはロンドンへ向かう馬車の中で、紫色のローブをまとい、金製の王笏《おうしゃく》を持ったいかめしい年配の男性を想像していた。ところがエイルウィンは偏屈な年寄りではなかった。まさに男盛りだ。筋骨たくましく、暗褐色の髪は乱れていて、労働者を思わせる。リネンのシャツの胸元ははだけ、袖をまくりあげて前腕をさらしていた。黒いズボンは埃がついて白くなっている。

まさか公爵がこんな人だとは思わなかった。

茶色の目で見つめられたときのことを思いだすと、胸がざわつき、警戒心をかきたてられた。エイルウィンはたやすくだませるような相手ではない。情に流されない手強《てごわ》い人物に見える。それでもどうにかして、自分を雇ってもらえるよう説得しなければならない。

ベラは公爵のあとについてアーチ形のドアを通り抜け、広く細長い部屋に入ると、驚きのあまり立ち止まった。片側のガラス張りの壁越しに午後の陽光が降り注いでいる。カットグラスのシャンデリアがさがり、壁板は金箔張りで、アーチ形の天井にはニンフとケルビムが描かれていた。

けれどもベラが興味を引かれたのは、その部屋に置いてあるものだった。大量のエジプトの遺物が散らばっている。

彼女はゆっくりと歩き、せわしく頭を動かしながらひとつひとつ見ていった。石に奇妙な図形が刻まれていて、人間の形をしたものもあれば、動物の形をしたものもある。ジャッカルや雄羊の頭を持つ神。コール墨で目を縁取った女性。ヘビの王冠。磨きあげられた石の箱は棺《ひつぎ》だろうか？

ヤギひげを長く伸ばし、ローブと丈の高い王冠を身につけた男の花崗岩でできた手を指先でなぞった。すると父と密林の神殿を探検したときや、砂漠の崩れかけた遺跡を発掘したときに感じた興奮と好奇心がよみがえった。まるでロンドンの中心部にある屋敷ではなく、古墳に入りこんだような気がした。

「触るな」

太くしわがれた声が聞こえて、ベラはびくりとした。胸に手を当てて振り返ると、目の前に公爵が立っていた。「驚かさないでください」

エイルウィンは唇を引き結び、嫌悪のまなざしで彼女をじっと見た。「そんな変な帽子をかぶっているからいけないんだ。そのせいでまわりが見えなくなる。まったく女というのは、どうして役に立たないものを身につけたがるんだか」

ベラがこの帽子をかぶった理由はただひとつ——洗練された淑女を演じるためだ。麦わら帽子は最新の流行だと、ライラが教えてくれたから。ベラ自身も広いつばを邪魔に感じていたにもかかわらず、エイルウィンの失礼な言葉に腹が立って言い返した。

「紳士は批判するのではなく、お世辞を言うよう教育を受けているのだと思っていました」

「わたしは紳士ではない。さあ、さっさと脱いでしまえ」

ふいにエイルウィンが手を伸ばし、顎の下で結んだリボンを引っ張った。そして帽子を奪い取ると、雌ライオンの顔をした背の高い女神像の頭にかぶせた。

「ほら」彼が満足そうに言う。「これできみの正体が明らかになった、ミス・ジョーンズ」

ベラはぎょっとして頭に手をやった。丸裸にされたように感じると同時に憤りを覚えた。リボンをほどいたときに彼の指が触れた場所が、燃えるように熱くなっている。

彼女は帽子を取りに行こうとして躊躇した。あれを颯爽《さっそう》と取り返す方法はあるかしら？　手の届かないところにあるし、キュレーターとして雇ってもらいたいのなら、感じよくふるまわなければならない。

とはいえ、公爵の傲慢な態度には我慢ならなかった。

ベラは必死に穏やかな口調を保った。「わたしは正真正銘のイザベラ・ジョーンズです。偽者だと思っているんですか？　そもそも、帽子を取ったくらいで身元はわかりません」

「それをこれから確かめるんだ。こっちに来てくれ」

エイルウィンはそう言うなり、ベラの腕をつかんで遺物の迷路の奥へ引っ張っていった。彼女は抗議しようと息を吸いこんだが、なじみのない男らしい香りをかいで思い直した。エイルウィンはベラの率直な弟とも、温厚な父ともまるで違う。威圧的で、体が大きいから余計に恐ろしく感じる。出会ってからものの一〇分と経たないうちに、厳格で横暴な独裁者だと判明した。彼の考えていることは、石に刻まれた奇妙な図形と同様に理解できない。やはり短剣を身につけてきて正解だった。公爵が下手な真似をしようとしたら、遠慮なく剣を抜くつもりだ。

けれどもエイルウィンはガラス張りの壁際にたどりつくと、ベラを放した。両手を腰に当て、彼女の頭のてっぺんからつま先まで眺めまわす。「きみの髪は平凡な茶色だ。あの子の髪の色はもっと明るくて、金色に近かった」

「あの子って？　誰のことですか？」

「イザベラ・ジョーンズ。シーモア卿の娘だ」

ベラは目をしばたたいた。どうしてわたしの子どもの頃の髪の色を公爵が知っているの？一瞬戸惑ったあとで、ぱっとひらめいた。「ということは……あなたもエジプトにいたんですね？　わたしと一緒に」

エイルウィンがうなずいた。「父の遠征についていき、仕事を手伝ったんだ。野営地をこっそりうろついて、みんなのテントをのぞいていたあの好奇心の強い女の子がきみかどうかは、まだわからないが」

彼女は衝撃を受けた。エイルウィンとすでに出会っていたなんて思いも寄らなかった。レディ・ミルフォードと話していた際によみがえった記憶のことを、ふと思いだす。

「当時はまだ小さかったのであまりよく覚えていないんですが、ひとつだけ思いだした出来事があるんです。わたしが一生懸命砂を掘っているのを見て、男の子が笑っていました。あれはあなただったんですか？」

エイルウィンは肩をすくめた。「さあ、記憶にないな。身元を確認するには、もっとたしかな証拠がないと」

「あなたの記憶だって当てにならないでしょう？」ベラは反論した。「あなたは何歳だったんですか？」

「一三歳だ。言っておくが、質問するのはこちらの役目だぞ。髪の色が違うのに、どうしてきみがシーモア卿の娘だと信じられる？」

「成長するにつれて髪の色が暗くなるのはよくあることです。あなたもご存じでしょうに」それでもまだエイルウィンが疑うような顔をしているので、ベラはいらだった。嘘つきだと思われたら雇ってもらえない。すでに軽い嘘をひとつ見破られてしまったせいで、分が悪かった。「わたしが偽者かもしれないなんて考える理由がわかりません。そんな嘘をついて何になるというんですか？」

エイルウィンは大きな石碑を背に立っていた。整った厳しい顔が神の彫刻のように見える。

「わたしに取り入ろうとする女性が大勢いるんだ。結婚に持ちこもうとして、いろいろな策を練ってくる。きみはなかなか考えたほうだな。わたしの家族の過去を調べるとは」

花婿を探していると思われてるの？

ベラはあっけに取られ、続いて笑いがこみあげてきた。小さな声がもれた瞬間、公爵の顔が険しくなったのを見て、あわてて口に手を当てる。「すみません。あなたを笑ったわけではないんです。ただ……もうこんな年なのに、花婿を探していると――ましてや罠にかけようとしていると思われるなんて意外だったから。わたしがここに来たのは……あなたが父の知りあいだったからです」

そこでいったん言葉を切った。エイルウィンが不機嫌な顔をしているので、キュレーターの話を持ちだすのはためらわれた。そこでまずはエジプトの遺物に関する質問をして、機嫌を取ることにした。男性は自分の関心事について話したがるものだ。

「父は去年、亡くなりました。それ以来、父がエジプトでしていた仕事について調べていて、あなたが当時発見した遺物のほとんどを相続したと聞いたんです。だから、もしよければ見せてもらえないかと――」

「そうだ」突然、エイルウィンが指を鳴らしてさえぎった。「きみの身元を確かめる方法がひとつだけある。すっかり忘れていた」

「まあ」ベラは困惑しながらも、彼に一歩近づいた。「ぜひ確かめてください。それで疑いが晴れるのならうれしいです」

エイルウィンは鋭い視線を彼女に据えたまま、部屋の中を行ったり来たりしはじめた。

「エジプトにいたとき、シーモア卿の奥方が重い病気にかかったんだ。イザベラの子守は迷信深いベルベル人だった。母親の病気をもたらした悪霊を追い払うためだと言って、イザベラの脚に記号を入れたんだ。タトゥーだよ。きみが本物のイザベラなら、いまもそのタトゥーが入っているはずだ」

ベラは思わず身震いした。わたしの足首のタトゥーのことを彼は知っているの？　大きくなってから父に尋ねると、ベラを病気から守るために部族の女性が入れたのだと説明された。でも、それはモロッコを旅していたあいだの出来事だと言っていたのに……。

実際はエジプトだったらしい。どうして父は嘘をついたのかしら？

エイルウィンは腕組みをして待っている。まっすぐに見つめられ、ベラの不安が高まった。まさかタトゥーを見せろと言っているの？

そうに違いない。

彼にスカートの中を見られることを想像しただけで胸が悪くなった。不適切だというだけではない。足首のタトゥーは家族以外、誰にも見せたことがないのだ。若い頃はそれを汚点と考えていた。皮膚がすりむけるまでこすって落とそうとしたこともあったが、どうしても取れなかった。

けれどもいままでは、タトゥーについて考えることはめったにない。すでに体の一部になっている。とはいえ、ベラの秘密をのぞく権利は誰にもない――たとえ公爵であろうと。

「ええ、タトゥーなら入っています」こわばった口調で言った。「でもそれについては、わたしの言葉を信じてもらうしかありません」

エイルウィンが怒声とも笑い声ともつかない声をあげた。「言葉を信じろだと？　それは無理だな。いますぐここで身元を証明してもらおう。それができないと言うのなら偽者だ」

公爵の目がきらりと光った。どうせ証明などできっこないと高をくくっているらしい。ベラが偽者だと——ほかの女性たちと同じ目的でここへ来たのだと決めつけて、屋敷から追いだそうとしているのだ。

ベラは追いつめられ、いらだちを覚えた。断るわけにはいかない。タトゥーを見せなければ、彼を説得する機会を失ってしまう。そうなれば地図を探す機会は二度と訪れないだろう。ファラオの宝は永遠に手に入らない。

「向こうを向いていてください」ベラは言った。「ストッキングをおろさなければならないので」

エイルウィンは偉そうに眉をつりあげながらも命令に従い、古代エジプトの生活が描かれた石碑のほうを向いた。それから不満げな口調で言う。「早くしてくれ。こっちは忙しいんだ」

女性の命令に従うことに慣れていないのだろう。さらに人目をはばかるために、ベラはハヤブサの頭をした巨大なエジプト神の石像の陰に隠れた。身をかがめ、ペチコートの下に手を入れる。糊《のり》のきいたモスリンがさらさらと音をたてた。エイルウィンにも聞こえたに違いない。彼を呪いながら、片方の靴下留め《ガーター》をはずして、白いシルクのストッキングを足首までおろした。

反対の脚に縛りつけた短剣に指が触れる。体にぴったり合うドレスを着ているので、そこしか隠せる場所がなかったのだ。彼に気づかれないといいのだけれど。

スカートをおろして石像の陰から出た。エイルウィンはまだこちらに背を向けている。かがみこんで、石碑の土台に刻まれた絵文字を眺めていた。解読しようとしているみたいに、人差し指で文字をなぞっている。象形文字を読めるの？

いまはそんな質問をしている場合ではない。

ベラは咳払《せきばら》いをした。彼はかがんだ姿勢で振り返り、おろされたままのスカートの裾をじっと見つめた。唇に冷笑が浮かぶ。「わたしのことはだませないとあきらめたわけだな」

「まさか」相手の得意げな顔を見て、ベラは勢いづいた。わたしを脅すことなどできないと思い知らせてやるわ。つかつかと歩み寄り、エイルウィンの目の前で立ち止まる。スカートをつかんでわずかに持ちあげ、足首を突きだした。「これが証拠です」

レディ・ミルフォードから借りた靴についた小さなビーズが陽光を受けてきらめく。ザクロ色のサテンの生地は、ブロンズ色のシルクのドレスによく映えた。

「年を食ったオールドミスが履くには派手な靴だな」エイルウィンが言った。

ベラは彼をにらみつけた。からかわれているのかしら？　違うわ。冗談を言いそうな人ではない。「タトゥーだけを見てください。足首の真上に入っています」

「見えないな。スカートが邪魔だ」

もう少しだけ裾を持ちあげた。「これでじゅうぶんでしょう。わたしは――きゃっ！」

エイルウィンが膝を折って座り、いきなり足首をつかんで自分の腿の上にのせたのだ。べラはバランスを崩し、しかたなく彼の肩に手を置いて体を支えた。

広くてたくましい肩だ。

気づくと、暗褐色の髪の一本一本を見分けられるほど彼に寄りかかっていた。リネンのシャツ越しにぬくもりが伝わってくる。心臓が早鐘を打つのを感じながら、ふたたび魅惑的な香りをかいだ。

そのとき突然、彼の手がスカートの中に忍びこんできて、ベラはぎょっとした。全身がかっと熱くなる。体を引こうとしたものの、脚をしっかりつかまれていては無理だった。「ちょっと、サー！」甲高い声が出た。息を吸いこんでから、しっかりした声で言う。「何をしているんですか！」

エイルウィンが顔をあげた。ベラの体にすばやく視線を走らせ、真正面に位置する大きく開いた胸元で一瞬だけ留める。彼女は視線を浴びた箇所がひりひりするのを感じた――きっと激しい怒りのせいだ。

彼が唇の片端をあげて微笑むと、危険なほど魅力的だった。「見ればわかるだろう、ミス・ジョーンズ。証拠を調べているんだ」

そう言って、エイルウィンはペチコートを膝の上まで押しあげてふくらはぎをあらわにした。ベラは歯を食いしばった。この人のことは好きになれない。大嫌いよ。礼儀知らずでわがままな暴君だわ。

けれど、この屋敷で雇われたいのなら、まず彼に気に入られなければならない。それだけを考えて、ベラはエイルウィンがタトゥーを調べているあいだ、おとなしくじっとしていた。彼が足首をつかんだまま顔を近づける――あたたかい息が素肌に吹きかかるくらい近くまで。手足の力が抜け、ベラはいまにも体がとろけてしまいそうな気がした。なんてこと！

「もうじゅうぶん見たでしょう」そっけなく言う。「わたしがイザベラ・ジョーンズだということが、これではっきりしたはずです」

その言葉を無視して、エイルウィンは足首にぐるりと描かれた模様を指先でそっとこすった。たちまち脚がぞくぞくして、ベラはうろたえた。足首がこれほど敏感な場所だとは知らなかった。

これほど厄介な男性がこの世に存在することも。

「すばらしい」エイルウィンがつぶやくように言う。「この記号の意味を知っているか？」

ベラは首を横に振った。知っていたとしても、彼の手に気を取られていては思いだせない。

「お願いだから放してください」

彼はまたもや無視した。「部族の女が似た記号をつけているのを見たことがある。直線の通った円は太陽と治癒力を表している」タトゥーをなぞりながら説明する。「星を囲む半円は、邪眼を追い払うことを意味するんだ」

「無作法な公爵も追い払ってくれるといいのに」

エイルウィンは顔をあげると、心からの笑い声をあげた。ベラは思わずうっとりした。だが危険なほど魅力的な笑みはすぐに消え、彼はふたたび鋭い目つきでタトゥーを調べはじめた。そのときベラはふと、自分がシーモア卿の娘であることを公爵は最初からわかっていたのではないかと思った。

どちらでもかまわないわ。わたしの本当の目的を見抜くことは絶対にできないでしょうから。

ベラは脚を強く引いた。今度はエイルウィンも放してくれたので、彼女はうしろにさがった。両足で床にしっかりと立ち、スカートで脚が隠れると、徐々に頭がはっきりしてきて力がわいてきた。

しかしそれも、エイルウィンが手のひらにのせているものを見るまでのことだった。彼が立ちあがると、象牙の柄がついた短剣が太陽の光を受けてきらりと光った。

「わたしの剣！」ベラは叫んだ。

怒りに駆られ、エイルウィンに向かって突進した。すると彼は腕をあげて短剣を高々と持ちあげた。ベラはつま先立ちになり、相手のたくましい体に自分の体を押しつけて手を伸ばした。身を守る武器をどうしても取り返したかった。

けれども無駄だった。エイルウィンのほうが、はるかに背が高い。

彼女はうしろにさがり、深呼吸をして怒りを抑えこもうとした。短剣を奪われたことに気づきもしなかった。「それは父からもらったものなの。返してください！」

エイルウィンは息を弾ませているベラの胸をちらりと見たあと、ふたたび視線を合わせた。

「だめだ。わたしの屋敷の中で武器を携帯することは許さない。ここから出ていくときに返してやる」

そう言うと、彼女の手が届かない石碑の上に短剣を置いた。

ベラはいらだった。なんて人なの！　やっとのことで非難の言葉をのみこむ。ここに来た目的を思いだすのよ。短剣はあとで取り返せばいい。

「ちょっと失礼します」こわばった声で言った。

ふたたび石像の陰に隠れると、たるんだストッキングを引きあげてガーターを留めはじめた。いらいらしているせいで、指がうまく動かない。エイルウィンに何度もしてやられた。帽子を取られ、スカートの中をのぞかれ、短剣まで奪われた。

でも、今度はわたしの番よ。公爵を操ってみせる。自尊心を犠牲にしてでも、彼をとりこにするのだ。

石像の向こうから、エイルウィンの太い声が聞こえてきた。「そういうことなら、ミス・ジョーンズ、いままでいったいどこにいたんだ？」

「どこって？」ガーターに手こずりながら、ベラはきき返した。

「きみの両親は突然エジプトを出発した。わたしの父が死んだあとすぐに。どこへ行ったんだ？」

「わかりません。小さかったから覚えていなくて」計画のために、必死に穏やかな口調を保った。「父の研究のために、いろいろな場所を旅したんです」

「どこへ行ったことがある？」

「アジアや中近東を転々としました。子どもの頃は、キャラバンを組んで放浪したり、星空の下で野宿したり、遺跡を訪れたりして暮らしていたんです。でも、そのあと……」

双子が生まれ、母が死に、一家は放浪生活に終止符を打ったのだ。ペルシア南部の山あい、ペルセポリスの遺跡近くに腰を落ち着けた。赤ん坊ふたりを連れて、荒涼とした危険な地域を旅してまわるのは軽率だと、さすがに父も認めざるをえなかった。

「そのあと？」エイルウィンが促した。

ベラはごくりとつばをのみこんだ。オックスフォードに弟と妹がいることを──ミセス・ノリスに世話を頼んである──公爵に打ち明けるつもりはなかった。私生活についてはできるだけ秘密にしておきたい。弟たちの存在を暴君に知られたくなかった。

それにレディ・ミルフォードが用意してくれた作り話には関係のないことだ。ベラはたったひとつの目的のために、ここエイルウィン・ハウスを訪れた。その目的を果たすためには、身の上話にいくつか嘘を織りこむ必要があった。

そろそろ公爵を罠にかけるときだ。

# 6

イザベラ・ジョーンズから過去の話を聞きだそうと気が急《せ》くあまり、マイルズはいらいらと足踏みをした。ホルス神の彫像が彼女の姿を隠している。おそらくガーターを留めようと身をかがめていて、スカートの裾がちらりと見えるだけだった。なぜこんなに時間がかかるんだ？

わたしが代わりに留めたほうが早いかもしれない。

彼女のスカートの中に手を滑りこませるところを想像した。今度はもっと奥のほうまで。短剣を奪ったときの反応からすると、ミス・ジョーンズが情熱的な性格なのは明らかだ。ストッキングを留めながら、いろいろ楽しめそうだ。妙になまめかしいタトゥーの入った肌を撫でたり、腿のあいだに偶然を装って触れてみたり、もっと大胆に愛撫してあえぎ声をあげさせたり……。

下腹部がこわばるのを感じて、妄想を頭から追いだした。欲望に惑わされると、ろくなことにならない。婚期を過ぎた貴婦人――たとえ育ちが変わっている貴婦人でも――をベッドに誘うのは愚か者だけだ。ミス・ジョーンズには、シーモア卿に関する情報を聞きだせればそれでいい。あの裏切り者があんなに急いでエジプトを去った理由が知りたかった。なんらかの陰謀が関係していたのではないかという疑念がどうしてもぬぐえない。誰かが墓荒らしに金を渡して、父を殺させたような気がしてならないのだ。だが、もしその人物がシーモア卿だったとして、いったいなんの得があるというのだろう？

家族を連れて姿をくらましたとき、シーモア卿は価値のあるものは何も持っていかなかった。当時マイルズはまだ一三歳だったが、発掘現場のことなら隅から隅まで知りつくしていた。すべての遺物を覚えていて、どれもそのまま残されていた。それに父とシーモア卿が仲たがいしている様子もなかった。

マイルズは胸が締めつけられるのを感じた。父とけんかしていたのはわたしだ……。

そのとき、ミス・ジョーンズが石像の陰から出てきた。太陽の光を受けて瑠璃色の目がきらりと光り、さえない茶色の髪が金の輝きを帯びている。深く息を吸いこむと形のいい胸が盛りあがり、マイルズはまたしても目を奪われた。

ミス・ジョーンズが暗い声で言った。「去年、父はペルシアでコレラにかかって亡くなりました。わたしはずっと、メモを清書したり記録をまとめたりして父の仕事を手伝っていたんですけど、いまは生計を立てる手段がなくて困っているんです」

マイルズは驚いた。「シーモア卿は財産を遺さなかったのか？」

「ほとんど何も。わたしたちはささやかな遺物を売って、その日暮らしをしていました」ミス・ジョーンズは唇を噛み、窓の外をちらりと見てから、ふたたびマイルズと目を合わせた。

「父がいなくなったら、それもできなくなってしまいました。女が商売をするのは許されませんから。それでほかに行くところもなくて、イングランドに帰ってきたんです。仕事が見つかるかもしれないし。だってなんといっても、ここはわたしの生まれ故郷ですから」

「きみを引き取ってくれる家族はいないのか？」

「いません。もう死んでしまったか、生きていても異国育ちの女とは関わりたくないみたいです。どのみち会ったこともない人たちですし、ひとりで暮らすほうが気楽です」

ミス・ジョーンズが護身用の短剣を携帯しているのも無理はない、とマイルズは思った。一方、彼女の窮状については考えたくなかった。彼女の人生はわたしには関係ない。情報さえ手に入れば、あとは用のない相手だ。「シーモア卿はもっと遺物を売って貯金しておくべきだったな。ひと財産を築くこともできたのに」

ミス・ジョーンズが唇を引き結んだ。ホルス神の彫像に指先を這《は》わせている。オールドミスの仮面に隠れた、気の強い女が垣間《かいま》見えた。「お言葉を返すようですけど、みんながみんな、あなたみたいに遺物を高値で売れるイングランドまで持ち帰れるわけではないんです。父は安値で業者に売るしかなかった。でも、それでじゅうぶん満足していました。お金もうけをするより、古代文明の研究をするほうが好きでしたから。それに……」

「それに？」

「それに、その業者の人がわたしを助けてくれました」ミス・ジョーンズはうつむき、上目遣いでマイルズを見た。「ロンドンに着いたあと、向こうで会ったことのある古物商を訪ねたんです。ミスター・スミザーズです。最近あなたと知りあったと言っていました」

マイルズは不快な出来事を思いだした。ミスター・スミザーズと名乗る、日に焼けて赤い顔をした派手な身なりの黒髪の男が、三日前に突然訪ねてきたのだ。一方的に滔々《とうとう》とまくしたてたものだから、結局屋敷から追いだした。「あの男と知りあいなのか？　エジプトの珍品を売っていると言って訪ねてきたんだ。なのに、つまらないスカラベ（タマオシコガネをかたどった古代エジプトの工芸品）を売りつけようとした」

「本当ですか？　きっとあなたが一番の収集家だということを知らなかったんですね」ミス・ジョーンズが首をかしげる。「実を言うと、エイルウィン・ハウスを訪ねるようわたしに勧めてくれたのはミスター・スミザーズなんです。昔、父があなたのお父さまと一緒に仕事をしていたことを知っていたから。それで、あなたがキュレーターを探していると教えてくれたんです」

「たわけたことを」マイルズは冷笑した。「すまないが、ミス・ジョーンズ、きみは完全に誤解している。わたしには助けが必要だとスミザーズが勝手に言っているだけなんだ。わたしにその気はない」

ミス・ジョーンズは一歩近づいてきて、両手を組みあわせた。「でもきっと、ミスター・スミザーズの言うことにも一理あるはずです、閣下。この部屋だけでなくて、屋敷じゅうに遺物があふれているんでしょう？　さっき歩いている途中に――」

「廊下をこそこそ歩いていたときか？」

「どうしてもあなたとお話がしたかったんです」ミス・ジョーンズがきっぱりと言った。「門前払いを食うわけにはいきませんでした。キュレーターの仕事に志願したかったから」

マイルズはあんぐりと口を開けた。それが彼女の目的だったのか。何か魂胆があって訪ねてきたのだと最初から疑っていた。身元を証明しようと躍起になっていたから、家族のつながりにつけこんで、金になるような遺物をせびるつもりなのだろうと思っていた。

職を求められるとは予想外だった。おしゃべりでおせっかいな女を雇うなど、仕事の邪魔になるだけで論外だ。大きな瑠璃色の瞳でわたしを見つめる女など。

彼女にまっすぐ見つめられ、マイルズはそわそわと歩きまわった。

「気の毒だが、きみはスミザーズにだまされたんだ。キュレーターは募集していない。ずっとひとりでやってきたんでね」

ミス・ジョーンズが隣に来て、一緒に歩きだした。「ここにあるものは全部整理してあるんですか？ 目録は作っているんですよね？ 遺物に刻まれた記号の写しは取ってありますか？ そういう仕事を全部、わたしが代わりにしてあげられます」

たしかにそうしてもらえば助かるだろう。だが、そのつもりはなかった。「ばかなことを言わないでくれ。きみを雇うつもりはない。きみがエジプトの歴史の何を知っているというんだ？」

「そのほかの古代文明に関してなら、いろいろなことを知っています。だから独特の見方ができると思うんです。エジプトについてはこれから勉強します」ミス・ジョーンズは足を止め、腕組みをした。「父の仕事を手伝っているうちに、さまざまな役に立つ技術を覚えたんです。目録を作ることも、文書の写しを取ることも、あなたが書いたものをまとめることもできます。それにうるさくしないと約束します。いるかいないかわからないくらい静かにしていますから。あなたの邪魔にならないよう、別の部屋で仕事をしてもかまいません」

マイルズは荒々しい笑い声をあげそうになるのをこらえた。たしかにベラ・ジョーンズは仕事の妨げになるだろう。あの瑠璃色の瞳。やわらかい肌の感触や、きれいな脚が忘れられない。すぐに屋敷から追いださないと厄介なことになる。

しかし……シーモア卿についてまだ何も聞きだせていない。早く探りを入れたくてしかたがなかった。彼女は重要な事実――あの悲惨な夜に終止符を打てるような情報を記憶の奥底にしまいこんでいるかもしれない。

わたしの罪悪感をやわらげてくれるようなことを。

ふいにミス・ジョーンズがそっと袖に触れてきたので、マイルズはどきりとした。

「お願いです、閣下、雇っていただけたら誰よりも一生懸命働きます。せめて二週間、試用期間を設けてもらえたら、そのあいだに――」

「わかった」怒鳴るように言うと、うしろにさがって彼女の手を引き離した。「二週間仕事をしたあと、雇うかどうか決める」それだけあれば必要なことを全部聞きだせるだろう。そのあとで追い払えばいい。

ミス・ジョーンズの唇に笑みが浮かび、顔がぱっと明るくなった。「ありがとうございます。絶対に後悔はさせません」

マイルズはすでに後悔しはじめていた。胸の谷間に目を奪われた瞬間に。「ウィザリッジのところへ行きなさい」ぶっきらぼうに言う。「そんな格好では仕事にならないだろう。仕事着を用意してもらうといい」ぶかぶかのさえない服だといいのだが。

「ウィザリッジというのは？」

「家政婦だ」彼はいらいらと手を振った。「明日の朝、午前九時きっかりにここへ来るように。それまでは入ってくるな」

ミス・ジョーンズはうなずき、ドアへ向かう途中で振り返った。「あの……お屋敷に住みこませてもらえますか？　使用人用の狭い部屋でかまいません。それなら毎日通わなくてすみますし」

彼女は堂々と顔をあげていた。けれどもそのとき、ミス・ジョーンズにはおそらく住む場所がないのだとマイルズは思い当たった。なんてことだ。ずっと居座られて、仕事に集中できなくなってはかなわない。

彼は歯を食いしばった。「ウィザリッジに言って、東翼の部屋を用意してもらうといい。頼むから早く出ていって、ひとりにしてくれ！」

マイルズが声を荒らげても、ミス・ジョーンズはいっこうに動じない様子だった。それどころか目をきらきら輝かせながら微笑むと、思いだしたようにお辞儀をしてから遺物の迷路をたどりはじめた。

彼女がドアの向こうに姿を消すまで、マイルズはむっつりした顔で見送った。そのあと解読途中の象形文字に目をやったものの、完全に集中力を失っているのに気づいた。それよりもイザベラ・ジョーンズに関する謎を解き明かすほうが先決だ。

彼女はわたしを操り、なんらかの目的を遂げようとしていると最初から感じていた。その理由がようやくわかった。貧窮していて、仕事を必要としているのだ。マイルズは人に——特に女性に操られるのは我慢ならなかった。

そしてさらに腹立たしいのは、欲望をかきたてられることだ。大勢の美女の中から気に入った相手を選べるコヴェント・ガーデンの売春宿を訪れたのは、何週間も前のことだった。そろそろあそこへ行くべきだ。いますぐにでも。

だが、イザベラ・ジョーンズをベッドに誘うほうが楽しいかもしれない。

美人ではないが、生意気で威勢のいいところが魅力的だ。それに大きな瑠璃色の瞳には引きつけられる。タトゥーの入ったほっそりした脚はエキゾティックだ。あのやわらかい肌を撫で、繊細な模様をなぞったとき、ほかの女性とは違う独特の味わいがあった。手をもっと奥まで入れて、秘められた部分を探ってみたい……。

マイルズは髪をかきあげた。ミス・ジョーンズを誘惑するなど論外だ。無垢《むく》な女に手を出すことはできない。脚に触れたときの彼女の驚いた顔を見れば、経験がないのは明らかだ。それだけでも、彼女のことを頭から追いださなければならない理由になる。

ミス・ジョーンズがいた痕跡がまだ残っていては、それも難しい話だ。いまいましい帽子はライオンの頭を持つ戦いの女神、セクメトの彫像にかぶせたままだった。かぎ慣れた埃や古い石のにおいとはかけ離れた、うっとりするような女らしい残り香がほのかに漂っている。石碑の上に置いた短剣を手に取って調べた。象牙の柄に刻まれた彫刻から判断すると、ペルシアのものだろう。

マイルズは短剣を書類の上に放った。どこか安全な場所に保管しておかなければならない。怒りや不満に駆られた彼女が、いつ刃《やいば》を向けてこないともかぎらない。

歯を食いしばり、石碑の前にかがみこんで、例の象形文字をぼんやりとなぞった。女を雇うなんてどうかしている。ミス・ジョーンズの父親に関する情報を聞きだすために、同じ屋根の下で暮らす必要はない。彼女に言いくるめられる前に質問攻めにしてやればよかったのだ。これから二週間、神聖な場所を侵入者がうろつくはめになってしまった。

いや、そうはさせないぞ。

マイルズは解決策を考えた。知りたいことを探りだしてしまえば、二週間の期限を守る必要はない。彼女をできるだけ早くこの屋敷から追いだして、秩序立った生活を取り戻そう。

深い眠りについていたベラは、突然のまぶしさに目を覚ました。ぱっとまぶたを開けると、青いブロケードのカーテンを引き開けている人影がぼんやりと見えた。

ベラは混乱し、羽根枕から頭を持ちあげてまばたきした。青と黄の装飾や上等な家具を見て、一瞬自分がどこにいるのかわからなくなった。ここはライラと一緒に寝ている狭い寝室ではない。虫に食われたベージュ色のカーテンや、欠けた磁器のたらいをのせた小さな洗面台は見当たらない。

やがて前日の出来事が鮮やかによみがえった。弟と妹のことをミセス・ノリスに頼んで、家を離れたのだった。そしてロンドンへ行き、オックスフォードの家が丸ごと入るほど広い部屋に泊まった。

カーテンを開けた人物が、天蓋付きの大きな四柱式ベッドに近づいてくる。体格のいい、茶色の目をしたそばかすだらけの娘だ。白い室内帽《モブキャップ》の下から赤毛がのぞいている。黒いドレスに、きちんとアイロンのかかった前掛けをつけていた。

「気持ちのいい朝ですよ」娘が軽いお辞儀をしながら言う。「七時になったらあなたを起こすよう、ミセス・ウィザリッジに言われたんです。旦那さまにお会いになる前に準備をしないと」

そうだわ！　九時になったら顔を出すように言われているんだった。

興奮のあまり、ベラはすっかり目が覚めた。計画はうまくいった。公爵に雇ってもらえたのだ。そして今日にも機会さえ訪れたら、宝の地図を探しはじめられる。

上掛けをはねのけて体を起こした。「起こしてくれて本当にありがとう。名前を教えてもらえる？」

「ナンです。あなたのメイドになりました」

「わたしのメイドですって？　どうして？」

「身支度のお手伝いをするためです。あなたのドレスと顔を洗うためのお湯を持ってきました。化粧室に置いてあります」

ベラは床に足をおろし、寒さに身震いした。もう五月の終わりだけれど、部屋が広いと夜のあいだに冷えきってしまうのだろう。「でも、わたしも使用人なのよ。どうしてメイドがつくの？」

「さあ、よくわかりません、お嬢さま」ナンが自信なさげに言う。「あなたは貴婦人だからお世話をするようにって、ミセス・ウィザリッジに言われたんです」床に置いてある室内履きを拾いあげ、ベラの足元にかがみこんで履かせると、はっと息をのんだ。「あら！」

タトゥーを見られたのだ。ベラは急いで立ちあがったが、ナイトガウンの裾はタトゥーを隠せるほど長くはなかった。うなだれて足首の模様をじっと見る。「見苦しいでしょう。子どもの頃エジプトにいたとき、現地の子守に入れられたの」

ナンは目を丸くしてタトゥーに見入っていた。「まあ！　痛かったでしょうね。針を使ったんですか？」

「実を言うと覚えていないのよ。まだ小さかったから」

「あらまあ！」ベラの肩に緑色のショールをかけながら、ナンが叫んだ。「びっくりはしましたけど、きれいですよ。アンクレットみたいで」

ベラはじんわりと心があたたまるのを感じた。「やさしいのね」

ナンは赤褐色の眉をさげ、困ったような表情を浮かべた。「ミスター・ハサニにも似たような印が入っているんです。うなじのところに。でも、そっちは見ると恐ろしくなります」

「ミスター・ハサニって?」

「旦那さまの従者です。エジプトから来たんですよ」壁に耳がついていると言わんばかりに周囲を見まわしてから、声をひそめて続ける。「その印は目みたいに見えるんです……うなじにある目で、みんなを見張っているんです」

ベラは肌が粟立《あわだ》つのを感じた。「まさか。タトゥーの目で見ることなんてできないわ」

「そうですけど」

ナンは納得していない様子だった。彼女が暖炉の前にひざまずいて灰をかきだすあいだ、ベラは顔を洗うために化粧室へ行った。エイルウィンがエジプトから使用人を連れ帰っていたとは驚きだ。ナンが恐れているそのタトゥーを、ぜひ見てみたかった。その目に不思議な力があるとは信じていない。ベラのタトゥーには病気を防ぐ力はなかった。軽い病気にかかったことなら何度もある。

洗面台の前に立って顔を洗いながら、タトゥーの意味についてエイルウィンが説明したときのことをまざまざと思いだした。彼は指先で模様を撫でた。あたたかい息が吹きかかるほど、顔を脚に近づけた。思いだすだけで体の奥がきゅんとうずく。

こんな気持ちにさせる男性にはじめて出会った。もちろん、スカートの中を見られたのもはじめてだけれど。エイルウィンは男の力を使ってベラを脅した。短剣を奪われたことに対しては、いまでもひどく腹が立つ。彼は礼儀を知らない暴君だ。彼からファラオの宝の半分を取りあげる瞬間が楽しみでならない。

昨日の夜、暗い部屋でひとりベッドに横たわったあとも、エイルウィンとのやり取りを思い返してなかなか寝つけなかった。彼は思いやりがなく、ぶっきらぼうで傲慢な男性だ。すぐに怒鳴るし、まさに野獣のごとくうろうろと部屋を歩きまわる。

そんな男性をベラは出し抜いた。そのことに彼は気づいてさえいない。

彼に雇ってもらうために嘘をついたのだ。

その嘘を思いだしながら、タオルを取って顔を拭いた。ミスター・スミザーズという人物に会ったことはない。世界を飛びまわっている古物商なのだとしても、知らない相手だった。けれども、彼に紹介されたと話すようレディ・ミルフォードに言われたのだ。どうしてかはわからないけれど、レディ・ミルフォードはわたしのためにわざわざお膳立てをしてくれた。

というより、父のためだろう。

もともとオックスフォードの家を訪ねてきたのは、エイルウィン公爵を手伝ってあげるよう父を説得するためだったと言っていた。その説明には、いまだに納得がいかないが。レディ・ミルフォードはこれほど長いあいだ友情を忘れずにいたのだろうか？　そんなに親しい友人なのだとしたら、父はどうして一度も彼女の話をしなかったの？

いずれにせよ、親切が度を超えている。もしかしたら、貴族というのは仲間意識が非常に強いのかもしれない。ベラはため息をつき、貴族について理解しようとするのをあきらめた。

とはいえ、エイルウィンをだましたことはまったく後悔していない。

〝オックスフォードに帰りなさい〟父は死の床で、息も絶え絶えに言った。〝約束してくれ。エイルウィンを探しだせ。地図を見つけるんだ。半分はおまえのもの……ファラオの宝〟

喉にこみあげてきたものを、ベラはぐっとのみこんだ。エイルウィン公爵と実際に会って、冷酷で無神経な人だとわかったいま、父は宝の正当な取り分をだまし取られたのではないかという疑いが強まった。地図を見つけてそれを証明しようと、彼女は決意を新たにした。

# 7

ナンが厨房から朝食を運んできてくれたが、ベラは緊張のあまりトーストとホットチョコレートしか喉を通らなかった。炉棚の上の豪奢な金時計が八時を告げる頃には、仕事をはじめる時刻までまだ一時間もあるというのに、すっかり準備が整っていた。

最後にもう一度、姿見の前に立ち、あらゆる角度から自分の服装を見て点検した。ミセス・ウィザリッジが用意してくれた紺色のドレスは襟ぐりが詰まっていて袖が長い。それを着て髪を引っつめると、まじめで有能な女性に見えた。この髪をエイルウィンは〝平凡な茶色〟と言っていた。

愚かな人。平凡で目立たない髪は計画にうってつけだ。周囲の景色に溶けこみ、人目を引かずに屋敷の中を探ることができる。

化粧室から出ると、ナンが枕をふくらませているところだった。

「図書室はどこにあるのかしら？」ベラはきいた。「できれば、仕事をはじめる前に見ておきたいの」

「ご案内します、お嬢さま。お屋敷は広いですから、迷子になってしまわないように」

ナンに促され、先に寝室から出た。ふたりは足音を響かせながら長い廊下を歩きはじめた。両側に風景画が飾ってあり、ドアがいくつも並んでいる。

「これは全部寝室なの？」ベラは驚いて尋ねた。「使用人たちのお部屋かしら？」

ナンがくすくす笑った。「まさか、分不相応です！　わたしたちの部屋は屋根裏にあるんですよ。東翼には、あなたみたいに高貴なお客さまが泊まるんです」

インドのカーストと似たような制度がイングランドにもあるのね、とベラは思った。生まれた時点で地位が決まる。だから使用人であるにもかかわらず、ベラはこの翼の部屋を割り当てられたのだろう。異国で育ったせいで、父の身分や自分に貴族の血が流れていることについて、あまり考える機会がなかった。自分は生活のために働いている農民となんら違いはないと思っていたのだ。ペルシアの山あいにあった家は石造りの粗末な小屋で、ベラはたき火で料理をしたり、近くの小川から水をくんだりして暮らしていた。

こんな豪華な屋敷に泊まるなど想像したこともなかった。

ナンがまくしたてる。「先代の公爵さまがご存命でいらっしゃった頃は、このエイルウィン・ハウスで盛大な舞踏会が開かれていたらしくて、招待客で部屋が全部埋まったそうです。いまはちょっと退屈ですね。泊まりに来るお客さまはひとりもいませんから」

大理石の階段にたどりつくと、ベラは彫刻が施された親柱に手を置いた。「ここに泊まっているのはわたしだけなの？　ほかの部屋はどれも空いているということ？」

「はい」そう言ったあと、ナンがおびえたように茶色の目を見開いた。「ひょっとして、ゆうべ変な音が聞こえませんでしたか？　東翼には……幽霊が出るという噂があるんですよ」

ベラは笑みをこらえた。ばかにした態度を取って、ナンを傷つけたくはない。

「墓地のように静まり返っていて、何も聞こえなかったわ。さあ、道を教えてちょうだい。パンくずを落としながら歩かなくてもすむようにね！」

ふたりは階段をおり、曲がりくねった廊下をいくつも通った。そのあいだに、ナンが彫像など目印になるものを教えてくれた――舞踏室に置いてあるのを小さくしたようなものだ。玄関広間では、方尖柱《オベリスク》がガラスの円天井に向かってそびえたっていた。

金めっきの木枠に縁取られた開いたドアの前で、ナンが立ち止まった。「ここが図書室です。この先の角を曲がって階段をあがれば、旦那さまが仕事場にされている舞踏室にたどりつきます」道を指し示しながら説明する。「すぐにわかると思いますよ」

ベラはお礼を言うと図書室の中に入った。急がないと。九時まで三〇分を切っている。ところが立派な部屋に息をのみ、しばらくのあいだ見とれてしまった。

これほどたくさんの本が集まっているのを目にしたのははじめてだ。広い部屋には書き物をするためのテーブルや、丸くなって読書をするのにぴったりの椅子がいくつか置かれ、両脇にクリーム色の大理石の暖炉があった。オークの棚には何千冊もの革装の書物が並んでいる。さらに、細い階段をあがると狭い通路につながり、棚の上のほうにある本に手が届くようになっていた。

ある本を探しにここへ来たのだけれど、数の多さに圧倒されてしまう。どこから探せばいいかもわからない。

「何かお探しですか？」ふいに感じのいい声が背後から聞こえた。

振り返ると、アルコーブにずんぐりした中年の男性が立っていた。黒いズボンの上に、膝まであるゆったりした白いローブをまとっている。白髪交じりの髪は薄く、浅黒い肌をしていて、ひげはきれいに剃《そ》ってあった。

黒い目でベラをじっと見ている。少しのあいだ、ふたりは互いを観察しあった。

男性の正体は予想がついた。「はじめまして、あなたがミスター・ハサニね？」

エジプト人の従者は手を合わせてお辞儀をした——うなじのタトゥーが見えるほど深いお辞儀ではなかった。「ただのハサニと呼んでください」かすかに外国なまりがあるせいで、歌うような調子になる。「あなたはミス・ジョーンズですね。公爵閣下からうかがっています」

エイルウィンはわたしの人相をどう説明したのかしら、とベラは思った。彼がわたしを雇うのに乗り気でなかったのは明らかだけれど、しぶしぶ受け入れた理由はわかっている。これから二週間、ただ働きをさせることができるのだ。「遺物の目録作りのお手伝いをさせてもらうことになったの」

「そうですか。閣下とは昔、エジプトで出会われたとか」

「ええ、小さい頃に。わたしの父のサー・シーモア・ジョーンズが考古学者だったのよ。公爵閣下のお父さまと一緒に働いていたの」

ハサニが愛想のいい笑みを浮かべる。「それなら、あなたは公爵家の古い友人というわけですね。ご用の際は、なんなりとわたしにお申しつけください。ここへは何か本を探しに来られたのですか？」

「古代エジプトの歴史についてわかりやすく書かれたものがないかと思って。概要が把握できればいいんだけど」本が詰めこまれた棚にしかめっ面を向けてから、言葉を継いだ。「でも本の多さに圧倒されて、途方に暮れていたところよ」

「喜んでご案内いたしましょう。わたしについてきてください」

ベラはハサニのあとについてテーブルや椅子のあいだをすり抜け、広い部屋を横切った。彼のうなじを観察する機会が訪れたわけだが、あいにく高い襟に隠されていて、タトゥーの一部たりとも見えなかった。

文具と地球儀の置かれた机の前で、ハサニが立ち止まった。「わたしの故郷に関する本を、閣下はたくさんお持ちです。ローマの大プリニウスが書いた歴史書もありますが、こちらのほうがあなたの役に立つと思います」

ハサニはかがみこんで下の棚から一冊の本を取りだした。そのとき、襟の隙間からひとつの目がのぞいた。アーモンド形の目の上に黒い眉が描かれていて、下から渦巻き線が二本伸びている。

ベラは背筋が寒くなった。ナンが恐れているのも無理はない。その目にまっすぐ見つめられている気がした。

どうしてそんなタトゥーを入れているの？　どんな意味があるの？

尋ねてみたいけれど、会ったばかりの――それも外国の人にきいて、気を悪くさせるのは避けたかった。中近東の多くの地域に文化的なタブーがあり、女性が個人的な質問をするのはプライバシーの侵害だと見なされる場合もある。

それにハサニが好意的に接してくれるのがうれしかったので、それを台なしにしたくなかった。今後、地図を探すのに役立つ情報を教えてもらえるかもしれない。

ハサニが分厚い学術書を手に立ちあがった。うなじをじろじろ見られていたことに気づいていたとしても、そんなそぶりは見せなかった。恭しい手つきで本を机の上に置くと、砂漠を背景に、三角形の石の建造物が三つ描かれたページを開いた。「これらは三大ピラミッドです。何千年も前に造られたものです」

ベラは机に近づいて絵を眺めた。ピラミッドのそばにいる、ローブを着てラクダに乗った男がずいぶん小さく見える。「とても大きいのね。お墓なの？」

「はい、ファラオの永眠の地です。さまざまな君主の統治下で、エジプト人は数学や科学、芸術、建築術の礎を築いたのです」ハサニが誇らしげに顎をあげた。「ほかの国の人々がまだ洞窟で暮らしていた時代に、エジプト人は読み書きができたんですよ」

「それはすばらしいわね」彼女は言った。「エジプトの歴史を学ぶのが楽しみだわ」

その本をつかもうとすると、ハサニが先に取りあげた。「いまは読む時間がありません、ミス・ジョーンズ。よろしければ、あなたの部屋に届けておきましょう。約束の時間に遅れたら、閣下がご立腹なさいますよ」

「ああ！　そうね。もうすぐ九時だわ」

「舞踏室までお送りしましょう」

図書室から出ると、ハサニはいたずらっぽい笑みを浮かべてベラを横目で見た。

「実は先ほど申しあげなかったことがあるんです、ミス・ジョーンズ。わたしとあなたは初対面ではないんですよ」

ハサニのオリーブ色の顔を見つめながら、ベラは目をしばたたいた。昨日の午後、家政婦のミセス・ウィザリッジに会うために使用人部屋へ行った際にほかの使用人たちを紹介されたが、そのとき彼はいなかったはずだ。「そうなの？」

「前にお会いしたときは、まだ小さな女の子でした。これくらいの」彼が手のひらを下に向けて、腰の高さを示す。

大階段をあがりながら、ベラは驚いて息をのんだ。「まあ、エジプトで会っていたの！よく考えてみればそうよね。前公爵は現地であなたを雇ったんでしょうから」

「はい、そうです。そのあとイングランドに移住しました」

しばらく物思いにふけったあと、ハサニは言葉を継いだ。いまはここがわたしの第二の故郷です」「ということは、エジプトにいたときのことは覚えていないんですね？」

彼女はうなずいた。「ええ、残念ながら。あなたのことを思いだせなくてごめんなさい」

「謝る必要なんてありませんよ。忘れてしまったほうがいいこともあるんです。何しろ、前公爵は墓荒らしの手にかかって殺されてしまったんですから。喉をかき切られて、砂漠で誰にも看取られずに息を引き取ったんです」ハサニは恐ろしいことを言いながら、アーチ形のドアを指し示した。「着きましたよ。では、わたしはここで失礼します。ごきげんよう、ミス・ジョーンズ」

歴史書を抱えて廊下を歩み去っていくハサニの背中をベラは見送った。もっと話をしていたかった。エジプトについていろいろきいてみたい。ハサニは愛想がよくて親切な人だ。彼の主人と違って。

ベラは期待と不安に胸を締めつけられた。ついにエイルウィンの収蔵品に触れ、地図を探すことができるのだ。彼女はドレスのしわを伸ばしたあと、引っつめた髪を撫でつけた。冷静で有能な助手に見えるはずだ。きちんと働いているかどうか監視しなくても大丈夫な、信頼できる人物に。

いざ、ねぐらにいる野獣に会いに行こう。

# 8

エイルウィンは昨日とまったく同じ場所にいた。奇妙な象形文字が刻まれた大きな石碑の前だ。上等な靴は足音をたてず、今日はペチコートをはいていないから衣ずれの音もしないため、ベラが近づいていっても公爵は気づかなかった。

あるいは単に仕事に没頭しているせいかもしれない。

ベラは足を止め、白いシャツを着た彼を観察した。膝に置いた文書を読みふけっている。金縁の眼鏡をかけているのが意外だった。

暗褐色の髪はもつれ、眉根を寄せて集中している。人差し指でたどっている文字は、石碑に記されている絵文字と似ていた。

昨日ほど怖い感じはしない。眼鏡をかけると雰囲気がやわらぐのかしら？　あるいは、端整な顔が太陽の光に包まれているからかもしれない。いずれにせよ、仕事に集中しているふつうの男性に見えた。

ところが次の瞬間、エイルウィンが鋭い声をあげてベラの幻想を打ち砕いた。

「もっと近くに来たまえ、ミス・ジョーンズ。嚙みついたりしないから」

わたしがこっそり見ていることに気づいていたのだ。ベラはいらだちを覚えながら歩いていき、公爵の前で立ち止まった。目的を果たしたければ、礼儀正しくふるまわなければならない。「お仕事の邪魔をしてはいけないと思ったんです。父が記録をつけているときも、よくそんな表情をしていましたから。集中しているときは話しかけないでほしいと言われました」

エイルウィンは座ったままこちらを向き、眼鏡をはずしてベラを見あげた。新しい服に気づくと眉間のしわが深くなった。彼女は身構えた。落ち着いた表情を保ち、批判されてもうまくかわそうと心に誓った。

「なんの記録をつけていたんだ？」エイルウィンが尋ねた。

「父のことですか？」意表を突かれた。「その……一日の終わりに、調査で見たものや考えたことを書き留めていたんです。走り書きで字も汚いから、一冊書き終えると、よくわたしが代わりに編集して写しを取っていました」

「きみたちはずいぶん長いあいだ旅をしていた。ノートも相当な冊数がたまっただろう。いまどこにあるんだ？」

木箱に入ったままオックスフォードの家に置いてあることを打ち明けるつもりはなかった。エイルウィンには関係のないことだ。「わたしが作業を再開できるようになるまで、倉庫にしまってあります」

「まだ編集を続けているのか？」

将来の計画を話すのも気が進まない。だけどこの話をすれば、古代文明に本当に関心を持っていることをわかってもらえるかもしれない。「いつか一冊の本にまとめて出版するつもりなんです。遠い国の記録を、特に学者は読みたがるはずです。西洋人がめったに訪れない遺跡に、父は詳しかったので」

エイルウィンが文書を脇に置いて立ちあがった。「わたしも興味がある。エジプトにいた頃も日誌をつけていたんだろう？」

背の高い彼を見あげながら、ベラは鼓動が速まるのを感じた。あまりの男らしさにどぎまぎしてしまう。瞳は暗い鏡のようで、考えていることが読み取れない。父の日誌について探りを入れるようにきいてくる理由が理解できなかった。

「さあ。その頃の記録は見たことがなくて。日誌をつけていたかどうかさえわかりません。どうしてそんなことが知りたいんですか？」

「それをきみが読んでいたのなら、エジプトの歴史に関する基礎知識くらいは身についているだろう？　だがどうやら、まったくの初心者みたいだな」

エイルウィンが例の傲慢な表情を浮かべた。ベラはひそかにその表情を〝公爵閣下のひとにらみ〟と呼ぶことにした。「お言葉を返すようですが、閣下、そのことは最初から言ってあったはずです。それに勝手ながら、勉強のために図書室からエジプトの歴史書を借りてきました」

「それは心強いことだ」エイルウィンがいやみな口調で言う。「さあ、これ以上時間を無駄にしたくない。きみの仕事場に案内しよう」それから飼い犬に命じるように怒鳴った。「来い」

彼はベラの脇をすり抜け、ドアへと向かった。

そのあとを追いながら、彼女は必死にいらだちを抑えこんだ。この男性に礼儀作法を教えてくれる人はいなかったの？　たくましい肩や引きしまった腰、黒いズボンに包まれた長い脚をにらみつける。彼はどうやら、公爵には下々の者にいばりちらす権利があると思いこんでいるらしい。封建時代はとっくに終わっているのに。わたしは農奴ではなく、自立した女性。脅しても無駄よ。

エイルウィンは赤い絨毯が敷かれた広い廊下――昨日、ベラが柱の陰に隠れていて見つかった場所――をずんずん歩いていく。彼女はサージのスカートの裾を持ちあげ、急いで追いかけた。「閣下、できれば収蔵品をひととおり見ておきたいので、エジプトの遺物がある部屋をすべて教えてくださいますか？」

彼がふたたび〝公爵閣下のひとにらみ〟をきかせた。「だめだ。勝手にうろつかれて、あちこち探られてはかなわない」

ベラは食いさがった。「ある程度は自由に動きまわれないと仕事がやりにくいと思います。それにこんなに広いお屋敷だから、迷子になったら大変です」

「そうならないように、この道をよく覚えておくといい。それができないのなら首にする」

彼女は唇を引き結んだ。このままでは地図を探すのに苦労する。どの部屋にしまいこまれているのか、見当をつけておきたかった。「でも、お屋敷を案内して――」

「その必要はない。きみは一日じゅう、青の応接間《ドローイングルーム》で働くことになるのだから」

「絵を描く部屋《ドローイングルーム》で？」スケッチブックやイーゼル、鉛筆、絵の具が散らばった部屋を、ベラは思い浮かべた。どうしてそんな部屋で？　どんな仕事をさせられるの？　エジプトの彫像の絵を描くとか？　美術はあまり得意じゃないと正直に話すべきかしら？

心の中で葛藤していると、ふいに公爵が立ち止まって大きなドアを開け、中に入っていった。

そこは広々とした薄暗い部屋で、高い天井と壁は薄い青に塗られていた。細長い窓は紺青色のカーテンに覆われ、日光がほとんどさえぎられている。絵を描く道具は見当たらなかった。テーブルや椅子といった、ごくふつうの家具も備えつけられていない。

その代わりに木箱や彫像、花瓶、壺《つぼ》など種々雑多なもので埋めつくされ、埃と石のかびくさいにおいが充満していた。立派な彫刻が整然と並んでいる舞踏室と違って散らかっている。ここに置いてある遺物はどれも小型で、壊れているものもあった。

ベラは気分が落ちこんだ。もしこの中に地図があるとしても、見つけるのに何カ月――いや、何年もかかるだろう。二週間後には屋敷から追いだされるかもしれないのに。

それどころか、もっと早く追いだされる可能性もある。エイルウィンはベラを雇ったことをすでに後悔しているように見えた。

「この部屋にあるものの目録を作るのが、きみの仕事だ」彼が厳しい目つきでベラをじっと見ながら言う。「修復が必要なものについては評価書を作成してほしい。それからくれぐれも言っておくが、ここにあるのはすべて歴史的価値のあるものだ。どんなものであろうと捨ててはいけない。わかったか？」

「はい、父の仕事を手伝っていたので、そういったことは承知しています。陶器のごく小さなかけらでさえ、昔の人々の生活を知る手がかりになるんですよね」

「ああ。そういえば、そこの箱に壊れた陶器が入っているから、まずはその整理からはじめてもらおうか」

エイルウィンは窓際に山積みにされた木箱を指さしたあと、ドアのほうを向いて立ち去るそぶりを見せた。ベラはあわててドアの前に立ちはだかった。もっと情報を引きださなければならない。なんでもいいから彼にしゃべらせよう。「カーテンを開けてもかまいませんか？」

エイルウィンがじろりと彼女をにらんだ。「もちろん。きくまでもないことだ」

彼がふたたび歩きだそうとしたので、ベラは足を踏ん張って出口をふさいだ。

「くだらない質問だと思われたでしょうけれど、遺物を日光にさらしても大丈夫なのかどうか確かめたかったんです。文書があるかもしれないし。エジプト人は石にしか文字を記さなかったんですか？　それとも何か紙も使っていたんでしょうか？」

「パピルスだ」エイルウィンがぶっきらぼうに言う。「カミガヤツリで作った紙だ。だが、この部屋にはない」

「そうですか。それなら、どこかほかの部屋に置いてあるんですね？」

彼が眉をひそめた。「ああ。墓で発見した文書や何やらを収蔵している部屋がある」

「何千年も前の文書がいまでも残っているなんてロマンティックだわ」ベラは胸の下で指を組みあわせ、彼がささやかな頼みを聞き入れてくれることを願った。「そのうち見せてもらえないでしょうか……パピルスを？」

不機嫌な顔をしたエイルウィンが、慎みのあるドレスに隠された胸をちらりと見た。そのあと表情をさらに険しくして、彼女の目に視線を戻した。「断る。パピルスは傷みやすいんだ。わたし以外は誰にも触らせない」

「手は触れません。古い文書の扱い方なら父に教わりました。それにちょっと見るだけでも、いい勉強になると思うんです。どこにしまってあるんですか？」

彼がいぶかしげに眉をつりあげる。「西翼の保管室だ。だが、きみは立ち入り禁止だ」

「なんですって？」

「聞こえただろう」

エイルウィンが一歩前に出て、彼女に詰め寄った。ぎらぎら光る彼の目を見て、ベラはぎくりとした。鼓動が速まり、息が苦しくなってめまいがする。あとずさりするべきだと頭ではわかっているのに、体が動かなかった。ふいに彼が大きな手をあげてベラの顔に当て、親指で頬を撫でた。

指先でそっと唇の輪郭をなぞる。「わたしの部屋は西翼にあるんだ。西翼はわたしの私室だ」甘い声でささやくように言った。「よく聞いてくれ、イザベラ・ジョーンズ。わたしの私室にそのかわいい足を一歩でも踏み入れたら、わたしに抱かれに来たのだと思うことにするぞ」

翌日の昼頃、ベラは木箱に手を入れ、わらの中から陶器の破片を取りだした。手のひらにのせ、窓から差しこむ光に当てて観察する。消えかけている黒い模様が浮かびあがった。身をかがめ、それを同じ模様のついた破片と一緒にした。埃まみれの木の床のあちこちに、このようにして分類した破片の山が置かれている。パズルを組みあわせるみたいで、やりがいのある楽しい作業だ。木箱の中には、テラコッタの器が合わせて五二個入っていた。いつかエイルウィンが膠《にかわ》で復元したくなったときのために、それらの破片をもっと小さな箱に個別に移し替えた。

エイルウィン。

彼のことを思いだしただけで体が震えてしまう――怒りのせいだ。昨日の朝この部屋に連れてこられ、不愉快な脅しをかけられて以来、彼の姿を目にしていなかった。ベラはその出来事を忘れることにした。たとえメイドの仕事をさせられたとしても、この屋敷から出ていくつもりはない。

昨日は一日じゅう破片の整理をしたあと、自分の部屋で夕食をとり、寝る前にエジプトの歴史書を読んだ。そしてベッドの脇のろうそくを吹き消した瞬間に、朝の記憶がよみがえった――彼の欲望に燃えた目。詰め寄ってくる大きな体。頬に、唇に触れた指のぬくもり。

もっとも屈辱を感じたのが、あの言葉だ。〝わたしの私室にそのかわいい足を一歩でも踏み入れたら、わたしに抱かれに来たのだと思うことにするぞ〟

そう言うなり、エイルウィンは部屋から出ていった。ベラが辛辣な返答を思いついたのは、そのあとのことだ。でも、それでよかったのだろう。去っていく彼の背中に無礼な言葉を浴びせていたら、仕事を失うはめになったかもしれない。エイルウィンは使用人に軽んじられて黙っている男ではない。それが当然の報いだとしても。

「いやな人」いまさらながら、ベラはつぶやいた。

それから数日間、彼女は自分の能力を証明するために、そしてエイルウィンがまだ抱いているかもしれない疑念を晴らすために一生懸命働いた。急いては事を仕損じる。とはいえ、パピルスが収蔵されているという保管室を調べたくてうずうずしていた。宝の地図を探すのなら、そこからはじめるのが理にかなっている。問題は西翼に入るのを禁じられていることだ。

〝そのかわいい足を一歩でも踏み入れたら〟

本当にかわいいと思ってくれているのかしら？

もちろん、そんなわけはない。それにどうでもいいことでしょう？　エイルウィンは女性をいじめて喜ぶ人でなしよ。わたしをつけあがらせないための手口に違いない。わたしを君主の思いどおりにできる農奴の地位に引きおろしたいんだわ。

それにしても、あの脅しは本気なの？　保管室に忍びこんでいるところを見つかったら、凌辱《りょうじょく》されてしまうのかしら？　わたしをベッドに連れこんで、無理やり欲望を満たすつもり？　腕の中に引き寄せられて情熱的に口づけられたら、どんな感じがするのだろう？

そう思った瞬間、体の芯がかっと熱くなった。ベラは何度か深呼吸をして気持ちを落ち着かせた。エイルウィンは良心の呵責を感じたりはしないはずだ。わたしの脚や顔に触れたときも、少しもためらわなかった。脅しは実行されると考えておいたほうがいい。

それでも引きさがるつもりはない。絶対にあきらめるものですか。なんとか彼の裏をかいて――。

そのとき突然咳払いが聞こえて、ベラはびくりとした。ドアを見やると、黒い服と真っ白な首巻き《クラヴァット》と手袋を身につけた、しかつめらしい執事が立っていた。初老の男性で、白い髪は薄くなっている。無表情だが唇がすぼまっていて、なんだかこちらが非難されているような感じがした。

執事はお辞儀をした。「お仕事中にすみません、ミス・ジョーンズ」

ベラは持っていた破片を置き、彼のもとへ歩いていった。「全然かまわないわ、ピンカートン、どうぞ中に入って」

「ワイン貯蔵庫でいくつか空き箱を見つけたんです。まだご入り用でしたら、どうぞお使いください」

体の大きな従僕がふたり、それぞれ小さな木箱の山を抱えて部屋に入ってきた。ベラは執事に微笑みかけた。「助かるわ、ありがとう。わたしが頼んだことを覚えていてくれたのね」

ピンカートンの顔が首まで真っ赤になった。あまりお礼を言われることがないのかもしれない。一見気難しそうに見えるけれど、実は心のやさしい人なのだとベラは気づいていた。ある朝、彼が勝手口で野良犬に残飯を与えているところを偶然見かけたのだ。

ピンカートンがふたたび咳払いをした。「それから、お客さまがお見えです。ミスター・オスカー・グレイソンとその奥方さまです」

「きっと何かの間違いね。そういう名前の方は存じあげないもの」

「ミスター・グレイソンは旦那さまのいとこ殿で、爵位の相続人です」

「まあ」ベラは困惑し、首をかしげた。「でも……どうしてわたしに会いに来られたの？」

「身分の高い方々のことを勝手に臆測できるような立場ではございませんが」ピンカートンはしょぼしょぼした青い目をせわしなく動かしたあと、声をひそめて言った。「旦那さまが迎え入れた客人がどんな方か、確かめにいらっしゃったのでしょう。居間にお茶を用意しましょうか？」

詮索好きな貴族と世間話をする気にはなれない。仕事が山ほどあるのに。きっと座る場所がなければ長居はしないだろう。「いいえ、この部屋にお通ししてください」

「かしこまりました」ピンカートンはよろよろとお辞儀をすると、従僕たちを引き連れて出ていった。

わたしも一緒に姿を消してしまいたい。

邪魔が入ったことにいらだちを覚えながら、ベラはしわだらけの青いスカートについた埃を払い落とした。それから壁にかかった金縁の大きな鏡に駆け寄る。この部屋が倉庫として使われるようになる前に備えつけられた装飾品で、下半分が壊れた彫像の山に隠れているため、つま先立ちになってのぞきこまなければならなかった。

髪は見られたものではない。息を吐きだし、額に垂れたほつれ毛を吹き払おうとしたが無駄だった。手でかきあげた拍子に頬に埃がついて、それを袖でぬぐい取る。

やれやれ、面倒なことになってしまった。訪問者に会う前に、急いで寝室へ行って顔を洗ってきたほうがよさそうだ。けれども、そこで思い直した。客にどう思われるか気にする必要などない。ここに来た目的は、上流社会に受け入れられるためではないのだから。

しばらくして、紳士と貴婦人が颯爽と部屋に入ってきた。そしてドアの前で立ち止まると、遺物でごった返した室内を嫌悪の表情で見まわした。これほど対照的な眺めも珍しい、とベラは思った。乱雑な部屋に足を踏み入れたふたりは、一分の隙もない身なりをしている。勝手気ままな生活を送ってきて、一瞬たりとも働いたことなどないように見えた。

ミスター・オスカー・グレイソンは磨きあげられた黒いステッキに寄りかかっていて、頬ひげと黒い巻き毛は入念に整えてある。平凡な顔立ちを補おうとするかのように、派手な服を着ていた――金色のベストに翡翠《ひすい》色の上着、複雑に結ばれたクラヴァット、金色の細い縞模様が入った黒いズボン。隣にいる妻はなめらかな肌と金髪の持ち主で、ほっそりした体に薄いピンクのドレスをまとっている。きらきら輝く琥珀色の瞳で、値踏みするようにベラをじろじろ眺めていた。

このふたりと自分はなんの共通点もないことを、ベラは瞬時に悟った。とはいえ雇い主の親戚なのだから、礼儀正しくふるまう必要はある。

作り笑いを浮かべ、前に出て手を差しだした。「はじめまして、ベラ・ジョーンズです。グレイソンご夫妻ですね？」

ミスター・グレイソンが握手に応じた一方、妻のほうは手袋をはめた手を組みあわせたまま取り澄ましていた。「これはこれは」ミスター・グレイソンが陽気な口調で言う。「きみがミス・ジョーンズか。うちのメイドがここの従僕から、きみの噂を聞いてきてね。ぜひ会いに行かなくてはと思ったんだ。マイルズが屋敷に女性を呼ぶなど異例のことだから」

ベラは眉をつりあげた。「マイルズとは？」

「マイルズ・グレイソン、ぼくのいとこの第五代エイルウィン公爵のことだよ」ミスター・グレイソンは声をたてて笑うと、妻のほうを見た。「ほらな、ヘレン。ぼくの言ったとおりだろう？　彼女は名前すら知らなかった。愛人のはずがない」

エイルウィン公爵にも名前があるのだ、とベラは当たり前のことを考えた。マイルズ。そう呼べば、あまり怖くない気がする。ミスター・グレイソンの言葉を理解したのはそのあとだった。

「愛人ですって？」ベラは仰天し、スカートを握りしめて怒りをこらえようとした。「とんでもない。わたしは遺物の目録を作るために雇われたんです。信じられないというのなら、どうぞ公爵に直接お尋ねになってください」

「どうやら本当にただの使用人みたいね」ミセス・グレイソンがそわそわと歩きまわる――きれいなスカートが埃っぽい遺物に触れないよう、慎重によけながら。「ようやくこのがらくたを片づける気になってくれたのかしら。この応接間が、かつての栄光を取り戻せるように」

「あいにくそのような指示は受けておりません」ベラは冷ややかな口調で言った。「ほかに置き場所なんてありませんし」

「ごみに出せばいい」ミスター・グレイソンがせせら笑った。「ぼくが六代目公爵となったあかつきには、どうせ全部捨てるんだから」

ミスター・グレイソンの高慢な態度に、ベラは反発を覚えた。遺物を処分すると言ったからだけではない。エイルウィンと同年代に見えるのに、いとこが早世することを期待しているの？「それはどうでしょう」黙っていられなかった。「公爵もいつか結婚して、エジプトの研究を引き継いでくれる跡取りをもうけるでしょうから」

ミスター・グレイソンがぽかんとした顔でベラを見た。「結婚だと？　ありえない。マイルズはすでにこのがらくたと結婚しているんだから！」

ミセス・グレイソンが目を細め、ベラに詰め寄った。「本当のことを話してちょうだい、ミス・ジョーンズ。マイルズを狙っているの？　あなた、彼を罠にはめて跡取りを産むつもりなんでしょう？　だからここに来たのね――わたしの夫から相続権を奪うために！」

ベラは唖然とした。「まさか。違います！」

「いったいどんな手を使って雇ってもらったんだ？」ミスター・グレイソンも近づいてきて、妻に加勢した。「その仕事には、女より男のほうが向いているのは間違いない」

ベラは唇を引き結び、言い返したくなるのをこらえた。これほどの侮辱を受けたのは生まれてはじめてだ。このおせっかいな人たちを部屋から追いだしたくてたまらなかったが、エイルウィンに対して影響力を持っている可能性もある。彼を説得して、わたしを解雇させるかもしれない。

少し情報を与えれば納得するだろう。「わたしの父のサー・シーモア・ジョーンズが昔、エジプトで先代のエイルウィン公爵と一緒に仕事をしていたんです。そのご縁で雇われました」

「サー・シーモア・ジョーンズ？」その名前をはねつけるかのごとく、ミセス・グレイソンが指をひらひらさせた。「はじめて聞いたわ。どこの家の方？　出身は？」

「オックスフォードシャーです。ご存じないのは当然です。父は――わたしたちはずっと外国で暮らしていましたから」

「フランスかイタリアでしょうね」

「いいえ、アジアや中近東の荒野を放浪したんです」ベラはつい、からかいたくなった。「ラクダやラバに乗って旅しながら、部族民に交じって生活していたんですよ。最後はペルシア南部の山あいにある石造りの小屋に落ち着きました」

グレイソン夫妻は嫌悪の表情を浮かべて顔を見合わせた。「野蛮人に囲まれて暮らしていたのか？」ミスター・グレイソンが尋ねる。

「あら、でも、彼らから学ぶことも多いんですよ。それに英国社交界のしきたりに縛られずに生きるのって、とても気分がいいんです。ぜひ一度、試してみてください」

「あなたが礼儀作法に欠けている理由がこれでわかったわ」ミセス・グレイソンが言い放った。「異教の世界で育った女性を公爵家に住まわせるわけにはいきません！」

ベラは傷ついた。「それはあなたが決めることではないでしょう。こんな話を続けても無意味です。エイルウィン公爵がわたしの能力を認めてくださったんですから、あなた方もそれに従うべきだわ」

ミセス・グレイソンはつんと顎をあげ、軽蔑のまなざしでベラを見た。「マイルズの行動が家名に影響するのよ。あなたが貴族だというのなら、どうしてシャペロンを連れていないの？　独身男性と同じ屋根の下で暮らすレディなんているものですか」

「そのとおりだ！」ミスター・グレイソンが賞賛の視線を妻に向けたあと、ベラをじろじろ見た。「つまりきみは堕落した女ということになるが、ミス・ジョーンズ、何か言い分はあるかね？」

中傷されて、とうとう堪忍袋の緒が切れた。「あなたは言ってはならないことを言いました、サー。どうぞいますぐお帰りください。早くしないと、おふたりに部族の呪いをかけますよ」

ベラはペルシア語に切り替え、冷淡で高慢ちきな英国貴族の悪口を言いはじめた。

案の定、それを呪いだと信じこんだグレイソン夫妻は恐怖で縮みあがり、転がるように部屋から出ていった。

# 9

それからわずか二時間後、ベラに敵意を抱く人物がまたひとり訪れた。

グレイソン夫妻が帰ったあとも、彼女は仕事に集中することができなかった。壊れた遺物の山の隙間を行ったり来たりしながら、それらを整理する方法についてノートに書きつけた。徐々に怒りがおさまってくると、冷静に考えられるようになった。とにかく、大あわてで退散するグレイソン夫妻は見ものだった。

でも、あのふたりがエイルウィンに告げ口したらどうしよう？　いとこを脅されたと知ったら、エイルウィンはどう思うかしら？　それを理由にわたしを解雇するかもしれない。

ベラは革綴《と》じのノートをぎゅっと握りしめた。またかっとなってしまった。それがおまえの欠点だと、子どもの頃、父によく叱られたものだ。

父の最後の願いをかなえたいのなら、感情を爆発させないように気をつけなくては。父はわたしに弟と妹を養う手段を与えたかったのだ。〝約束してくれ〟父は死の床で、息も絶え絶えに言った。〝約束してくれ。エイルウィンを探しだせ。地図を見つけるんだ。半分はおまえのもの……ファラオの宝〟

その言葉を思い返しているうちに、ある考えが頭をよぎるようになった。もしかしたら、金や宝石など存在しないのかもしれない。〝ファラオの宝〟とは古代エジプトの遺物を指している可能性もある。父はエイルウィンの収蔵品の半分をわたしが受け取る権利があると言おうとしたの？

いいえ、そんなはずないわ。もしそうだとしたら、地図を見つけろなどとは言わないはずだ。やはり地図が鍵となる。地図さえ手に入れれば、宝というのが具体的になんなのかもはっきりするだろう。

いまは機会が訪れるのをじっと待つしかない。

ため息をついてひざまずくと、箱に入った石のスカラベの目録を作りはじめた。見たところ、これらは再生をもたらしたり災いを回避したりする護符として使われていたようだ。ひとつひとつ違っていて、動物の絵が刻まれたものもあれば、瑠璃など色石が埋めこまれているものもある。作業に没頭するうちに西日が差しこんできて、木箱の底に半分埋もれていた遺物に降り注いだ。

ベラはそれを拾いあげた。こぶしより少し大きな雪花石膏《アラバスター》の壺だ。ドレスの裾で埃をそっと拭き取ると、縁の部分にわずかにひびが入っているだけで、ほとんど無傷なのがわかった。ふたつに割れた女性の頭部の彫刻もある。それらを合わせて壺の上に置くと、ぴたりと当てはまった。

これを――ほかのものも――父が見つけたのだろうか？　どうしてエジプト時代の話を一

度もしなかったの？　日誌に書き残さなかったの？　いまとなっては、その答えは知る由もない。

エジプトの灼熱《しゃくねつ》の太陽の下で働いている父の姿を想像すると胸が締めつけられた。父は砂に埋まっていたこの壺を掘りだし、何世紀分もの汚れを払い落として、いまのわたしみたいに両手でそっと包みこんだのかもしれない。そんなふうに畏敬の念をもって古代の遺物を扱う姿を、さまざまな地で何度も見たことがあった。

そのとき、廊下から男性の足音が聞こえてきた。

ベラは心臓がどきんと打つのを感じた。エイルウィンだわ。きっとわたしが彼のいとこにした仕打ちを非難するために来たのだ。なんてこと。解雇されないように、彼をなだめる方法を考えなくては。

ベラは急いで立ちあがり、ドアを振り返った。ところが部屋にずかずかと入ってきたのは見知らぬ男だった。中背で髪が薄く、ぶかぶかの茶色の上着にずりさがった黒のズボン、すり減ったブーツというだらしない格好をしている。二重顎とずんぐりした体形がブルドッグを思わせた。

男は立ち止まるとベラをにらみつけた。「それはエジプト第一九王朝のカノプス壺だ」とがめるように言う。「くれぐれも慎重に扱うように！」

まだ壺を持っていたことに、ベラはそのとき気づいた。相手が何者なのか尋ねる前に、ピンカートンが悠々とした足取りで部屋に入ってきた。背中の曲がった執事はドアの前で立ち止まり、口をゆがめて言った。「お客さまがお見えです、ミス・ジョーンズ。こちらはミスター・ウィリアム・バンベリー・デイヴィスです。階下《した》でお待ちいただくように申しあげたのですが」

「遺物の研究のために、いつでも自由に出入りしてかまわないとエイルウィンに言われている」バンベリー・デイヴィスはいらだちを隠そうともせずに言った。「きみはもうさがってくれ」

ピンカートンが問いかけるようなまなざしでベラを見た。彼女が同意しなければ、立ち去るつもりはないということだ。この訪問客がよい評判を得ていないのは明らかだった。

ベラは壺を置き、手についた埃を払うと、執事に向かってうなずいた。「ありがとう、ピンカートン。何かあったら呼び鈴を鳴らすわ」

ピンカートンが立ち去ったあと、ベラは前に出て手を差しだした。「はじめまして、ミスター・バンベリー・デイヴィス。先ほどのお話からすると、エイルウィン公爵と一緒にお仕事をされているんですね」

バンベリー・デイヴィスは握手に応じず、険しい顔をした。「わたしは著名なエジプト学者だ――きみと違ってな。マイルズがきみを助手に雇ったとミセス・グレイソンから聞いたときは耳を疑ったよ。よりによって、あの悪党のサー・シーモア・ジョーンズの娘なんかを！」

自制心を働かせようと心に誓ったにもかかわらず、ベラは怒りがふつふつとわいてくるのを感じた。こぶしを握りしめて必死にこらえる。「いいかげんにしてください、サー。あなたは執事にもわたしにも、失礼な態度を取りました。礼儀正しくふるまうことができないのなら、いますぐお引き取り願います！」

バンベリー・デイヴィスは何やらぶつぶつ言ったあと腰に手を当て、抑えた口調で言った。「わかったよ、ミス・ジョーンズ。ところで、ご両親も一緒にイングランドに戻ってこられたのかな？」

「父は去年コレラにかかって亡くなりました。母も一五年前に。わたしの両親と知りあいだったんですか？」

バンベリー・デイヴィスは薄い青色の目でベラの全身を眺めまわした。「シーモア・ジョーンズはオックスフォード大学の同窓だ。長いあいだ、どこへ行っていたんだ？」

「アジアと中近東のあちこちを旅してまわっていたんです。後半はペルシアにいて、父はそこでペルセポリスの遺跡の発掘を手伝っていました」

「そしていま、きみはどういうわけか、ここエイルウィン・ハウスにいる」バンベリー・デイヴィスは一歩ベラに詰め寄った。「シーモア卿に言われて来たのか？　遺物の一部を要求するように言われたんだな？　きみにはその権利があるとでも？」

この人の言ったことは、ほぼ当たっている。けれど、そこまで軽蔑される筋合いはない。どうして父を蔑視するのだろう？

「あなたがわたしの父を中傷したのはこれで二度目です。父は勤勉で誠実なよき父親でした。

悪党などと呼ばれるような人ではありません」

「よくもそんなことが言えたな。マイルズを見捨てた男だぞ」

妙な言いがかりに、ベラは眉をつりあげた。「エイルウィン公爵を見捨てたですって？　いったいなんの話ですか？」

「四代目公爵が亡くなってから丸一日も経たないうちに、シーモア卿は妻ときみを連れて逃げたんだ。跡形もなく姿を消してしまった。マイルズはシーモア卿を第二の父親だと思っていた。それなのに、やつは父親を失ったばかりのマイルズをエジプトにひとり置き去りにしたんだよ」

ベラは木箱の縁をきつく握りしめた。父がそんなことをするなんて信じられない。

「エイルウィン公爵がそう言っているんですか？　彼は当時まだ一三歳でした。きっと記憶違いをしているんでしょう」

「いいや、ミス・ジョーンズ。わたしがこの目で見たことだ」

「ちょっと待ってください。あなたもあの頃、エジプトにいたんですか？」

「ああ」バンベリー・デイヴィスは遺物の隙間をいらいらと歩きまわり、スカラベを拾いあげて指でこすった。「マイルズが困っていたときに手を差し伸べたのがこのわたしだ。イングランドにどの遺物を輸送するかについて助言し、慰めと援助を与えた。それもこれも、きみの父親が義務を放棄したからだ」

ベラは頭が混乱した。でもこれで、エイルウィンがわたしに敵意を抱いていて、父のことやエジプトを離れたあとの行き先について探りを入れてきた理由がわかった。この人の話が本当なら、父はまだ少年だった公爵に対する義務をないがしろにしたことになる。公爵が父をもっとも必要としていたときに、父は姿を消してしまったのだ。父親を墓荒らしに殺されて、エイルウィンはひどく取り乱していただろう。そんなときに、信頼していた相手に異国の地に置き去りにされた……。

まさか。

いいえ、父がそんな不名誉な行いをしたはずがない。ときおり研究に没頭しすぎて家族に迷惑をかけることもあったけれど、薄情なことや残酷なことができる人ではなかった。きっとバンベリー・デイヴィスは大げさに言っているのだ。

ベラは腕組みをし、バンベリー・デイヴィスの前に立ちはだかって歩きまわるのをやめさせた。「父はすぐに新しい仕事を探す必要があったんじゃないかしら。養わなければならない家族がいたのだから。そのとき父が何を考えていたのか、あなたにわかるはずがないわ」

「ばかばかしい。マイルズは代わりに給料を払いつづけることができたんだぞ。きみは知らなかったようだが、ミス・ジョーンズ、残念ながらきみの父親は無情な悪党だったんだ。きみが良心のかけらでも持ちあわせているのなら、ここにいる資格がないことくらいわかるだろう！」

ベラは体をこわばらせた。「いいえ、そうは思いません、サー。エイルウィン公爵がわたしをキュレーターとして雇ったんです。ほかの人に追い払われる筋合いはありません」

バンベリー・デイヴィスがさげすむように鼻を鳴らした。「きみがキュレーターとは、ちゃんちゃらおかしい！　きみの経歴は？　三〇年以上もエジプトの歴史を研究しつづけてきたこのわたしより立派なものかね？　高名な学者に師事したのか？　学位は取得したんだろうな？」彼はアラバスターの壺を拾いあげると、ベラの目の前に突きつけた。「カノプス壺が何に使われていたかさえ知らないんだろう？」

ベラは顎をつんとあげた。エジプトじゅうの秘宝の地図が手に入ったとしても、この男の前で自分の無知を認めるつもりはなかった。「あなたの質問に答える義務はありません。侮辱もいいところ――」

「そのとおりだ」背後から物憂げな声が聞こえてきた。

振り返ると、マイルズがドアの枠に手を突いて立っていた。いいえ、マイルズではなくてエイルウィンよ。そんな馴《な》れ馴れしい呼び方をしてはいけない。

白いシャツの下の胸の筋肉や、黒いズボンがぴったりと張りついた長い脚のことを考えてもいけない。黒い髪は手ぐしで整えたかのようにもつれている。これで短剣を口にくわえれば、海賊のできあがりだ。

ベラは胸が高鳴るのを感じた。頭がくらくらして息が苦しくなる。彼に惹かれているからではない。突然現れたから驚いただけだ。

いつから話を聞かれていたのかしら？

エイルウィンが部屋に入ってきて、不満げな顔をしているバンベリー・デイヴィスから壺を取りあげた。両手で壺をくるくるまわしながら言う。「カノプス壺はミイラの内臓に防腐処置を施して保管するために使われていた。これは蓋から判断すると、肝臓が入っていたはずだ。当然、ミス・ジョーンズもそれくらい知っている」

エイルウィンはわたしをかばってくれたのだ、とベラは気づいた。バンベリー・デイヴィスの攻撃から守ってくれた。でも、どうして？

エイルウィンの目を見ても、厳しさのほかには何も読み取れない。きっと、彼のいとこを侮辱した件について話をしに来たら、わたしがまた新たないさかいを引き起こしている場面に遭遇したのだ。ベラは自分の気の短さを恨んだ。

エイルウィンに壺を手渡され、その拍子に指が触れあった。指がしびれるのを感じ、あわてて口を開く。「ええ、閣下、もちろん知っていました。美しい遺物が、ときにぞっとするような用途に使われていたことに驚くばかりです」

バンベリー・デイヴィスが抗議する。「いいや、彼女は知らなかったことに全財産を賭けてもいい。マイルズ、素人の女に貴重な遺物を扱わせるなど無謀の極みだぞ。父親と同じで信用できない――」そこでふいに口をつぐんだ。

エイルウィンが恐ろしい形相でにらみつけ、黙らせたのだ。

〝公爵閣下のひとにらみ〟だわ。場違いにも、ベラは心が浮きたつのを感じた。あれを向けられるのはわたしだけだと思っていた。けれどもどうやら、彼はほかの人に対しても傲慢に不満をあらわにするらしい。

「わたしと一緒に来い」エイルウィンはバンベリー・デイヴィスに命じると、きびすを返してドアへと向かった。

ベラはカノプス壺を握りしめたまま、公爵と小走りでついていくバンベリー・デイヴィスの後ろ姿を見ていた。バンベリー・デイヴィスは癪に障る男だけれど、エイルウィンの叱責を受けに行くのだと思うとなんだか気の毒になる。しかしその気持ちは、バンベリー・デイヴィスが振り返って怒りに満ちた視線を投げてきた瞬間に消え去った。

彼女は背筋が寒くなった。間違いない。この人は父だけでなく、わたしのことも嫌悪している。今後あらゆる手を使って、わたしをこの屋敷から追いだそうとするだろう。


マイルズは西翼の書斎に入っていった。いつもなら、この広々とした部屋は仕事に集中できる彼の避難所だ。内装は父が使っていた当時のままにしてある。使い古した革張りの椅子や、緑の大理石の炉棚が備えつけられていた。庭を眺められるように、暗い金色のカーテンは開けてある。床から天井まである本棚にはアンク十字や猫、女神などえり抜きのエジプトの遺物が飾ってあった。奥のドアは窓のない保管室につながっていて、そこにあるオーク材の棚の引き出しに、日光から守るためパピルスを収蔵してある。

書類が山積している、磨きあげられたマホガニー材の机の前で立ち止まった。先ほどここで仕事をしていたときにピンカートンがやってきて、ベラがまたもや訪問客に悩まされていると知らせてきたのだ。マイルズは激しい怒りに駆られて立ちあがった。ベラのことが心配だったからではない。彼女は自分で自分の面倒を見られる人間だ。

ただ、他人に干渉されることにほとほといやけが差したのだった。その前にはオスカーとヘレンが書斎に飛びこんできて、未婚女性と同じ屋根の下で暮らすのは不適切な行為であり、相手が野蛮人のあいだで育った女性ならなおさらだと訴えた。ベラに呪いをかけられたと聞いて――巧妙な嘘に決まっている――マイルズはひとしきり含み笑いをしたあと、ふたりを帰らせた。

しかし、今回のほうが状況は深刻だ。ウィリアム・バンベリー・デイヴィスは尊敬すべき仕事仲間なのだから。軽薄な社交家とは違う。

バンベリー・デイヴィスは机の上の書類を一瞥したあと、不自然なくらい明るい口調で言った。「象形文字の辞書の編纂は進んでいるかい？」

「そんなことより座ってくれ」バンベリー・デイヴィスは警戒するような目つきでマイルズを見てから、机の向かいにある椅子に大きな体を沈めた。マイルズは机の縁に腰かけた。相手を見おろす位置につけば優位に立てるし、自分のほうに支配権があることをさりげなく誇示できる。かつてはこの男に権力を譲ったこともあった。だが、もはやマイルズは保護者を必要としているおびえた孤独な子どもではない。

マイルズはバンベリー・デイヴィスをにらみつけた。「たしかにわたしは、研究に必要な際はエイルウィン・ハウスに来て遺物を調べていいとあなたに許可した。しかし、先ほどのようなふるまいを繰り返すのならば許可を取り消す」

バンベリー・デイヴィスの顔が真っ赤になった。「でも……彼女はシーモア卿の娘じゃないか！　きみはあの男に裏切られたんだぞ。いったいどうして雇う気になったんだ？」

父の死にいまだに疑問を抱いていることを、マイルズは胸に秘めていた。バンベリー・デイヴィスやハサニにも打ち明けたことはない。その疑問に対する答えをベラ・ジョーンズが持っているかどうかはまだわからない。しかし彼女が、父のことを一番よく知っていたシーモア卿――別れも告げずに家族を連れてエジプトから逃げだした男――とのもっとも重要なつながりであるのはたしかだ。

「彼女は仕事を必要としていた」マイルズは淡々とした口調で言った。「だから仕事を与えた。それだけのことだ」

「なぜきみのところへ来たんだ？　怪しすぎる」

「そうかな。生まれてからほとんど外国で暮らしていたから、イングランドに知りあいがいないんだ。父親のことを知っていたわたしに頼ってきても、おかしくはないだろう」

バンベリー・デイヴィスはずんぐりした指で肘掛けを握りしめた。「そうだとしても、あのときイングランドに遺物を持ち帰るのを手伝ったのはこのわたしだ。ここにある遺物のことなら、きみの次によく知っている。助けが必要なら、わたしに頼むべきだったんだ。あんな……部外者に頼むとは！」

マイルズは意地の悪い笑いをこらえた。この男の怒りが嫉妬から生まれているとわかっても驚きはしない。バンベリー・デイヴィスは以前から、エジプトの遺物に対する独占欲をあらわにしていた。持ち帰るのを手伝ったから、その権利があると思っているのだ。

バンベリー・デイヴィスと出会ったのは、父が殺され、シーモア卿が姿を消した直後のことだった。当時一三歳だったマイルズは指導と助言を切実に求めていた。そしてバンベリー・デイヴィスはそれらを進んで与えてくれた。彼もちょうどエジプトを旅していて、お悔やみを言いに来たところを、マイルズが説得して遺物の購入のための現地の役人との交渉に立ち会ってもらったのだ。

そんなわけで、マイルズはこれまである程度バンベリー・デイヴィスの自由にさせていた。彼のおかげで、大量の遺物をエイルウィン・ハウスに持ち帰るという父の夢をかなえることができたのだから。

だが、もうとっくに借りは返した。バンベリー・デイヴィスに遺物の扱い方について指図する権利はない。

マイルズは冷ややかなまなざしで彼を見た。「ミス・ジョーンズは部外者などではない。遺物とつながりがあるのは否定できない事実だ。だから、彼女がこの屋敷にいることに慣れてもらわなければならない」

「ずっと雇うつもりなのか？　なんのために？　彼女の腕を見込んだわけじゃないのはたしかだ。美人でもない。あの豊満な体に魅了されたのか？」

「いいかげんにしてくれ」マイルズは鋭い口調で言いながら立ちあがった。「この話はもう終わりだ。このエイルウィン・ハウスに出入りする権利を失いたくないのなら、いますぐ出ていってもらおう」

バンベリー・デイヴィスはたじろぎ、紅潮した顔に驚愕《きょうがく》の表情を浮かべた。そして口を開きかけてまた閉じると腰をあげ、不安げなまなざしで最後にもう一度マイルズを見たあと、重い足取りで書斎から出ていった。

マイルズはドアをわざと勢いよく閉めた。これほどの侮辱を受けたのははじめてだ。ベラ・ジョーンズに魅了されただと？　冗談じゃない！

たしかにベラ・ジョーンズには興味をそそられる。けれどもそれは、彼女が娼婦《しょうふ》や貴婦人ではないからというだけのことだ。彼女たちと違って、ベラには脳みそがある。マイルズと知恵比べをすることができる。彼が公爵だからといって、媚びへつらったりしない。それどころか、その事実を気にもかけていない様子だ。

もちろん、あのすばらしい体に目が行くこともある。男なら当然だ。彼女は平凡な女などではなかった。

目の覚めるような瑠璃色の瞳と女らしい体つきだけでなく、キスをするためにあるようなやわらかい唇の持ち主だ。先日、親指で撫でたときにそれがわかった。彼女がパピルスの話をするあいだずっと、マイルズはふたりの距離の近さを意識していた。襟の高い青いドレスに包まれた胸に目を奪われ、彼女を裸にし、おしゃべりを封じて歓喜のうめき声をあげさせたいという衝動に駆られた。

〝わたしの私室にそのかわいい足を一歩でも踏み入れたら、わたしに抱かれに来たのだと思うことにするぞ〟

あのときは本気でそう言ったわけではなく、ちょっとからかっただけだった。彼女は好奇心旺盛で、規則を無視することもいとわない女性に見える。パピルスをどうしても見たいようなので、その衝動に負けてしまうかもしれない。いまではマイルズもそれを半ば期待していた。命令に従わなかった彼女に罰を与えるのは楽しそうだ。

とはいえ、断じて魅了されてなどいない。男を歓ばせる技を知りつくした女ならほかに大勢いる。無垢なオールドミスより、よっぽど魅惑的だ。

マイルズは机に戻った。くだらないことに時間を取られてしまった。こういうごたごたが続くと、辞書の編纂がちっとも進まない。そろそろ集中しなくては。

ベラ・ジョーンズに感じる危険な欲望の火は消してしまわなければならない。

# 10

宝の地図を探す機会は思いがけず訪れた。仕事が終わったあと、ベラは寝室で夕食をとっていた。すると、今夜エイルウィンは外出していると、噂好きのナンが暖炉に石炭をくべながら教えてくれたのだ。

キノコのスープを飲んでいたベラは、スプーンを口に運ぼうとしていた手を止めた。

「そうなの？　どこへ行ったの？」

「さあ。パーティーに出かけるような方ではないですけどね」ナンは石炭の入ったバケツを床に置くと、いたずらっぽい目つきでベラを見た。「わたしのこと、おしゃべりだと思わないでくださいね……従僕のジョージが言ってたんですけど、旦那さまはときどき娼館に行ってるみたいですよ」

「娼館って？」

「堕落した女性が殿方に春を売る場所です」ナンはさび色の眉を上下に動かした。「お嬢さまには意味がわからないかもしれませんが」

ベラはスプーンを置いた。嫌悪感を抱くと同時に興味をかきたてられた。売春宿のことね！ 男性が愛人を雇うことができる施設があると、外国にいたあいだにも耳にしたことがあった。エイルウィンはそこに通っているの？ 女性にいくら払うのかしら？ 相手はいつも同じ女性？ それとも毎回違う人を選ぶの？ 彼を歓ばせるために、その女性はどんなことをしなければならないのだろう？

思わず赤面して、好奇心を振り払った。エイルウィンの不品行など、わたしには関係ないことだ。肝心な点を尋ねよう。

「いつもどれくらいで帰ってくるの？ 仕事のことで公爵にききたいことがあるのに」

ナンは火かき棒を台に立てかけると肩をすくめた。「ハサニが呼ばれるのはたいてい午前さまですけど。わたしが伝言を届けに行きましょうか？」

「いいのよ！ たいしたことではないから。明日の朝、お話しするわ」

会話を打ち切るため、ベラは食事に集中するふりをした。心の中では期待が渦巻いていた。ついに西翼に忍びこむ機会が訪れたのだ。

ローストビーフとジャガイモを無理やり何口か食べた。イングランドの食べ物は味気なくて、のみこむのに苦労する。あとは自分でするからと言って、ナンをさがらせた。

メイドが出ていくと、ベラは立派な家具が備えつけられた広い寝室の中をそわそわと歩きはじめた。誰かに出くわさないように、使用人たちが全員地下室にさがるか、屋根裏で寝静まるかするのを待たなければならない。夜がふけるまで、グレイソン夫妻との不快な出会いや、バンベリー・デイヴィスが父について言ったひどいことを思い返して過ごした。

父の行動に説明がつきさえすればいいのに。

父親を殺されたばかりのエイルウィンを父は見捨てたと、バンベリー・デイヴィスは言っている。けれども、そうせざるをえない状況だったに違いない。きっとエジプトをすぐに出発しなければならない事情があったのだ。それにエイルウィンは結局、事態をうまく切り抜けた。成長して、傲慢なエイルウィン公爵――この屋敷の主となった。彼の性格が悪いのは、子どもの頃につらい経験をしたせいもあるのかもしれない。

同情などしたくなかった。エイルウィンはぶしつけで癪に障る人だ。たとえ、バンベリー・デイヴィスからかばってくれたとしても。それに彼は不道徳な人であることもわかった。身持ちの悪い女性とつきあっているのだから。西翼に足を踏み入れたら誘惑してやると、わたしを脅したし。

彼の燃えるような視線を思いだすと、いまいましくも全身に甘美な震えが走った。男らしい魅力に自然と体が反応してしまうのかしら？　双子のきょうだいを育てるのに忙しかったせいで、ベラは恋愛経験が乏しかった。いまさら遊ぶつもりもない。二九歳にもなって、少女みたいに愚かな真似はしたくなかった。

だから、西翼にいるところを絶対エイルウィンに見つかるわけにはいかない。急いで探して、彼が帰る頃には自分の部屋に戻っていなくては――願わくは地図を手に入れて。

炉棚の上の時計が九時半を告げた。もう行っても大丈夫だろう。銀製の燭台を持って部屋を出た拍子に炎が揺れ、消えないように手をかざした。廊下は真っ暗で、あたりを照らすのはろうそくの小さな明かりだけだった。

深い静寂の中を歩きはじめたとき、背後からかすかな足音が聞こえてきた。振り返ってみたものの、自分の影しか見えない。首筋がぞくぞくして、誰かに見られているような気味の悪い感じがした。そういえば、幽霊が出るとナンが言っていた。

ばかばかしい。ベラは不安を振り払って暗い廊下を歩きつづけた。古い屋敷なのでそんな感じがするというだけのことだ。この翼にはわたし以外、誰もいないのだから――幽霊さえも。

空き室ばかりのこの広大な屋敷には、物寂しい雰囲気が漂っていた。大勢いる使用人たちは、エイルウィン公爵ただひとりを満足させるためにここを切り盛りしている。

それでもエイルウィンは幸せそうに見えなかった。数えてみれば、いまは三〇代半ばを過ぎているはずだ。どうして結婚して家族を作らないのかしら？　子どもたちが廊下で隠れん坊をしたりすれば、邸内の雰囲気も明るくなるだろうに。

ふいにベラは家に帰りたいという衝動に駆られた。この広大で陰気な屋敷よりも、オックスフォードの田舎家のほうが、はるかに本当の家という感じがする。イングランドに来てまだ間もないにもかかわらず、狭い寝室がふた部屋と、居心地のいい居間しかない小さな家に愛着がわいていた。ライラとサイラスはもう寝ているかしら？　きちんと勉強してる？　ミセス・ノリスの言うことをちゃんと聞いているといいのだけれど。

まだ離れてからそんなに経っていないというのに、弟と妹が恋しくてたまらなかった。エイルウィン・ハウスにいるあいだは連絡を取らないよう言ってあるので、手紙を書くことさえできない。緊急の場合はレディ・ミルフォードに連絡し、必要なら彼女がベラに知らせてくれることになっていた。そうするしかないのだ。きょうだいを宝探しに巻きこみたくない。それに公爵から厳しく非難されて、ふたりが落ちこむ姿を見たくもなかった。

　大理石の広い階段をおりはじめる。屋敷の間取りがだいぶわかってきた。ちょうど今朝、ピンカートンが親切にも主要な部屋の位置を示した地図を描いてくれたのだ。

　それからさらに、屋敷の中心部にある長い廊下をいくつか通り抜けた。ずらりと並んだ応接間の多くに、エジプトの遺物が詰めこまれている。それらの部屋のひとつにろうそくの火を近づけると、古代の兵士のような背の高い石像がぼんやりと浮かびあがった。そして角を曲がると、ついに金色の立派なアーチが見えた。

　西翼への入り口だ。

　この先に、立ち入りを禁じられたエイルウィンの私室がある。ベラは緊張のあまり立ち止まった。大きく息を吸いこんで深呼吸をする。彼が夜遊びから戻ってくるまで、時間はたっぷりあるのだから大丈夫だ。

　勇気を出して、薄暗い廊下に足を踏み入れた。天井は高く、神話の場面が描かれている。あたりは静まり返っていて、足音がやけに大きく響いた。壁には一定の間隔で壁《へき》がん（西洋建築で、厚みのある壁をえぐって作ったくぼみ。彫刻などを飾る）があり、エジプトの神々の小型の彫像が置かれていた。ドアがいくつもあり、ベラは困惑した。パピルスがおさめられた保管室につながっているのはどのドアだろう？　必要とあらば、すべて開けてみるしかない。

一番近くのドアの取っ手をつかんだとき、暗がりで何かが動いた気配がした。振り向くと、廊下の向こうに幽霊のような人影が見えて、ベラははっと息をのんだ。

「ミス・ジョーンズ？」

聞き慣れた男性の声がして、胸を撫でおろした。ハサニだ。エイルウィンでなくて助かった。いつものごとく白いローブをまとったハサニが、あわてずに音もなく近づいてくる。手に持ったランプの明かりに照らしだされた顔には、控えめに問いかけるような表情が浮かんでいた。もう一方の手には、しわくちゃのリネンの山を抱えている。

「あら！」ベラは言った。「びっくりしたわ」

「驚かせてしまって申し訳ありません、お嬢さま」ハサニが軽くお辞儀をして言う。「道に迷われたんですね？　ここは東翼ではありませんよ」

「そうなの？」戸惑ったふりをして、周囲を見まわした。「曲がる場所を間違えたのね。迷路みたいなお屋敷だから、特に夜は方向がわからなくなってしまうわ」

「それなら、わたしがお送りしましょう」

ハサニがすっと手を伸ばし、ベラが来た道を指し示した。彼女は引き返すほかなかった。

「ありがとう。助かるわ」

心の底からがっかりしているときに、礼儀正しい会話をするのは難しい。屋敷の中央部へと戻るあいだ、大理石の床を歩くふたりの足音だけが響き渡った。ベラはわが身の不運を呪った。ハサニはエイルウィンが帰ってくるのを起きて待っているつもりなの？　使用人部屋にはさがらずに、ずっと西翼にいる気なのかしら？

そうでないことを願った。そうだとしたら、地図を探しには行けなくなる。時間は刻々と過ぎていく。残された時間はあと二時間しかない。

どうにかしてハサニを追い払わなくては。でも、どうやって？

「部屋までついてきてもらわなくても大丈夫よ。道さえ教えてくれれば大丈夫だから」

「遠慮は無用です」ハサニが歌うような口調で言う。「それに、あなたとお話がしたいとずっと思っていたんですよ。あなたに謝らなければなりません」

ベラはぱっと彼を見た。まじめくさった表情をしている。「謝る？　どうして？」

「ミスター・バンベリー・デイヴィスがあなたに失礼な態度を取ったと、公爵閣下が教えてくださいました」

「まあ、でも、それはあなたのせいじゃないわ」

「ですが、あの方のことはエジプトにいた時分から知っているのです。あの方があなたのお父上に積年の恨みを抱いていることを、お話ししておくべきでした」

ベラは胃がねじれるような痛みを感じた。「ミスター・バンベリー・デイヴィスは、父がエジプトに公爵を置き去りにしたと言って責めていたわ。でも、父がそんなことをするなんてどうしても信じられない。あなたは何があったか知っているの？」

「そのことを言ったのではありません」ハサニはベラの質問を無視して続けた。「おふたりはその前からずっと対立関係にあったのです。ミスター・バンベリー・デイヴィスは四代目公爵のエジプト遠征に同行することを熱望していました。しかし、公爵がパートナーに選んだのはシーモア卿でした」

急に立ち止まった拍子に、熱い蠟が手首に垂れた。ベラはぼんやりとそれを振り払い、ハサニの無表情な顔を探るように見た。「だから父のことをあんなに恨んでいるのね」

「そうです。公爵が殺されたとき、ミスター・バンベリー・デイヴィスはエジプトを観光していました。それで、あなたのお父上の代わりに現公爵を手伝うことができたのです」

「そうだったの」ふたたび歩きながら、ベラは思案に暮れた。そんな話を父から聞いたことはなかった。けれど、父は手がかりを残しているかもしれない。「何か見落としていないか、日誌をもう一度調べたほうがいいわね」

「日誌ですか？」

無意識のうちに声に出して言っていた。失敗したと思いながらも説明する。

「父はずっと旅の記録をつけていたの。エジプトのは見たことがないのだけれど、見落としているだけかもしれないから。その事件があった頃に、父が何を考えていたのか知りたいのよ」

ハサニは鋭い視線をベラに向けながら、階段をあがるよう合図した。「その日誌はここに持ってこられたんですか？」

「いいえ。持ってくるには量が多すぎて。その……倉庫にしまってあるのよ」これ以上は打ち明けたくなかったので、話題を変えた。「先代の公爵が殺された夜のことを話してくれる？」

ふたりはうつろな足音を響かせながら、大理石の階段をあがった。ハサニの顔は陰になっていて、表情が読み取れなかった。「あの悲劇的な事件について、わたしはお話しできる立場ではありません」彼がおもむろに口を開いた。「旦那さまにお尋ねになってください。しかし……」

「どうしたの？」

「少しなら、お話ししても差し支えないでしょう。あの夜、墓荒らしは発掘現場で先代の公爵を殺害しただけでなく、われわれのテントを襲って火をつけたんです。現公爵があなたの命を救ったんですよ」

ベラは階段の途中で足を止めた。暗い空に舞いあがるオレンジ色の炎が目に浮かび、あちこちから叫び声が聞こえた。誰かの腕に抱きしめられ、引っ張っていかれて……。

よみがえった記憶のかけらは一瞬のうちに消え去った。彼女は目を見開き、震えながらハサニを見つめた。「もしかしたら……覚えているかもしれないわ。炎が見えて、叫び声が聞こえて、誰かがそこから連れ去ってくれた。あれはエイルウィンだったの？」

「はい。わたしもその場にいたんです。あなたのお父上は銃で応戦していて、お母上はあなたを助けに行こうとする途中で煙に巻かれてしまいました。旦那さまは燃えているテントの中に飛びこむと、ベッドで寝ていたあなたを抱きあげて安全な場所へ避難させたのです」

エイルウィンが勇敢な行動を取っていなければ、いま自分はこの世にいないのだと思うと、ベラはぞっとした。それにベラを命がけで助けてくれた彼を見捨てたのだとしたら、父のしたことはなおさら許されない行為《あや》だ——それが真実ならばの話だが。「墓荒らしはどうしてテントを襲ったの？　公爵を殺めたのだけでも大事なのに」

「彼らは怒りを抱き、復讐《ふくしゅう》を望んでいたのです」ふたたび階段をあがりながら、ハサニが言った。「墓を荒らしに行ったとき、石像や陶器やスカラべといった、エジプトではありふれた遺物しか見つけられなかったせいです。伝説の宝は影も形もなかった」

ベラは口の中が乾くのを感じた。声が引きつるのを気づかれませんように。「宝？」

ハサニがうなずく。「先代の公爵は王家の谷に、ツタンカーメンの墓を探しに行かれたのです。そこには数々の黄金の遺物が埋蔵されていると噂されています。公爵はその前に、長いあいだ封印されていた別のファラオの墓を発見しました。それを開けたせいで死を招いてしまったのではないかと、わたしは思うのです」

「どういうこと？」ふたりは階段をあがりきった。

「ファラオのミイラが埋葬される際、墓に呪いがかけられました。その封印を破った者は非業の死を遂げる運命にあるのです」

現実離れした話だと思い、ベラは笑った。「まさか、そんな呪いを本気で信じているわけではないでしょう？」

ハサニが唇を引き結ぶ。「ばかにしてはいけませんよ、ミス・ジョーンズ。古代エジプトの祭司は強力な呪術を使うことができたのです。尊重しなければなりません」

彼の機嫌を損ねたのに気づいて、ベラはあわてて言った。「ごめんなさい。あなたの文化や信仰をばかにしたつもりはなかったのよ。ただちょっと驚いただけで」

ハサニはうなずき、謝罪を受け入れた。「さあ、あなたのお部屋がある階に着きました。ここでお別れしましょう」

暗い廊下の突き当たりに寝室がある。ベラは歯嚙みしたくなるのをこらえた。振りだしに戻ってしまった。苦し紛れにこう言った。「これから厨房へ行ってもらえないかしら？　明日はいつもより少し早く起こしてほしいと、ナンに伝えてもらえると助かるんだけど」

「ちょうど地階へ行くところだったんですよ。旦那さまのクラヴァットにアイロンをかけなければならないので」ハサニが腕に抱えたリネンを示しながら答えた。「それではおやすみなさい、ミス・ジョーンズ」

ハサニがお辞儀をするあいだ、ベラは興奮を押し隠していた。彼は西翼には戻らないのだ。今度こそ忍びこめる。

ハサニが背を向け、階段をおりはじめた。うなじにある目のタトゥーを見ると、ベラは背筋が寒くなった。そんなはずがないとわかっていながらも、その目に見られているような感じがした。

この売春宿で働く女は性愛の技巧を教えこまれている。今夜の相手は新人で、熱心にマイルズを歓ばせようとしてくれた。いまもまた、巧みな手つきで彼の肩や背中を撫でまわしている。女はマイルズの喉をそっとなめたあと、からかうような口調で言った。「ねえ、閣下……ベラって誰なの？」

彼はぴたりと動きを止めた。体を起こし、女の美しい顔にある緑色の目をじっと見た。

「なんだと？」

「ベラよ。さっき最後の瞬間に、名前をつぶやいたでしょう」

くそっ！　信じられない。

彼が気分を害したことを感じ取ったのか、女が媚びるような目つきをして体をくねらした。

「いいのよ、閣下。好きなようにして。お望みなら、どんな女にでもなるわ——ベラでも誰でも」

マイルズはぞっとした。売春婦にベラの名前を呼んでほしくなかった。彼女の存在を知られたくもない。

女の髪を指に巻きつけながら言った。「〝ベラ〟とはイタリア語で美しいという意味だ」

「まあ！　じゃあ、わたしの勘違いだったのね。わたしを褒めてくださったの！」女の唇になまめかしい笑みが浮かぶ。「お礼をさせてくださいな、閣下」

女の手が伸びてくる。マイルズはそれを押しやった。ふいにいやけが差し、ベッドから出てズボンを拾いあげた。それをはいてボタンを留めていると、女がしわくちゃのシーツを体に巻きつけたまま起きあがった。「もう帰ってしまうの？　はじめたばかりなのに。披露したい技が、まだたくさんあるのよ」

だが、マイルズはその気になれなかった。またベラの名前をつぶやくようなことがあってはかなわない。シャツを頭からかぶり、椅子に腰かけてブーツを履いた。いまいましい！予定が狂ってしまった。

炉棚の上の時計は一〇時少し前を指している。まだ当分眠れそうになかった。屋敷に帰って仕事に没頭するしかないだろう。

ベラが地図を探しに書斎へ入ったちょうどそのとき、隅にある背の高い開き戸式の時計が一〇時を告げた。あと二時間。それだけあれば、エイルウィンの聖域をくまなく調べられるだろう。

机の上に置かれた銀製の枝付き燭台に立てられた三本のろうそくに、自分のろうそくから火を移した。これで広い部屋の中がよく見えるようになった。装飾は男性的で、革張りの椅子と重厚な木製の家具が備えつけられ、暗くなった窓には丈の長いカーテンが引かれている。本棚におさめられたエジプトの遺物と、机に散らばった書類の上に置かれた金縁の眼鏡を見て、ここは公爵の部屋だと確信した。

書類には象形文字が載っており、その横に英字が書きこまれている。水鳥の絵には〝ひな鳥〟、座っているエジプト人の男性が口を指さしている絵には〝論ずる〟、若い女性の絵には〝娘〟と記されていた。

マイルズは辞書を作っているの？

ベラは好奇心を押し殺した。その先も読んで象形文字について学びたいのはやまやまだが、いまはそのときではない。パピルスは机の引き出しにしまってあるかもしれない。言葉の意味をすぐ調べられるように。

彼女は机の前の椅子に座ると、引き出しをひとつずつ開けていった。私物を探るのは私生活を詮索するみたいで気が引ける。ところが引き出しの中には白紙の束、筆記用具、ひも、封印用の蠟などありきたりのものしか入っていなかった。

けれども一番下の引き出しの奥で、何かがきらりと光って目を引いた。

ベラは喜びの声をあげて短剣を取りだした。マイルズはここに隠していたのね。傲慢に命じられたことを思いだして、怒りがよみがえった。〝わたしの屋敷の中で武器を携帯することは許さない〟

とんでもない話だわ。それなら、イングランドのレディは襲われたときにどうやって身を守ればいいの？　身をすくめて男性が助けに来てくれるのを待つべきだと、公爵は考えているのだろう。でも、ベラはそんなふうには育てられなかった。一六歳の誕生日を迎えた日に、父からペルシアのアンティークの短剣を贈られた。そして、強い女性は身を守る武器を携帯するものだと教わったのだ。

ベラは美しい象牙の柄を握りしめた。これを取り戻したい。だけど短剣がなくなっていることに気づかれたら、机の中をあさったのがばれてしまう。

それでもかまわないわ。この剣はわたしのものよ。身につけていないと落ち着かない。彼女は短剣をドレスのポケットにしまった。必要とあらば、マイルズにこちらの言い分を主張しよう。

違う、マイルズではなくてエイルウィンよ。

今日、名前を知ってからというもの、つい馴れ馴れしい呼び方をしてしまう。だが、それも当然なのかもしれない。記憶にないとはいえ、子どもの頃はそう呼んでいたのだろうから。

彼は命の恩人だということもわかった。燃えているテントの中に飛びこんで、ベラを助けだしてくれたのだ。当時はたったの六歳だったから、自分で身を守ることはできなかっただろう。わたしのために勇敢な行動を取ってくれたのだと思うと胸を打たれた。

記憶を呼び覚ましてくれたハサニに感謝しなくては。彼はわたしの隠れた過去を明らかにしてくれた。さらに彼はもうひとつ驚くべきことを教えてくれた。これで宝の地図の信憑《しんぴょう》性が高まった。先代の公爵は、ツタンカーメンと一緒に埋められたという伝説の宝を探しに王家の谷へ行ったのだ。

〝エイルウィンを探しだせ。地図を見つけるんだ。半分はおまえのもの……ファラオの宝〟

きっと前公爵は墓の場所を示す地図を発見したに違いない。それを父も見たのだ。前公爵が秘密を打ち明けないまま亡くなり、エイルウィンは地図の存在すら知らない可能性はあるだろうか？　いずれにせよ父によれば、地図はこの屋敷のどこかにあるはずだ。古い文書の山に埋もれているのかもしれない。

ベラは椅子から立ちあがると、燭台を持って周囲を照らした。ほかに棚や引き出しは見当たらない。パピルスはどこにあるのだろう？　保管室にしまってあるとエイルウィンは言っていた。

書斎のことを言っているのだと思っていたけれど、間違っているのかもしれない。

暗がりにある閉じたドアがふと目に留まった。開けて中に入ってみると、そこは書斎よりも狭い部屋だった。オーク材の棚が天井近くまで幾段も、横にも何列も並んでいる。適当に引き出しを開けてみて、ベラは息をのんだ。

引き出しの中には象形文字が書かれた黄ばんだ紙が入っていた。とても脆《もろ》そうに見えて、触れるのがためらわれた。

ベラは喜びがふつふつとわいてくるのを感じた。ここがエイルウィンの言っていた保管室に違いない。一方、引き出しの数の多さに圧倒されてもいた。数百はあるだろう。効率よく探さなくては。

書斎の時計が一〇時半を告げる音が聞こえてきた。ここまでだいぶ時間を無駄にしてしまった。

焦りを感じながら、棚の前にひざまずいて一番下の引き出しを開けた。上に向かって次々と開けていくと、どの引き出しにも無数のパピルスがおさめられているのがわかった。何枚かでひと組になっているのもあれば、もうインクの色があせていて、ろうそくの火を危険なほど近づけなければ読めないのもあった。

どれにも絵文字が書かれている。地図らしき紙は一枚も見つからない。

二列目の一番下の引き出しを開けると、古い巻き物の隣に新しい紙がしまいこまれていた。興味をそそられて取りだしてみると、ひもでくくった手紙の束だった。一番上にある手紙の宛名は〝ラムズゲート侯爵〟となっている。

どこかで聞いたことのある名前のような気がするが、思いだせない。けれども乱雑な筆跡はすぐに誰のものかわかり、ベラは息をのんだ。

これは父が書いた手紙だ。いつ書いたものだろう？　どうしてエイルウィンは、父の手紙をパピルスと一緒に引き出しに入れているの？

そのとき書斎のドアが開く音がして、はっと顔をあげた。誰かが部屋に入ってきたのだ。続けて男性の力強い足音が聞こえてきて、ベラはその場に釘づけになった。

# 11

ベラの脳裏をさまざまな考えが駆けめぐった。エイルウィンよ！　彼に違いない。まだ一時にもなっていないけれど、予定より早く帰ってきたんだわ。

なんてこと。保管室からもれる明かりに彼は気づくだろう。燭台の火を吹き消したとしても、寝室から持参したろうそくを机に置いてきてしまった。

ベラは身動きが取れなかった。保管室に隠れる場所はない。こうなったら堂々と出ていくしかなかった。

短剣を入れたポケットに手紙の束を突っこむと、引き出しをそっと閉めて立ちあがった。間に合った。

エイルウィンが保管室の入り口に現れた。ろうそくの光が険しい表情に影を落としている。白いシャツの上に黒い上着を羽織り、ほどけたクラヴァットが首からだらりと垂れさがっていた。寝支度の途中なのか、裸足だった。

窮地に陥っているにもかかわらず、ベラは体の奥がうずくのを感じた。

エイルウィンがドアの枠に寄りかかり、腕組みをする。口元に不穏な笑みが浮かんだ。

「これはこれは。侵入者を見つけたぞ」

ベラは顎を高くあげた。鼓動が速まっているのを悟られてはいけない。

「今夜はお出かけになっているとメイドから聞いたので、あなたの邪魔にならずにパピルスを見られると思ったんです」

「それは禁じたはずだ」

「お許しください、閣下、エジプトの歴史に関する知識を深めたかっただけなんです」真摯な表情を装い、ドアのほうへ歩きだしたが、エイルウィンがどこうとしないので立ち止まった。「象形文字で書かれた文書を読めるようになりたくて。辞書をお借りすることはできませんか？」

彼の含み笑いには皮肉がこもっていた。「辞書で意味を調べたくらいで、文書を読めるようにはならない」

「それなら教えていただけませんか？　机の上の書類を見てしまったんです。あなたは玄人はだしのようですから」

エイルウィンが〝公爵閣下のひとにらみ〟をきかせた。「きみはかなりの詮索屋だな、ミス・ジョーンズ」

ひるまずに目を合わせる。「象形文字に興味があるだけです。サンスクリット語もペルシア語も読み書きできるようになったんですから、象形文字だって覚えられるはずです」

「これは驚いた」彼が片方の眉をつりあげた。「それほど学識のある女性にはじめて会ったよ」

「訪れた先々の言葉を覚えるよう、父に励まされたんです。語学は男性より女性のほうが得意だと父は考えていました。でもお忙しいのなら、無理にとは言いません。お仕事があるでしょうから、そろそろ失礼しますね」

ベラは燭台をつかみ、今度こそエイルウィンがどいてくれることを願ってドアへ向かった。しかし案の定、彼は動こうとしなかった。ベラは彼のすぐ近くで足を止めた。顎にうっすらとひげが生えていて、暗褐色の髪はベッドから起きあがったばかりのように乱れている。

実際、そうなのだ。

エイルウィンが売春宿へ行っていたことを思いだすと、胃のねじれるような感じがした。さっきまで売春婦と一緒にいたのだろう。夜ふけまで遊ぶはずではなかったの？　どうしてこんなに早く帰ってきたのかしら？

彼が先日と同じ目つきで見つめてくる。ベラを引き寄せ、思いどおりにしたいと考えているような目つきで。〝わたしの私室にそのかわいい足を一歩でも踏み入れたら、わたしに抱かれに来たのだと思うことにするぞ〟

体が震え、息が苦しくなった。部屋にふたりきりだ。大声をあげても、誰にも聞こえないだろう。あのたくましい胸に抱かれ、激しいキスをされるかもしれない。寝室に連れていかれ、凌辱されてしまうかも。恥ずべきことに、そうされてもかまわないと心のどこかで思っていた。

「お願いですから通してください、閣下」ベラは冷ややかな口調で言った。

エイルウィンはなおも彼女を見つめている。静まり返った部屋に時計の音が響き渡る。それからようやく、彼が一歩横にどいた。ベラはその脇をすり抜けて書斎に戻るとふらふらと机へ向かい、重い燭台を置いた。きつく握りしめていたせいで、手がこわばっている。振り向いてそっけなくおやすみなさいと言おうとしたとき、エイルウィンが先に口を開いた。

「ミス・ジョーンズ」火のついていない暖炉の近くにある二脚の椅子を指さす。「そこに座りなさい」

「もう疲れて――」

「わたしの文書を読む元気があるのなら、雇い主と会話くらいできるはずだ」

腰に手を当てて立つエイルウィンの姿は、国民に服従を強いる王さながらだ。ベラは不安のあまり息が詰まった。彼の誘惑をかわすことばかりを考えていて、規則を破ったことで解雇される可能性を見過ごしていた。

首になれば、宝の地図を探す機会を永遠に失ってしまう。そうなったら弟と妹をどうやって養えばいいの？

ベラは椅子の端に恐る恐る腰かけた。「おっしゃるとおりです、閣下。どんなお話でしょうか？」

エイルウィンはテーブルに置かれたクリスタルのデカンタの栓を抜くと、グラスに酒を注いだ。「まず、きみがハサニと話したことについてだ」

ベラは驚いて目をしばたたいた。予想外の展開だ。ドアにちらりと目をやる。ハサニが近くにいるの？

用心深く尋ねた。「ハサニといつお会いになったんですか？」

「三〇分前に帰ってきたときだ」エイルウィンが両手にグラスを持って近づいてきて、片方を彼女の手に押しつけた。「今夜はもうさがらせた。ハサニの話を聞いて、ここできみに出くわすかもしれないと思ったんだ」

グラスの中の琥珀色の液体を見て、ベラは眉をひそめた。「これはなんですか？」

「ブランデーだ。わたしの私室に立ち入ったところを見つかって、顔が真っ青になっているから」

「当然です！　あなたが突然現れて、びっくりしたんですから」

反抗的な態度が気に入ったとでもいうように、エイルウィンがわずかに口をゆがめた。ベラの向かいの椅子に腰かけ、足のせ台《オットマン》の上で足を交差させると、ブランデーをひと口飲んだ。

「きみも飲むといい。生き返った気分になるぞ」

ベラは少しだけ飲んだ。こくがあって喉越しがよく、体が芯からあたたまる。もうひと口飲むと、彼の言うとおり気分がよくなった。

顔をあげると、エイルウィンが例のごとくこちらを不安にさせるような目つきで見守っていた。服の中までも見通しそうな目つきで。ベラは体の奥がきゅんとうずくのを感じ、それを打ち消そうと冷ややかに言った。「わたしが西翼にいたことをハサニから聞いたんですね」

「きみは道に迷っただけだとハサニは信じていた。しかしきみは偶然来たわけではないと、わたしは確信している。どうしてもパピルスを見たいようだったから」エイルウィンは眼鏡の縁越しに彼女をじろじろ眺めた。「その衝動に負けてしまうのではないかと思っていたんだ。違うかい、ミス・ジョーンズ？」

ベラは胸がどきんとした。甘い口調で言われると、なまめかしい意味に聞こえる。

「学問のためなら、好奇心を思う存分満足させることにしています。父から学んだことです」

エイルウィンの表情が微妙に変化した。目から感情が消え、口を引き結んでいる。グラスの中のブランデーをくるくるまわしながら、彼は唐突に話題を変えた。「ハサニから聞いたが、エジプトでの記憶がよみがえったそうだね」

「ええ、少しだけ」ベラはグラスの中をのぞきこみ、記憶を呼び起こした。暗い空に舞いあがる炎。荒々しい叫び声。そこから連れ去ってくれた力強い腕。「テントが襲われたんですね。炎があがって、大騒ぎになったことを思いだしました。それから、誰かが助けてくれたことも。それはあなただったとハサニから聞きました」身を乗りだしてエイルウィンの顔をしげしげと眺め、少年時代を想像しようとしたが無駄だった。「あなたがわたしの命の恩人だということを、どうして黙っていたんですか？」

「実は忘れていたんだ」

それも当然だ。父親を殺された衝撃が大きかったのだろう。その夜に起きたことをひとつ残らず知りたい。そしてそれに宝の地図が関わっているのかどうかを見極めたかった。

「お父さまがテントにいないことに気づいたのはそのあとですか？」

彼の表情が険しくなった。「いや、父が発掘現場へ出かけたことは知っていた」

「野営地からどのくらい離れていたんですか？」

「五〇〇メートルくらいだろう」

「泥棒がいるかもしれないのに、お父さまはなぜ夜にひとりで出かけたのでしょう？　朝まで待てないような大事な用があったんですか？」

エイルウィンが弾《はじ》かれたように立ちあがり、暖炉の前に立った。「やれやれ、きみという人は！　質問をしているのはわたしのほうだ。きみはほかに何を思いだしたのか話してくれればいい」

彼は冷ややかで怖い顔をしていた。それにもかかわらず、ベラは同情の気持ちがわいてくるのを感じた。父親を殺された心の傷が、これだけ時間が経っても癒えていないのだ。

「ほかには思いだせません。テントが襲われたことと、前にお話ししたように砂を掘っていて男の子の笑い声を聞いたことを、なんとなく覚えているだけで」

エイルウィンはグラスを飲み干すと、炉棚の上に叩きつけるように置いた。

「よく考えれば、エジプトを出発したときのことも思いだせるかもしれない」

「そう簡単にはいきません」

「いいからよく考えるんだ！　シーモア卿は誰かと話していなかったか？　きみはご両親の会話を聞いていたかもしれない」

ベラはかぶりを振った。「全然記憶にありません。まだとても小さかったですから」

エイルウィンは唇を引き結んで彼女をにらみつけた。その怒りに満ちた顔を見て、ウィリアム・バンベリー・デイヴィスが言っていたことは本当なのだとベラは思った。認めるのはつらいけれど、エイルウィンは一三歳のときに彼女の父に見捨てられ、そのことを恨んでいるのだ。

ベラはグラスを置くと、エイルウィンのそばへ行って腕に手を置いた。筋肉が張りつめているのがわかる。敵意のこもった茶色の目をのぞきこみながら、ささやくように言った。「あなたがつらい思いをしているときに、父はエジプトを離れるべきではありませんでした。父が去った理由を理解したいから、そんな質問をするんですね？」

エイルウィンが〝公爵閣下のひとにらみ〟をきかせた。「きみはシーモア卿の裏切り行為を目撃している。まあ、あまり役に立たない目撃者のようだが」

彼女はあとずさりして手をおろした。「それなら、わたしの記憶を呼び起こしてください」

「どうやって？」

「あなたが燃えているテントからわたしを助けだしてくれたとハサニから聞いたとき、その出来事を思いだしたんです。ですから、その夜と翌日のことを詳しく話してもらえれば、また何か思いだせるかもしれません。わたしはどこに、誰といたんですか？　何をしていましたか？」

エイルウィンがはねつけるように手を振った。「そんなこと知るわけがない。父親を殺されたばかりだったんだぞ。うるさい女の子にかまっている暇などなかった」

すぐ腹を立てる彼に、ベラは反感を抱いた。「じゃあ、わたしはお役に立てません、閣下。これで失礼します」

ドアへ向かおうとしたとき、腕をつかまれて引き戻された。ベラを見つめる彼の目には怒り以外にもなんらかの感情がこめられていて、彼女は鼓動が速まるのを感じた。

エイルウィンがうなるように言う。「報いを受けてもらう」

「報いって？」

「わたしの私室に入るなと警告したはずだ。入ったらどうなるかも」

彼はベラを引き寄せ、かたい体に押しつけた。片方の腕をウエストにまわし、もう一方の手で顎を持ちあげる。彼女は息をのみ、男らしいにおいのほかに、なじみのないほのかな香りをかいだ。その香りを特定する前に顔が近づいてきて、荒々しく唇を奪われた。

あまりにも突然のことで、ベラは頭が混乱した。生まれてはじめてのキスが、こんなに激しいキスだなんて。舌が入ってきたときは、歓びを感じながらも驚きのあまり顔をそむけようとした。だが、彼は顎をしっかり押さえて放してくれなかった。

なだめるようなキスをされているうちに、欲求に押し流された。彼の体はたき火のように熱い。唇はブランデーの味がして、ベラは酔いしれた。彼の唇や舌が快感をあおり、体の芯を解きほぐしていく。

男の人に抱きしめられたらどんな感じがするのだろう、と考えてみたことはある。けれども軽いキスや抱擁を想像しただけで、これほど激しい誘惑を思い描いたことはなかった。彼の荒々しい指が首を伝い、耳の曲線を撫であげてから、ベラの髪をほどいた。

体に甘美な震えが走るのを感じ、ベラは彼に腕をまわして寄りかかると、夢中でキスを返した。

マイルズ——ずっと前から知っている人。わたしの命を救ってくれた人。ベラは彼にふたたび命を与えてもらったような気がした。禁断の扉が開かれ、これまでの人生がいかに単調で退屈なものだったかを思い知らされた。

喉を這いおりる彼の唇を、首をそらして受け入れる。まるで天国にいるみたい。目を閉じて、その感覚にうっとりした。脚がどうしようもなく震え、彼のたくましい腕に支えられていなかったら、くずおれてしまいそうだった。

彼の指が胸のふくらみをたどったあと、先端を撫でた。体の奥からうめき声がもれる。ドレスとコルセットに隔てられているにもかかわらず、全身の力が抜けていった。血管がどくどくと脈打っている。

「ベラ」喉に鼻をすり寄せながら、マイルズがかすれた声で言った。「きみが堅苦しい態度の裏に情熱を秘めているのを、わたしは知っているんだ。わたしときみは似た者同士なんだよ」

意外な言葉を聞いて、彼女は胸が高鳴るのを感じた。そんなこと、マイルズは本当に思っているの？　いつも冷たくてよそよそしいのに。もしかしたら、感情を表に出さないようにしているだけなのかもしれない。キスを交わしたことで、彼も深いつながりを感じたに違いない。ふたりの人生がふたたび交差したのだ。

男性にこれほど強く惹かれたのははじめてだった。新鮮で刺激的な感情が燃えあがり、心の距離を近づけるために、もっと彼のことを知りたくてたまらなくなった。

耳たぶを噛まれると、体がかっと熱くなった。彼はベラの背中を撫でおろしてヒップをつかみ、自分の腰に押しつけた。甘い声でささやく。「わたしのベッドへ行こう、ベラ。いますぐに。わたしに身を任せてくれたら、至福の歓びを与えてあげるよ」

〝わたしのベッド〟

その瞬間、ベラはわれに返って目を開けた。首に口づけている彼の頭を見おろす。暗褐色の髪は、売春婦と戯れたせいで乱れていた。

マイルズはほかの女性と同じように、わたしのことも利用しようとしている。欲望に突き動かされているだけだ。そんな思いが頭をよぎったけれど、信じたくなかった。

「一緒に来てくれ」彼がささやく。「きみも興味がないわけじゃないだろう？　いろいろ教えてあげよう。ひと晩じゅう、ふたりきりで」

こめかみに唇を押し当て、胸を撫でながら、マイルズがベラをドアのほうへ引っ張っていく。彼女の体は心を裏切り、服従しかけていた。彼に官能の神秘を教えてもらいたがっている。

自身の弱さに衝撃を受けて魔法が解けた。マイルズは夫にしか与えてはいけないものを差しだすよう、彼女に求めている。そして欲しいものを手に入れたら、見捨てるつもりなのだ。

ベラは身をよじった。「いやよ」声が震えてしまう。「放して、マイルズ」

彼はかまわず、ふたたび唇を重ねた。先ほどとは違い、説得するようにやさしいキスをする。

「ベラ、頼むから拒まないでくれ。きみが欲しくてたまらないんだ。きみがわたしを熱くさせる」

マイルズの声は真剣だった。心の底からわたしを求めているの？　そう思うと、ベラは理性を失いそうだった。彼の言葉はベラを喜ばせ、飢えた心にしみ入った。

それを見透かしたように、彼の器用な指がドレスの背中に移動し、上からボタンをいくつかはずした。素肌を愛撫しながら、耳元で甘い言葉をささやく。背筋の敏感な場所に触れられて、ベラははっと息をのんだ。そのときふたたび、男らしいにおいに混じったほのかな香りをかいで、それが何かようやくわかった。

花の香水の香り。

売春婦の香りだ。

嫌悪感に襲われ、欲望が一気に引いていくと同時に、すさまじい怒りがこみあげた。〝わたしときみは似た者同士なんだよ〟一瞬でもそんな言葉を信じた自分がばかだった。エイルウィン公爵は、ひと晩にふたりの女性を抱くことをなんとも思わないのだ。自分にはそうする権利があると思っている。それが当然だと。

彼が征服した女性のひとりに加えられるのはごめんだ。相手の貞操を奪って破滅させたとしても、この人は良心の呵責を感じたりしないのだろう。なけなしの金を盗もうとした泥棒よりもたちが悪い。

ベラはポケットをまさぐって短剣を取りだすと、剣先を彼の顎の下に突きつけて叫んだ。

「卑怯《ひきょう》者！　その汚い手をすぐに離さないと後悔するわよ」

# 12

マイルズは顎の下にちくりとする感触を覚え、体をこわばらせた。ほんの少し前まで、ベラはキスを返していた。彼の愛撫に思いきり応えていた。一度か二度抵抗されたことは認めるが、無垢な女性なら当然予想される態度だ。

いったいどうなっているんだ？

怒りに満ちた瑠璃色の目をのぞきこんだ。ベラは息を弾ませながら剣先を突きつけている。頸動脈《けいどうみゃく》をかき切られたら、彼はまたたく間に出血多量で死んでしまうに違いない。

興奮が一気に冷めた。

まさか本気で殺すつもりはないだろう、とマイルズは自分に言い聞かせた。そんな勇気はないはずだ。

そう思いながらも確信が持てず、身動きができなかった。ベラ・ジョーンズはふつうのレディとは違う。異国の地で育った女性だ。思考がまったく読めない。

そういう予測不能なところに惹かれるのかもしれない。短剣を突きつけられているときでさえ。

「放すから」マイルズは言った。「その剣をしまってくれ」

引きさがるのは彼の性分ではないが、両手をあげてうしろにさがった。きっとベラは動揺しているのだ。経験がない女性に対して、性急に事を進めすぎた。

しかし彼女を抱き寄せた瞬間に、理性が吹き飛んでしまったのだ。これほど激しい反応を示したのが、自分でも不思議だった。いつもならどんなに情熱に駆られているときでも、冷静さを保っていられるのに。

敵意のこもった視線に追われながら、机の縁に腰かけた。ベラの肩に茶色のつややかな髪がかかっている。唇はキスのせいでほんのり赤くなっていた。いまの彼女はとてもオールドミスには見えない。ライオンの頭を持つセクメトのごとく、獰猛《どうもう》な感じがした。

これほど欲望をかきたてられる女性ははじめてだ。これほど偉そうでいらいらさせられる女性もほかにいない。イザベラ・ジョーンズだけはやめておいたほうがいいと頭ではわかっているのに、体が言うことを聞いてくれなかった。

ベラが短剣を持った腕をおろした。刃がろうそくの明かりを受けてきらりと光る。

その瞬間、マイルズは不快な驚きを覚えた。あれは彼女から取りあげた短剣だ。数日前、机の一番下の引き出しにしまっておいたのに。

机を探られたのか。

彼はかっとなり、欲求不満を怒りに置き換えた。「どうやらきみが物色したのは保管室だけではないようだ。わたしの机の中もかきまわしたんだな」

ベラが顎をつんとあげる。「この短剣はわたしのです。父からもらった大切なものなの。父に託されたんです」

彼女が父親に対して絶対的な愛情を抱いていることに、マイルズはいらだちを覚えていた。あの男を長年恨みつづけてきたあとで、彼女の弁解を聞き入れる気にはなれない。それにマイルズだって、以前はシーモア卿を尊敬していたのだ。エジプトにひとり置き去りにされるまでは。

その理由を知っている可能性があるのはベラ・ジョーンズだけだ――たとえ記憶の奥底に埋もれているのだとしても。記憶を呼び起こす糸口をつかむまで、彼女の機嫌を損ねるわけにはいかない。

「そんなに大事なものなら、持っていてもいい」怒った声で言った。「だが、ふたたびわたしに剣を向けるようなことがあれば没収する。わかったか？」

ベラが冷ややかなまなざしを向けてきた。「自分の身を守らなければならないときには使います。父はそのためにくれたんです。悪党から身を守るために」

マイルズは青ざめた。わたしを悪党と呼ぶのか？　まるでわたしが無理やり手込めにしようとしたと言わんばかりに――いくらなんでもそれは言いすぎだ。彼女だって、キスを楽しんでいた。ただ少しばかり度を超えてしまっただけの話だ。

「言わせてもらうが」冷淡な口調で言う。「きみは西翼に入るなというわたしの命令に逆らったんだ。その結果どうなるかは知っていたはずだろう」

「だからといって、わたしに……欲望を押しつけてもいいことにはなりません。あなたは公爵かもしれないけれど、わたしを言いなりにさせる権利はないんですから！」

「しかし、わたしはきみの雇い主だ」マイルズに対してこんなぶしつけな物言いをする者はほかにいない。誰もそんな勇気はない。彼は立ちあがると、ほとんど叫ぶように言った。「この屋敷ではわたしが規則を作る。それに従うのはきみの義務だ。わたしに断りもなくこの部屋に入るような真似は二度としないでくれ」

「あなたも、断りもなくわたしに手を触れるような真似は二度としないでください」彼女はさげすむような目つきでマイルズをじろじろ見た。「特に、売春婦の香水のにおいをぷんぷんさせているときは」

ベラはくるりと背を向けた。青いスカートがひるがえり、タトゥーを隠している白いストッキングと例の派手な赤い靴がちらりと見えた。そして足早に書斎から出ていった。マイルズはフラシ天の絨毯の上で立ちつくした。怒りはすでに消えていて、うつろな気持ちで開いたドアを見つめる。どうしても動くことができなかった。

わたしの行き先を――売春婦と一緒にいたことを、ベラは知っていたのか？　香水から推測しただけだろうか？　それとも使用人の噂を耳にしたのか？

細かいことはどうでもいい。肝心なのは、ベラが拒んだ理由について新たな見方ができるようになったことだ。彼女はマイルズの腕の中でとろけていた。彼と同じくらい燃えあがっていて、乗り気だった。けれどもそのあと、彼の肌に移った香水の香りに気づいたのだ。そして当然ながら腹を立てた。ふたり目の女になりたがるレディなどいない。

ここは得意になってもいいだろう。ベラは嫉妬から、わたしを拒否したのだ。

あるいは、ほかにも何かあるのだろうか?

マイルズはなじみのない感情に襲われた。羞恥心。自分の今夜のふるまいは恥ずべきことだ。傲慢にも、ベラは喜んで誘いに乗るだろうと決めてかかっていた。彼女を誘惑する権利が自分にはあると思いこんでいた。そしていま、彼女が拒んだのを嫉妬のせいにしようとしている。わたしに征服されることに嫌悪感を抱いただけかもしれないのに。

マイルズは窓辺へ行き、暗い庭を見つめた。本当に最低なことをした。彼女の経験のなさにつけ入るような真似をしてしまった。ベラが無垢であることを気にもかけずに欲望を押しつけた。育ちが変わっているとはいえ、彼女が教養のある淑女であることを無視した。ベラは売春婦のように扱っていい女性ではない。

翌日の午後、ベラは図々しく押しかけて、ミセス・ウィザリッジとピンカートンとお茶を飲んだ。マイルズの過去について、いくつか尋ねたいことがあったからだ。ふたりとも忠実な使用人なので、話を聞きだすにはちょっとした手腕が必要かもしれない。

ミセス・ウィザリッジの居間でレースのかかったテーブルを囲み、従僕のジョージとつきあっている厨房のメイドのエドナを叱るべきかどうか、また、来週の料理人の誕生日に誰がケーキを焼くかについてふたりが話しあうあいだ、ベラは機会をうかがっていた。

ミセス・ウィザリッジの居間は、広大な砂漠のようなエイルウィン・ハウスでオアシスと呼べる場所だった。張りぐるみの椅子に腰かけ、あたたかい紅茶を飲みながら、ベラはすっかりくつろいでいた。棚には陶磁器の置き物がぎっしりと並び、ドライフラワーが花瓶に入れて飾ってある。地階なので、細長い窓はレースのカーテンに覆われていた。寒さをやわらげるために小さな暖炉の火は盛大にたかれ、居心地のいい空間を作りだしている。

話をしているのは、もっぱらミセス・ウィザリッジだ。ときおりピンカートンが短い意見を差し挟んでいる。そしてその合間に、テーブルの下に座って耳をぴんと立て、期待に満ちた目で彼を見あげているみすぼらしい子犬にビスケットのかけらを与えていた。

長い時間が経ったあと、白髪頭のミセス・ウィザリッジが手を伸ばし、ベラのカップに紅茶のお代わりを注いだ。太いウエストにつけた鍵束が音をたてた。「退屈な話を長々と聞かせてしまいましたね」やさしく微笑みながら言う。「よろしければラズベリーケーキをもうひと切れどうぞ、ミス・ジョーンズ。今度はあなたのお話を聞かせてください」

ベラは礼儀としてケーキを食べた。マイルズにキスをされてからずっと、喉が締めつけられているような感じがする。男性を欲しいと思ったのははじめてだった。けれども同時に、激しい怒りを感じてもいた。心も体も、もてあそばれたのだから。

昨夜、自分の寝室に戻ったあとで、ポケットの中に入れた手紙のことを思いだした。ラムズゲート侯爵という人物に宛てて書かれた父の手紙だ。気を紛らわすため、ベラは殴り書きの手紙を読んで夜ふかしをした。

どの手紙にも、質問に対する答えが書かれているようだった。読むべき専門書に関する助言やエジプト王朝についての論考、エジプトで発見されたさまざまな遺物の詳しい情報などでびっしり埋まっていた。文章の調子はあたたかく親しみがこもっていて、まるで父親のように忠告しているときもあった。

あるくだりが特に印象に残った。〝エイルウィンは厳しい父親かもしれない。だが、きみのためを思ってのことなんだ。自分の能力を認めてもらいたいのなら、一生懸命勉強しなさい。きみを遠征に同行させる件については、わたしのほうから話しておくから〟

ラムズゲート侯爵という人は、わたしの父とどんな関係にあったのだろう？　侯爵宛の手紙をどうしてマイルズが保管しているの？　ラムズゲートという名前に、なんとなく聞き覚えがあるような気がするのだけれど。

紅茶をかきまぜながら、家政婦と執事に愛想のいい笑みを向けた。そして、盗んだ手紙のことをうっかり口にしてしまわないよう自分に言い聞かせた。「ちょっとききたいことがあるの。書類を読んでいるときに見つけた名前が気になって。あなたたちは知っているかしら？　ラムズゲート侯爵という方なんだけど」

ミセス・ウィザリッジが含み笑いをしたあと、ピンカートンと愉快そうに視線を交わした。「もちろん知っていますよ。旦那さまのお名前ですからね」

ベラは驚きのあまり眉をひそめた。「つまり……エイルウィン公爵は爵位をふたつ持っているの？」

「ほかにもいくつかあります」ピンカートンが節くれ立った指を折って数える。「メイナード伯爵、シルヴァートン子爵、ターンステッド男爵です」

ミセス・ウィザリッジが舌を鳴らした。「そんなことを言ったら、お嬢さまを混乱させるだけよ。異教の地で育てられて、英国貴族のしきたりをご存じないんだから」紅茶をひと口飲んでから、ベラに向かって説明する。「公爵の長男は生まれたときに、父親が所有する爵位の中で二番目に高い爵位を授けられるんです。ですから、先代の公爵が亡くなられてその爵位を継ぐまで、現公爵はラムズゲート侯爵だったんですよ」

ベラはケーキを切って口に入れた。驚いたけれど、これで納得できた。あの手紙をマイルズが持っていたのは当然だ。彼に宛てて書かれた手紙なのだから。

父がマイルズに書いた手紙。

エジプトに遠征する前のものだから、当時マイルズは一一歳か一二歳だろう。少年と文通して指導と助言を与えていたなんて、父はやはりやさしい人だ。でも、どうしてマイルズは実の父親に質問しなかったの？　先代の公爵もエジプト学者だったのに。

ベラはマイルズの生い立ちにますます興味を持った。彼の子ども時代について、もっときいてみよう。

バラ色の頬をした白髪頭の家政婦と、唇がすぼまっている年老いた執事を順に見た。

「ふたりはずいぶん前から、このエイルウィン・ハウスで働いているのよね？」

「わたしは四〇年近く前に皿洗いからはじめたんですよ」ミセス・ウィザリッジの青い目が

輝いた。「あの頃、ピンカートンはお高くとまった従僕でした。でも、わたしのおさげ髪を引っ張るのが好きで」

ケーキをこっそり犬にやろうとしていたピンカートンが手を止めた。顔が首まで真っ赤になっている。「わたしはそんなことはしなかったよ」

ミセス・ウィザリッジは執事の腕をつついた。「おやおや、ピンキー。素直に認めたって、どうということはないわよ。あんたは最初からわたしに夢中だった。わたしが馬丁頭と結婚しなかったら、ミセス・ピンカートンになっていたかもしれないわ！」

執事のくぼんだ頬がいよいよ赤くなった。「わたしは結婚など考えたことがなかった。エイルウィン公爵にお仕えすることに人生を捧げてきたんだ。それがわたしの唯一の務めだ！」

「ふん、メイジーにだって尽くしているくせに」ミセス・ウィザリッジはそう言うと、名前を呼ばれてしっぽを振っている犬を陽気な目つきで見おろした。「この犬があんたの妻みたいなものね！」

ピンカートンが抗議しようと口を開いたのを見て、ベラはあわてて話を戻した。

「それほど昔からいるのなら、わたしの父のサー・シーモア・ジョーンズのことも覚えているかしら？　公爵と一緒にエジプトに遠征したんだけど」

ピンカートンがうなずくと、染みの浮かんだ薄い頭皮が見えた。「何度か屋敷に訪ねていらっしゃいましたよ。親切な方でした。いつもにこにこしていて、使用人たちにやさしい言葉をかけてくださった」

いかにも父らしい逸話だと思うと同時に、ベラは喪失感に襲われた。父の笑顔がもう一度見たかった。「おかしなことをきくようだけど、四代目公爵——現公爵のお父さまはどんな方だったの？」

「偉大な誇り高き貴族でした」ミセス・ウィザリッジが胸の前で両手を握りしめた。「堂々としていて、威厳があって、何事にも動じない方で。毎年ボクシング・デー（英国の祝日。贈り物をするならわしがある日）には使用人たちを大広間に並ばせて、半クラウン硬貨をひとりひとりに手渡してくださったんです。ある年、わたしはお辞儀をしようとした拍子にスカートの裾を踏んで尻もちをついてしまったんですけど、あの方はまばたきひとつされなかったんですよ！」

「しかし、失態を演じたきみのことをおにらみになった」

〝公爵閣下のひとにらみ〟ね。

ベラはこみあげる笑いをこらえた。マイルズはお父さまを見て、あの目つきを覚えたんだわ。「気難しい方だったみたいね」

「まあ、いくぶんは」ピンカートンが顎をあげた。「しかし、公爵という身分の方を庶民と同じ基準で判断することはできません。重要な地位にある方は、厳しい作法を守らなければならないのですから」

「それが貴族の流儀です」ミセス・ウィザリッジが訳知り顔でうなずいた。「現公爵をご覧ください。先代の公爵に負けず劣らず、ご立派な貴族の鑑《かがみ》ですよ」

マイルズが立派ですって？　傲慢でうぬぼれの強い野獣なのに。売春婦と遊んだ直後に使用人に手を出そうとするような。激しいキスをしたあと拒まれて怒鳴りつける人が、厳しい作法を守る人だと言えるのかしら？

だが、ベラは意見を口にするのは控えた。このふたりの幻想をわざわざ打ち砕く必要はない。それに父と子どもの頃のマイルズの関係について、早く話を聞きたかった。

「公爵はひとりっ子なの？　いとこが相続人ということは、兄弟はいないはずよね？」

ミセス・ウィザリッジが悲しげに首を横に振った。「残念ながら、先代の公爵夫人は何度か死産を経験なさったんです。お体が弱くて、部屋に閉じこもりがちでした。元気にお生まれになったのは旦那さまだけだったんです」

ベラは同情心を抑えこんだ。公爵の跡取り息子であるうえにひとりっ子だったから、甘やかされて育ったに違いない。だから自分はふつうの人よりも優れていると思うようになったのだ。「公爵はご両親と仲がよかったの？　お父さまとけんかをするようなことはなかった？」

「けんかですか？」ミセス・ウィザリッジが信じられないという表情でベラを見た。「まさか。旦那さまは先代の公爵のことを畏れていらっしゃったんです。従順すぎるくらいでした。先代の公爵のしつけはとても厳しかったですからね。とはいっても、幸せな子どもでしたよ。いつもにこにこしていて、特にエジプトに同行することを認められたときは、とてもうれしそうにされていました」執事に向かって言う。「あんたはその場にいたのよね、ピンキー？　旦那さまが先代の公爵に抱きつくのを見たとか言ってなかった？」

「いまにも抱きつきそうだった、と言ったんだよ」ピンカートンが鼻を鳴らす。「公爵の息子が感情をあらわにするのはみっともないとされていますから」

「その場にわたしの父もいた？」ベラはきいた。

「ええ」執事が答える。「そういえば、お父上は旦那さまの肩を叩いて一緒に喜んでいらっしゃいましたよ」

ベラは心をかき乱された。マイルズは甘やかされて育ったわけではなかった。先代の公爵は厳格であたたかみに欠けた人だったようだから、父がマイルズのためにあいだに入るしかなかったのだ。〝エイルウィンは厳しい父親かもしれない。だが、きみのためを思ってのことなんだ。自分の能力を認めてもらいたいのなら、一生懸命勉強しなさい。きみを遠征に同行させる件については、わたしのほうから話しておくから〟

彼女はカップの底の残りかすを、じっとのぞきこんだ。父はマイルズにとって、実の父親より父親らしい存在だったのだ。彼が裏切られたと感じているのも無理はない。父親を亡くしたあとすぐに、指導者で友人でもある、おそらく唯一信頼していた大人まで失ったのだから。

ミセス・ウィザリッジがため息をついた。「ああ、でも、おかわいそうに、その幸せは長くは続きませんでした。一年半後にふたたびお会いしたときは、旦那さまはもうラムズゲート侯爵ではなくて、エイルウィン公爵になっていらっしゃいました。まだ年端もいかない頃に重い責務を背負わされたんです。そのせいであんなふうになられたのではないかと、ときどき思うんですよ」

「あんなふうって？」ベラはきいた。

ミセス・ウィザリッジが内緒話をするように身を乗りだす。「それまでは快活な少年だったのに、先代の公爵が亡くなられたのを境にがらりと変わってしまったんです。屋敷に遺物を詰めこんで、仕事に明け暮れるようになってしまわれました。若い女性とおつきあいすることもありません。旦那さまの気を引こうと、わざわざ口実を作って訪ねてくるレディもいるのに、どなたとも関わりを持とうとされないんです」そう言ったあと、意味深長な目つきでベラを見た。「エイルウィン・ハウスに滞在することを許されたのはあなたがはじめてですよ。見初められたのかもしれませんね」

ベラは危うくカップを落としそうになった。マイルズがわたしを見初めたのだとしても、それは結婚相手としてではない。適当な返事を思いつく前にピンカートンが口を開いた。

「ご主人さまのことをあれこれ言うものではないよ。その時機が来たら、旦那さまもご結婚なさるだろう」

「ふん」ミセス・ウィザリッジが鼻を鳴らした。「本当にご結婚なされればいいのに。子どもが二、三人でもいれば、この屋敷も明るくなって、旦那さまにも笑顔が戻るでしょうに」

それはどうかしら、とベラは思った。エイルウィン公爵が結婚したら、相手の女性を苦しめるだけだ。尊大で、怒りっぽくて、自分のことしか考えていないうぬぼれ屋だから。

でも、ベッドの中では楽しませてくれるだろう。

ふいに、薄暗いベッドに彼と横たわっている自分の姿が脳裏に浮かんだ。激しい口づけを交わし、彼の器用な手がわたしの体を隅々まで撫でまわして……。

炉棚の時計が鳴る音が聞こえて、ベラはわれに返った。

頬が熱くなっているのがわかり、みだらな空想をしていたのをふたりに気づかれないよう祈りながら椅子を引いた。「まあ、もうこんな時間！　そろそろ仕事に戻らないと。お茶をごちそうさまでした」

急いで部屋の外に出ると、地下の狭い廊下を歩きながら会話を思い返した。マイルズがわたしの父を慕っていた理由がこれでわかった。富と特権に恵まれていたにもかかわらず、のどかな幼少時代は送れなかったようだ。病弱な母親と厳しい父親のあいだに、唯一元気に生まれたひとりっ子だった。陽気な父親、弟と妹と一緒に山小屋でにぎやかに暮らしたベラとは大違いだ。母を亡くしたあとも、四人はかたい絆で結ばれた家族だった。

マイルズもかつては快活な性格だったとミセス・ウィザリッジは言っていた。でも、それはどうしても信じられない。主人に対する忠誠心が強すぎるあまり、目が曇っているに違いない。一度不幸な出来事に見舞われただけで——たとえそれが父親を殺害されるという、このうえなく恐ろしい事件だとしても、そこまで性格が変わることはないはずだ。

とにかく、ひとつ謎は解けた。ラムズゲート侯爵という名前になんとなく聞き覚えがあった理由がわかった。エジプトで耳にしていたのだ。六歳のときに、マイルズがラムズゲート卿と呼ばれているのを聞いていたのだろう。自分もそう呼んでいたのかもしれない。幼かったときにそんな難しい名前を発音していたのだと思うと、笑みがこぼれた。

階段をあがりきる前に、出入り口のドアがぱっと開いて、ミントグリーンのドレスを着た上品な金髪の貴婦人が現れた——マイルズのいとこの妻、ヘレン・グレイソンだ。

ミセス・グレイソンは口をゆがめてベラをにらんだ。「ミス・ジョーンズ」

ベラは驚きを隠してうなずいた。「ミセス・グレイソン。珍しい場所でお会いしましたね」

「呼び鈴を鳴らしたんだけど、ウィザリッジが来なかったのよ」

「居間でお茶を飲んでいます。わたしもご一緒させてもらっていたんですよ」

「あなたは使用人とお茶を飲むの？」鈴の音のような笑い声が階段に響き渡る。「あら、でも当然よね。あなたもここに雇われているんだから。では、失礼するわ」

ミセス・グレイソンは脇にどいて、ベラを先に階上へ通したりはしなかった。狭い階段を無理やりおりてきたので、ベラはしかたなく壁に背中を押しつけ、きつい香水の香りをかいだ。

ところが、それだけではすまなかった。

すれ違いざまに、ミセス・グレイソンがベラの足を思いきり踏みつけたのだ。彼女は思わずうめき声をもらした。

それにもおかまいなしに、ミセス・グレイソンは階段をおりつづけた。ベラも足を引きずりながら、残りの階段をあがるほかなかった。

足の甲がずきずきと痛み、歯を食いしばった。驚きのあとに怒りがやってきた。ミセス・

グレイソンはどうしてこんな意地悪をするの？

ひとつだけたしかなことがある。これは決して不注意による出来事などではない。ヘレン・グレイソンは故意に攻撃したのだ。

わたしを軽蔑しているから。

# 13

　しばらくして応接間に戻ったベラが、壊れた遺物の山の真ん中にひっくり返して置いた木箱の上に腰かけ、腫れた足の甲を調べているとき、ドアが開いてマイルズが入ってきた。ベラははっとして彼を見た。窓から斜めに差しこむ午後の陽光が、端整な顔をくっきりと照らしだしている。いつものごとく、黒いズボンに袖を肘までまくりあげた白いシャツという作業着姿だ。にこりともせずに厳しい表情を浮かべている。彼の放つ雄々しい活気が部屋全体にみなぎっている気がした。

　ベラの心臓がどきんと跳ねた。

　熱いキスを交わして以来、マイルズと会うのははじめてだった。突然入ってこられたことにいらだちを覚えた。急に息が苦しくなったのはきっとそのせいだ。痣《あざ》になりはじめている箇所をよく見るために、靴とストッキングを脱いで、膝の上に足首をのせているところだった。スカートを引きあげているので、ペチコートが丸見えになっている。

　彼女は急いで足を埃まみれの木の床におろした。「ごきげんよう、閣下。入る前にノックくらいしていただきたいわ」

非難の言葉を聞き流し、彼はベラの前で立ち止まった。しかめっ面で、スカートの裾のあたりをじっと見ている。「どうした？　けがをしたのか？」「なんでもありません」

ベラは青いスカートを直して、つま先を隠した。「なんでもなければ靴とストッキングを脱いだりしないだろう」マイルズが片膝をつく。「見せてごらん」

彼女はあわててのけぞった。「やめて！　放っておいてください」

「恥ずかしがることはない」マイルズが片方の口角をわずかにあげる。「はじめて見せるわけでもあるまいし」

そう言うなり、ベラの足首をつかんで持ちあげると自分の膝にのせた。その瞬間、タトゥーを調べられたときと同様に、彼女は脚から体の芯まで燃えるように熱くなるのを感じた。いまはあのときよりもさらに、彼を男性として意識するようになっている。体のほかの部分にも――胸にも触れられ、キスの記憶に悩まされているのだ。

そんなベラの気持ちに気づきもせず、マイルズは大きな手で踵をつかんでそっと動かしながら、赤く腫れた箇所を調べた。「もう痣になりはじめているな。いったい何をやらかしたんだ？　足の上に花崗岩の塊でも落としたのか？」

とがめるような口調で言われて、ベラは怒りを覚えた。でもヘレン・グレイソンにやられたと告げ口するのは、負けたような気がした。「そんなところです」

「手当てが必要だ。医者を呼ぼう」

彼女は無理やり足を引き抜いた。「呼んでも無駄です、診察を断りますから」

マイルズの目の前ではは く気になれず、シルクのストッキングをポケットに押しこむと、ビーズのついた赤い靴に素足をねじ入れた。レディ・ミルフォードの靴が無傷だったのが、せめてもの救いだ。エイルウィン・ハウスを出たら返すと約束したのだから。

胸に不安が渦巻いた。予定の二週間より早く帰されてしまうかもしれない。マイルズは首を宣告するためにここへ来たのだろうか? 昨日の夜、ベラは彼を殺すと脅した。誘惑をやめさせるために、喉に剣を突きつけたのだ。

あのとき、彼の目は怒りに燃えていた。エイルウィン公爵は女に負かされて黙っているような人ではない。

解雇されたらどうしよう?

ふらふらと立ちあがると、マイルズが腕をつかんで支えてくれた。「松葉杖がいるな」

「そんなものいりません」彼との距離の近さにめまいを覚え、急いでうしろにさがってしわの寄ったスカートを払った。これ以上、解雇する理由を与えたくない。「見てください、ちゃんと歩けます」

ベラは壊れた彫像をぐるりとまわり、スカラベの入った箱の横を歩いてみせた。まだ足はずきずき痛むけれど、いくらかましになっている。マイルズは彼女の動きを鋭い目つきで追っていた。ベラは足を痛めている様子をみじんも見せるつもりはなかった。

マイルズの気をそらすために言う。「そういえば、さっき階段でミセス・グレイソンとばったり会いました。彼女はよくここに来るんですか？」

彼は肩をすくめた。「ときどき勝手に、献立やリネン類を確認しに来るんだ。わたしの邪魔をしないかぎり、好きにやらせている。なぜそんなことをきくんだ？」

「掃除をさせるために、この部屋にメイドを送りこんでくるようなこともあるのかしらと思って」

「絶対にない。わたしの遺物には決して触れないよう、使用人たちにきつく命じてある」マイルズは腰に両手を当て、ベラのあとについて歩きはじめた。「そんなことより、いままでどこにいたんだ？　この前にも二回来てみたが、きみはいなかった。一時間は留守にしていただろう」

尊大な冷たい口調で言われて、彼女はいつもの調子を取り戻した。まるで臨戦態勢に入ったかのように力がわいてくる。屋敷に残って宝の地図を探す権利を得るための戦いだ。

振り返ってマイルズと向きあった。「お茶を飲んでいたんです。使用人が休憩を取ることも禁止されているんですか？」

彼が〝公爵閣下のひとにらみ〟をきかせた。「今度休憩を取るときは書き置きを残していくように。きみがどこへ行ったか、使用人たちは誰も知らなかったぞ」

「あら、ミセス・ウィザリッジのお部屋でお茶をごちそうになっていたんですよ。ピンカートンも一緒にいました。だから、少なくともふたりはわたしの居場所を知っていたことになります」ベラは大きく息をしたあと腕組みをした。「日が暮れるまでに片づけておきたい仕事があるんです、閣下。何かご用があって、ここにいらしたんですよね？」

マイルズの顔がいっそう険しくなった。「進捗状況を聞きに来た」

「進捗状況？」

「きみがここへ来てから数日が経った。それなのに、木箱をあちこち動かしたくらいのことしかしていないように見えるが」

ベラは希望の光を見た。一生懸命働いたことをわかってもらえれば、解雇されずにすむかもしれない。「そんなことはありません。丸二日かけて、壊れた陶器のかけらを分類したんです。それぞれ個別の箱に入れておきました。全部で五二個あります。どうぞご覧ください」

部屋の隅にきちんと積み重ねておいた小さな木箱のところまで歩いていき、一番上の箱を開けた。「この箱に入っている破片は、すべて同一の器のものです。すぐに復元作業ができるようにしておきました」

振り返ると、目の前にマイルズが立っていた。たちまち息が苦しくなる。彼が少し顔を近づければキスできる距離だ。もちろん受け入れるつもりはないけれど。それに彼の関心はベラではなく、箱の中に向けられていた。

「どの箱にも壺や鉢の破片が入っているのか？」

「はい」

マイルズは疑わしげに彼女を見た。「本当に正確に分けてあるのか？」

「もちろんです。父が壊れた陶器の破片を分類するのを、よく手伝っていましたから。パズルを組みあわせるみたいなものです」彼の誘いかけるような唇に、追いつめられていく気がした。ベラはうろたえ、とめどなくしゃべりつづけた。「今後の計画もちゃんとあるんです。ほかの遺物を――特にスカラベをきれいにして修復します。展示できるように」

マイルズが背筋を伸ばし、彼女をにらみつける。「展示だと?」

「こんなふうに、木箱に一緒くたにしておくのはもったいないです。これでは鑑賞できません。白いシルクの布を用意していただければ、テーブルの上にきちんと並べて、みんなが見られるようにします。スカラベのほかにも展示したいものが――」

「だめだ」

そう言うなりマイルズが歩きはじめたので、ベラはあとを追った。「なぜですか?」賢明な提案が却下される理由がわからなかった。「スカラベのひとつひとつに説明文をつけて飾れば、その美しさをみんなにも理解してもらえると思うんです」

彼が振り向いて怒鳴った。「わたしの遺物を見せるために、庶民を屋敷に招き入れてわが物顔で歩きまわらせろというのか? 絶対にだめだ」

ベラは歯噛みした。こんな宝をひとりじめする権利があると思っているなんて、本当に傲慢な人。

「別に一般公開しろとは言っていません。あなたのような――ミスター・バンベリー・デイヴィスとか学者のお仲間だけにでも。もちろん、もう少し範囲を広げてもいいでしょうし」

マイルズが鼻を鳴らした。「女性はどうする？　これらをどこかにしまいこんで改装することしか考えていないぞ。しまいには舞踏会やらパーティーやらを開いてくれと言いだすんだから」

ベラはあきれて笑った。「誰がそんなことを言うんですか？」

「ヘレンとか、生前の母とか。この屋敷に足を踏み入れた女性全員だ。数カ月前も生意気な小娘が、知りあって三〇分も経たないうちに改装を提案してきた」

部屋の中を行ったり来たりしているマイルズを、ベラはじっと見守った。彼が結婚しないのは、どうやら気難しい性格のせいだけではないようだ。彼はエジプトの遺物を何よりも重んじている――愛や家族よりも。ビー玉を取られまいとする子どもみたいに遺物を守っているのだ。

なぜだろう？　たしかに遺物は貴重なものだけれど、屋敷に隠しておきたがる訳がわからない。

わがままだからという理由ですませてしまうこともできるだろう。だが、もっと深い動機があるような気がする。彼をがんじがらめにするような動機が。父親の死と関係があるのかしら？　いずれにせよ、いまはそんな質問ができる雰囲気ではない。

「でも」ベラは努めて明るい口調で言った。「わたしはエイルウィン・ハウスを改装したいだなんて思っていません。最新の流行について何も知りませんし。それに遺物をしまいこむことなら、すでに公爵自身がなさっていると思います」

「このスカラベを見てください」ベラは手のひらの半分の大きさのスカラベを拾いあげ、そっと埃を払い落とした。「瑠璃がはめこまれていてとてもきれいなのに、箱の中にごちゃまぜになってすっかり忘れられている。エジプトの砂漠に埋まっていたときと同じです」

マイルズが顔をしかめた。恐ろしい形相を見て、彼女はその先を言うのをやめた——閉じこめられているのは遺物だけではない。彼は自分だけの世界に閉じこもっている。社会に関わろうとせず、ひとりで仕事をして、必要最低限しか人づきあいをしない。

それでもわたしを雇ってくれた。父を恨んでいるのに。貴重な遺物を扱うのを任せてくれた——壊れているものだけとはいえ。そしてもっとも不思議なのは、彼に刃を向けたにもかかわらず、解雇されなかったことだ。

ベラはスカラベを木箱の中にそっと戻した。もしかしたら、父が突然エジプトを離れた理由をそれだけ知りたがっているということかもしれない。マイルズは何か重要なことをわたしに思いださせようとしている。それで彼の心が安らぐのなら、思いだしたい。

「なんだと？」

「いいだろう」ふいにマイルズがうなるように言った。「この部屋にあるものを好きなように配置する許可を与える」

ベラは興奮でぞくぞくした。彼が折れるとは思わなかった。自然と口元がほころぶ。

「本当ですか？　嘘みたい」

笑みを浮かべた唇を、彼が不愉快そうにじっと見た。「だが、ほかの部屋には手をつけるな」鋭い口調で言う。「あちこち物を動かされて騒々しくなるのはごめんだ。わかったか？」

「はい、もちろんです、それから――」

話の途中でマイルズは彼女に背を向け、ドアのほうへ歩きはじめた。

ベラは面食らった。いくらつむじ曲がりの貴族だとはいえ、いまの態度はあまりにも無礼だ。うんざりしながら、足の痛みを無視して彼を追いかけた。「待ってください、閣下！」

マイルズが振り返り、いらだちもあらわに片方の眉をつりあげた。「今度はなんだ？　物を動かすのを手伝わせるために、従僕の一団をよこせとでも言うのか？　使用人なら好きなように使っていい。ただし、わたしの手をわずらわせるな」

彼女は歯を食いしばった。つくづく癪に障る人だ。昨夜、耳元で甘い言葉をささやいた情熱的な男性と同じ人だとは思えない。あのやさしい声を思いだしただけで、心がとろけるのを感じた。〝わたしときみは似た者同士なんだよ〟

ばかばかしい。同じせりふを大勢の女性に言っているのだろう。

でも、マイルズに短剣を突きつけた女はほかにいない。彼はまだ自尊心が傷ついているに違いない。当分同じ屋根の下で暮らさなければならないのだから、わだかまりを解いておいたほうがいいだろう。

「ただ、お礼を言いたかったんです」こわばった口調で言った。「それから謝りたくて……ゆうべのことを」

マイルズが唇を引き結び、ベラをじっと見つめる。彼女はたちまち後悔した。どうしてこんなことを口にしてしまったのだろう？　彼の自尊心を傷つけた出来事を、わざわざ思いださせてしまった。黙って彼を行かせておけばよかったのに――。

気がつくと壁際に追いつめられ、力強い腕に挟まれていた。触れられてもいないのに、マイルズの体の熱に焼かれるような気がした。鼓動が速まり、頭の中をさまざまな考えが駆けめぐる。彼を押しやらなければ。腕の下をくぐり抜ければいい。けれども体が動こうとせず、マイルズの男らしい顔を見つめることしかできなかった。昨夜と同じ情熱に駆られた表情をしている。

彼は指の背をベラの頰に滑らせながら、甘い声でささやいた。「わたしが怒っていると思っているんだな？」

体がうずくのを感じて、彼女はたちまち何も考えられなくなった。「も、もちろんです。だって――」

「ベラ」かすれた声で言う。「きみは賢い女性にしては初心《うぶ》すぎる。わたしがなぜいらだっているのか、本当にわからないのか？」

「わかりません。教えてください」

マイルズが顔を近づけてきた。あたたかい息がベラの唇にかかる。「怒っているんじゃなくて、欲求が満たされないせいでいらだっているんだ。ゆうべ、きみはわたしの欲望に火をつけた。その火がいつまでも消えないんだよ」

ベラは全身がぞくぞくした。わたしはいまもまだ求められている。とはいえ、それを喜んでいる場合ではない——そのせいでいらだっているというのだから。

「それならキスをしたのは間違いでしたね」マイルズの唇に視線を走らせながら、否定してくれるのを願っている自分がいた。「それと、もう一度あんなことをしたら後悔することになりますよ」

含み笑いが聞こえてきた。珍しく彼が笑うと、いっそう魅力的に見える。分別のある意志の強い女性でなかったら、この笑顔にとろけてしまうだろう。

「剣を抜く必要はないぞ、かわいい人。わたしはいやがる女性を無理やり手に入れたことはないし、これからもそんなことをする気はない」彼はわずかに目を伏せ、親指でベラの下唇をなぞった。「しかし、もしきみの気が変わってわたしのことが欲しくなったら、そのときは——」

そこで急に言葉を切って背後を振り返った。廊下を歩く足音が近づいてくる。マイルズは手をおろし、すばやくベラから離れてドアのほうを向いた。

間に合った。

ヘレン・グレイソンが部屋に入ってきて、琥珀色の目でマイルズとベラを交互に見た。口をわずかに引き結んでいる。「ここにいたのね、マイルズ。お邪魔だったかしら」

「いいえ、全然」マイルズが答える前に、ベラは反射的にそう言っていた。ふらつく脚に力をこめて前に出る。「ちょうど話がすんだところですから」

それを否定するような目つきで、彼がベラを見た。それからミセス・グレイソンに向かって言う。「わたしを探していたのか、ヘレン？」

「ええ、ふたりきりで話せないかしら？」

「わかった」

マイルズは一度も振り向かずに廊下へ出ていき、ミセス・グレイソンとともに姿を消した。ベラはふらふらと歩いていき、ひっくり返した木箱にふたたび腰かけた。足に刺すような痛みが走り、ヘレン・グレイソンにされたことを思いだした。いまいましい人。ノックもせずに部屋に入りこんできて、親密なやり取りをしている最中にマイルズを連れだすなんて、いかにも彼女らしい。〝しかし、もしきみの気が変わってわたしのことが欲しくなったら、そのときは――〟

マイルズはなんて言おうとしたのだろう？　そのときはキスや抱擁だけではすまないに違いない。彼は結婚の約束をせずにベッドをともにすることを望んでいる。その結果ベラは信用を失うはめになるのに、身分の高い彼の評判は守られる。

それでもなお、彼女はマイルズに求められていると知ってうれしかった。でもどうして？　二九歳の独身女のどこがよかったの？　若い盛りはもう過ぎた。この一五年間、双子のきょうだいの世話に明け暮れていた。

それなのに、マイルズはわたしを魅力的だと思ってくれたのだ。

体に甘美な震えが走った。わたしも彼をとても魅力的だと思っている。それは否定できない。マイルズには欲求だけでなく、興味をかきたてられる。彼は警戒心が強く、本当の自分なかった。

そして、また見つかったらどうなるの？　ベラは愚かにも、その答えを知りたくてたまら立ち入り禁止の保管室にふたたび忍びこむ必要がある。けれどもそのためには、だして、宝の地図を探しだすという目的に集中しなくてはいけない。彼のことは頭から追いだめよ！　これ以上、マイルズと一緒に過ごすなんて愚の骨頂だ。彼の秘密を解き明かしたい……。を隠しているように見える。彼の秘密を解き明かしたい……。

「ミス・ジョーンズは少し足を引きずっているように見えたけれど」廊下を歩きながら、ヘレンが言った。「けがをしたの？」

「ああ」ベラに助けを拒まれたことを思いだし、マイルズはぶっきらぼうに答えた。あれほど頑固な女性はほかに知らない。あれほどそそられる女性も。ただの石けんの香りが刺激的な香りになりうるというのも、はじめて知った。

「何があったの？」ヘレンがきく。

マイルズはヘレンの鋭い視線を受け止めた。ベラと親密な時間を過ごしていたのを悟られていないことを願いながら。「足の上に石を落としたらしい」

「まあ！」ヘレンの唇に笑みが浮かんだ。「そうなの」

その反応の薄さを、マイルズは意外に思った。いつもなら、もっと根掘り葉掘り尋ねるだろうに。だが、ヘレンの心境を探る気にはなれない。それより、先ほどの応接間での出来事についてよく考えたかった。

書斎に入った頃には愉快とも言える気持ちになっていた。ベラと過ごしたおかげで、やり場のないいらだちをいくらか発散することができた。彼女と機知に富んだ会話をし、際どいことを言って、あの生き生きとした瑠璃色の目に表れる反応を見るのは楽しい。頬に触れると、彼女は表情をやわらげた。二度とキスしてほしくないと言いながらも、マイルズの唇を見ていた。

ベラも自分を求めていると、彼は確信していた。無垢だから罪の意識を感じて、認めようとしないだけだ。距離を置こうと決意しているようだが、その決意のほどを試してみたくてたまらない。

これまでずっと処女は避けてきた。自分は結婚に興味がないからだ。マイルズがつきあうのは、指を鳴らせばベッドに転がりこんでくるようなたぐいの女だった。数枚の硬貨で手に入る。口説く必要もない。売春婦ならいつでも会えるし、手っ取り早く欲望を満たすことができる。

それなのに、いつの間にかベラを追いかけたい気持ちになっている。からかったり、ちょっかいを出したり、情熱をかきたてたりしてみたい。彼女の好き嫌いや、子ども時代や異国での生活についてもっと知りたかった。

だが、もう二度とベッドに誘うつもりはない。これっぽっちも。かたく決心していて、それを覆すつもりはなかった。マイルズにとってベラ・ジョーンズは目新しい存在で、楽しい気晴らしにすぎない。シーモア卿の情報を手に入れさえすれば、あとは用のない相手だ。

「その書類には、さぞかし面白いことが書かれているんでしょうね」彼の向かいの椅子に座っているヘレンが軽い口調で言った。「わたしがいることをすっかり忘れているみたいだから」

マイルズは自分が椅子に腰かけていることにさえ気づいていなかった。そうして無意識のうちに、机の上に広げていた象形文字の辞書の原稿を見ていた。

椅子の背にもたれてヘレンを眺めた。まるで天使のように見える。ミントグリーンのドレスは美しい顔に完全に負けていた。しかし、マイルズはその外見にはだまされなかった。彼女は今日もまた、いらぬおせっかいを焼くつもりだろう。

ヘレンは幸運だ。マイルズはいま、寛大な気持ちになっている。そうでなければ、とっくに彼女を追い返していた。「これからやらなければならない仕事のことを考えていたんだ。だから用件を早く言ってくれ」

ヘレンがふくれっ面をした。鏡の前で練習した表情に違いない。「あなたの力になりたいだけなのよ、マイルズ。あなたのいまの状況について、考えれば考えるほど心配になってきたの」

「状況？」

「そう。ミス・ジョーンズと一緒に暮らしていることよ。彼女の父親と縁があったから、彼女を雇う義務があると感じているのはわかるけど――」

「義務などない」いらいらと言い返した。「ちょうど頼みたい仕事があったから彼女を雇った。それだけのことだ」

ヘレンが口をすぼめた。「でも、レディが独身男性の家に住むのはきわめて不適切なことだというのはわかっているでしょう？　すでに噂になっているわよ」

「言いたいやつには言わせておけばいい。わたしはまったく気にしない」マイルズは原稿をひとまとめにした。「さあ、用がすんだのなら――」

ヘレンが身を乗りだし、清純ぶって両手を握りしめた。「お願いよ、マイルズ、よく考えて。あなたのふるまいがオスカーやわたしにも影響するのよ。だから完璧な解決策を用意したの。みんなにとって最善の策よ」

「いったいなんだ？」

「わたしがミス・ジョーンズのシャペロンになるの。オスカーとエイルウィン・ハウスに移って、彼女がいるあいだ一緒に暮らせばいいわ。それなら不適切なことなんて何もないもの」

マイルズは鼻を鳴らした。毎日ヘレンやオスカーと顔を合わせるなど願いさげだ。

「やれやれ。まさか本気じゃないだろう」

「本気よ。ミス・ジョーンズの身にもなってあげて。彼女の評判がどうなってもかまわないの？」

「これから社交界にデビューするようなことはないと思うがね」

「だけどここを辞めたあと、家庭教師の仕事を探すかもしれないでしょう。評判に傷がついたら、どこにも雇ってもらえなくなるわ」

マイルズは目を細めた。ヘレンは自分のことしか考えない女だ。ベラを監視する口実が欲しいだけだろう。噂を恐れて、わざわざ手間をかけるような女でもない。ベラを脅威と見なしているのだろうか？　そのとき、至極もっともな答えにたどりついた。出世欲の強いヘレンが一番恐れているのは、いつの日か公爵夫人となる機会を失うことだ。わたしがベラに求婚するのを――跡取り息子が誕生し、オスカーから相続人の地位を奪うのを心配しているに違いない。

ベラを自分のものにして、死ぬまで毎晩ベッドをともにすると考えただけで、体が熱くなった。だが、マイルズはその考えをすぐに打ち消した。わたしはいまの生活に満足している。妻は必要ない。とりわけ、しょっちゅうわたしの邪魔をして集中力を奪う頑固な妻は。

それにベラの評判を傷つけるつもりなどない。彼女のほうから、ここで暮らしたいと頼んできたのだ。この状況は彼女自身が選んだ結果ではないか。

マイルズは椅子を引いて立ちあがった。「断る。ミス・ジョーンズは客ではなく使用人だ。シャペロンなど必要ない」

ヘレンが不機嫌な顔になった。「そう！」いらだった口調で言う。「あなたは目の前の状況がまったく見えていないみたいね。男はいつもそうだけど」

「どういう意味だ？」

「イザベラ・ジョーンズはあなたを狙っているのよ、マイルズ。女にはわかるの。あなたを見るときの彼女の目つきときたら、求婚をせがんでいるようにしか見えないわ！」

彼は意地の悪い笑いをこらえた。思ったとおりだ。「くだらない」

「絶対にそうよ。彼女は食わせ物よ。あんな手を使って、この屋敷に入りこむなんて。不器量だから、策を弄して結婚に持ちこもうとするでしょうね。気をつけないと！」

それどころか、ベラは短剣を突きつけてわたしをはねつけたのだが。

「ベラが不器量だと？」マイルズは鼻を鳴らした。「美しい瑠璃色の瞳と見事な体と魅力的な笑顔の持ち主だというのに。わたしが彼女を口説いたとしても、きみには関係のないことだ」

ヘレンが青ざめた。「野蛮人に囲まれて育った女を口説くというの？」

これ以上つきあっていられない。彼はドアを指さした。「おせっかいなおしゃべりより、野蛮人のほうがましだ。さあ、帰ってくれ！」

# 14

翌日の午前中、両腕に大きな包みを抱えたハサニが応接間に入ってきた。ローブをひるがえしながらきびきびと歩いてきて、木箱の上に包みを置いた。「旦那さまからのお届け物です、ミス・ジョーンズ」

雑多なものが入った箱を整理していたベラは驚いて目を見開き、ハサニに駆け寄った。

「わたしに？　何かしら？」

「存じあげません。旦那さまが今朝、ひとりでお出かけになって買っていらしたものです」

ハサニは包みを指し示した。「すぐにお開けくださいとのことです」

戸惑いながらひもをほどき、包みを開けると、中には白いシルクの布がたっぷり入っていた。ベラは喜びの吐息をもらし、やわらかい布に手を滑らせた。「なんてきれいなの！」ハサニを見やると、控えめな好奇心をうかがわせるまなざしでこちらを見守っていた。「昨日、こういう布にスカラベを飾ったらどうかしらと公爵に提案したの。親切にも、覚えていてくださったのね」

〝親切〟では言葉が足りない気がした。マイルズが意見を取り入れてくれたことが信じられなかった。遺物を見栄えよく展示するという計画を、本気で支援してくれる気なのかもしれない。

「それはすばらしい計画ですね」ハサニがやさしく微笑んで言った。「この部屋にあるような壊れた遺物でも、尊ばれるべきだとずっと前から思っていたんですよ。もしよかったら、屋根裏から余っているテーブルをいくつか運んできましょうか？」

「ありがとう、助かるわ」ベラは人差し指で顎をとんとん叩きながら、壊れた彫像や古器物の山を見まわした。「どうにかしてテーブルを置く場所を作らなければならないわね」

ハサニがお辞儀をした。「それでは、わたしは失礼します」

「待って」あわてて言った。「ちょっとききたいことがあるの」

ベラは地図を探す計画について見直していた。地図はマイルズの書斎の中の保管室にあると思いこんでいたが、それが間違っている可能性もある。ほかに隠し場所があるのかもしれない。

「この部屋にある遺物を全部確認したいの。これらを記録したファイルがどこかにないかしら？　遠征に関する記録でもいいんだけど。イングランドへ輸送する前に、誰かがメモか一覧表を作成したはずよね？」

ハサニが鋭いまなざしを彼女に向けた。「まだ資料保存室《アーカイブ》をご覧になっていなかったのですか？」

「パピルスが保管されている部屋のこと？」慎重に尋ねた。「古文書は傷みやすいからって、あの部屋には入るなと言われているのよ」

「いいえ、それとは別の部屋です。ご案内しましょう。もしいまお時間があればの話ですが」

「ええ！　ぜひお願いするわ」

ベラはハサニと並んで広い廊下を歩きはじめた。自分の幸運が信じられなかった。思ったとおりだ。地図はパピルスと一緒に保管されているとはかぎらない。古いメモや出荷一覧表に紛れこんでいる可能性も高い。そのうえ、アーカイブに入ることは禁じられていないから、心ゆくまで自由に探すことができる。

けれどもそのとき、西翼につながるアーチに近づいていることに気がついた。ベラが思わず足を止めると、ハサニが問いかけるようにこちらを見た。「どうかされましたか？」

「公爵の私室には入ってはいけないと言われているの」

ハサニが微笑む。「ご安心ください、アーカイブはこちらですから」そう言うと、彼は西翼への入り口の真向かいにあるドアの前で立ち止まった。真鍮の取っ手をつかんで白い木製のドアを開け、ベラを先に中へ通した。

そこは細長い部屋で、青の応接間と同じくらい広々としていた。はしゃいでいるニンフと半人半獣《サテュロス》の精霊の絵が高い天井に描かれ、壁には緑と金色の羽目板が張られている。かつてはここも応接間として使われていたのだろう。

細長い窓から差しこむ太陽の光が、何列にも並んだオーク材の家具に降り注いでいる。ここにエジプトの記録が保管されているのだと思うと、ベラはわくわくした。王家の谷への遠征に関連する古い書類が、すべてここにあるのだ。引き出しの数がかなり多いから、調べ終わるまでに何日もかかるだろう。もっと早く気づけばよかった。

部屋はふたつの異なる区域に分かれていた。手前の半分を戸棚が占めていて、奥の半分には戸のついていない棚があり、リネンの布に巻かれた細長い包みがずらりと並んでいる。そのうちのひとつは縦にした棺の中におさめられていた。不気味なほど人間の形に似ている。

ベラの心臓が跳ねあがった。もしかして、あれは……ミイラ？　ファラオの遺体なの？

ハサニに尋ねようとしたとき、突然彼がベラを押しのけて部屋の奥へ向かった。冷ややかな怒りに満ちた表情を浮かべている。態度を豹変《ひょうへん》させたハサニの姿を見て、彼女は骨の髄までぞっとした。

いったいどうしたのだろう？

しかたなく、白いローブをひるがえしながら進むハサニのあとを追っていくと、彼が目にしたものが見えた。

窓辺にある、一体のミイラが横たえられた木製のテーブルに身を乗りだしている男がいた。遺体に巻かれたリネンの布をゆっくりとほどいている。禿《は》げかかった頭とずんぐりした体形、それにサイズの合っていない茶色の上着とずりさがったズボンにも見覚えがあった。

ミスター・ウィリアム・バンベリー・デイヴィスだ。

「やめろ！」ハサニが命じた。「いますぐやめるんだ！」

バンベリー・デイヴィスが顔をあげた。ブルドッグに似た顔に迷惑そうな表情を浮かべ、片手にピンセットを持っている。「何を言ってるんだ？」ベラに気づくと、むっとした顔をしながらも軽くうなずいた。「ミス・ジョーンズ」

ハサニが体の両脇でこぶしを握り、バンベリー・デイヴィスに向かってまっすぐ歩いていく。「わたしの立ち会いなしにミイラは開けられないことになっています」

「ばかな！　学者のわたしに意見するのか？　それにエイルウィンから、この部屋で数日間仕事をする許可をもらっている」

ハサニは冷ややかなまなざしで相手を見た。「あなたは誤解しています。わたしが監督する権利を旦那さまが否定なさることは決してございません。神聖なご遺体を開ける前には、必ず祈りを捧げなければならないのです」

バンベリー・デイヴィスが疑わしげに鼻を鳴らした。「わけのわからない言葉を唱えなければ、恐ろしいことが起きると信じているのか？　ラーやアヌビスといった神々に呪われるとでも？」

「旦那さまをお呼びして、どちらが正しいのか判断してもらいましょう」

ふたりの男はしばしにらみあった。緊張した空気の中を埃が舞っている。やがてバンベリー・デイヴィスがピンセットを投げ捨て、うしろにさがった。「さっさとすませてくれ。時間がないんだ」

ハサニは前に出て、ミイラの顔の上に両方の手のひらを置いた。深々とお辞儀をする姿を、ベラは魅入られたように見守った。頭をさげるとうなじの目のタトゥーがはっきり見える。歌うようにつぶやかれる異国の言葉はよく聞き取れなかった。

彼女は全身にかすかな震えが走るのを感じた。もしかしたら、舞踏室にある花崗岩の石碑に刻まれた、ファラオの宗教儀式の絵を思いだした。もしかしたら、ハサニはエジプトで祭司として儀式を執り行っていたのかもしれない。

それから何時間も経って、ベラは東翼の階段を重い足取りであがっていた。心地よい疲れを感じている。応接間で仕事に没頭し、日が暮れたのでしぶしぶ中断したのだ。腕にはアーカイブから持ちだした書類の束を抱えている。

祈りを唱え終わると、ハサニはだいぶ落ち着いた様子だった。いつもの愛想のよさを取り戻し、出荷一覧表が保管されている戸棚にベラを案内して、エジプト関連の書類を抜きだしてくれた。そのあとはアーカイブに居残る口実がなかったため、彼女はふたりを残して応接間に戻ったのだった。

夜になったら、ふたたびアーカイブへ行くつもりだ。すべての記録を徹底的に調べよう。ハサニやミスター・バンベリー・デイヴィスの監視の目がないときのほうがじっくり探せる。もちろん、マイルズもいないほうがいい。

自分の部屋がある階にたどりつくと、ベラは薄暗く長い廊下を歩きはじめた。両側の窓の外は夕闇が広がっていたものの、かろうじて足元は見える。歩いているうちに、どこか寂しい気持ちになってきた。マイルズと同じ家で暮らしているのに、一日じゅう顔も合わせないなんておかしな話だ。昨日の午後、壁際に追いつめられ、激しく求めていると告白されて以来、彼の姿を見ていなかった。

あのときのことを思いだすと体の奥が甘くうずいた。どうしてこれほど強く反応してしまうのだろう？　マイルズに身も心も支配されている気がする。でも、わたしが遺物を整理し直すことを彼は許してくれた。スカラベを飾るシルクの布まで用意してくれたのだ。そして無理じいはしないと約束してくれた。

いずれにせよ、マイルズに身を任せるつもりはない。彼の魅力に屈しても、何も生まれないのだから。彼は絶対に求婚などしない。だから、もてあそばれる気はなかった。わたしが次のキスを誘いかけることを彼が期待しているのだとしたら、死ぬまで待っても無駄だ。

地図を探すことに集中しなければならない。マイルズからファラオの宝の半分を取りあげ、オックスフォードのわが家に帰って、ライラとサイラスとの平穏な生活を取り戻すのだ。胸に渦巻く不適切な感情はすぐに消えるだろう……。

寝室のドアの前にたどりついたとき、前方の暗がりで何かが動く気配を感じた。目を向けると、幽霊のような人影が見えた。

白くてぼんやりしたその人影が、この世のものとは思えないかすかなうめき声をあげた。それから滑るように進み、すっと姿を消した。

ベラは背筋がぞくぞくして、身動きできなくなった。いまのは何？　東翼には幽霊が出るとナンが言っていた。

ばかばかしい。幽霊などいるはずがない。誰かが通っただけだろう。白い前掛けをつけたメイドとか。でもあれは、頭巾のついたローブに見えた。だけど彼がわたしに挨拶もせずに、うめき声をあげて立ち去ったりするだろうか？

屋敷でローブを着る人間はひとりしかいない。

すっかり困惑しながら、人影が見えた場所に行ってみた。周囲を見まわし、廊下の突き当たりにあるドアを見つけた。生身の人間が隠れられる場所はここしかない。ドアを開け、使用人が使う狭い階段をのぞきこんだ。

「ハサニ？　そこにいるの？」

返事はなかった。霧のように深い静寂に包まれている。足音ひとつ聞こえてこない。

ベラは胸騒ぎがして、うなじの毛が逆立つのを感じた。暗闇の中に誰かがいて、見られているような気がする。階段をおりて確かめたいけれど、明かりがないとつまずいて転げ落ちるかもしれない。ろうそくを取りに戻っていたら、そのあいだに逃げられてしまうだろう。

ゆっくりと寝室まで引き返した。ひとつだけたしかなことがある。これは夢の中の出来事などではない。誰かがここにいたのだ。そしてうめき声をあげたあと、わざと姿を消した。まるでベラを怖がらせて、追い払いたがっているみたいに。

# 15

　ナンはベラの寝室の暖炉の前にひざまずき、モブキャップをかぶった頭を床につけんばかりにして、火床の石炭に息を吹きかけていた。ベラが部屋に入ってくるのに気づくと、弾かれたように立ちあがってお辞儀をした。「こんばんは、お嬢さま。少しお部屋が寒かったので、暖炉に火を入れておきました。夕食も運んできましたよ」

「ありがとう」ベラはベッド脇のテーブルに置いていたエジプトの本の上に書類をのせた。部屋の中は明るく、廊下で見かけた人影の不気味さが薄れていくような気がした。きっと納得のいく説明がつくはずだ。「少し前に、誰かがわたしを探しにここへ来なかった？」

「いいえ、誰も来ませんでしたよ。一五分前からここにいますけど。ベッドを整えたり、ろうそくをともしたりしていたので。どなたかいらっしゃる予定だったんですか？」

「そういうわけじゃないんだけど。ハサニが書類を持ってきてくれたかもしれないと思ったのよ。来ていないなら、別にいいの」

　ということは、ローブを着た人影はそう簡単に説明がつくものではないらしい。ベラは考えにふけりながら、一日の汚れを落とすために化粧室へ入った。たぶんほかの使用人の誰かだろう。これ以上、あれこれ思い悩んでもしかたがない。それより今夜アーカイブへ行くことについて考えよう。

ラベンダーの石けんで手をごしごし洗った。保管室に忍びこんだときと同じように、九時過ぎまで待つことにしよう。アーカイブに入ることは禁じられていないとはいえ、廊下でマイルズに出くわさずにすむなら、それに越したことはない。すでに使用人に尋ねて、彼はいつも日が暮れたら西翼に戻り、寝るまで書斎で仕事をしていると確かめてあった。

リネンのタオルで手を拭いた。ひとつ片づけなければならない問題がある。どうにかして、父が書いたラムズゲート侯爵宛の手紙を保管室に戻しておかなくては。遅かれ早かれマイルズは手紙がなくなっているのに気づき、盗んだ犯人はわたしだと見当がつくだろう。彼にわたしを呼びだす理由を与えることだけは避けたい。この前ふたりきりになったときは熱いキスを交わし、抑えこまれていた欲求が暴れだすはめになったのだから……。

寝室に戻り、手紙を取りだすことにした。機会を見つけて、こっそり保管室に戻しておこう。いつまでも手紙を持っていると泥棒になった気がする。マイルズにとっては特別な意味を持つものに違いない。そうでなければ、これほど長いあいだ保管しているはずがない。父の裏切り行為を忘れないためかもしれないけれど、幸せな思い出として取ってあるのだと思いたかった。

ベッド脇のテーブルの引き出しを開けて手を入れる。ところが中は空っぽだった。ろうそくを近づけ、身をかがめてよく見てみたが、何も入っていない。

手紙の束は消えていた。

九時半きっかりに、ベラはアーカイブに忍びこみ、そっとドアを閉めた。室内は真っ暗で、持参したろうそくが唯一の明かりだ。周囲を見まわして燭台を置けるテーブルを探したが、手前には戸棚しかなかったため、部屋の奥へと進んだ。

壁際の棚におさめられたおびただしい数のミイラは闇に包まれている。昼間は科学的な興味をかきたてられるだけだったけれど、いまはぞっとする眺めだった。こんなのなんでもない。夜の誰もいないときに来たから、妙な感じがするだけだろう。

テーブルはバンベリー・デイヴィスがミイラを開けるのに使っているものしかなかった。作業の途中で、上半身は布に覆われたままだ。

ベラはゆっくりと近づいていった。好奇心に駆られ、布をつかんで持ちあげると、しなびた顔が現れた。眼窩《がんか》は落ちくぼみ、鼻と頬の部分に乾燥した肉がくっついていて、唇のあいだから黄色い歯がのぞいている。

布を戻して深呼吸をした。遺体を見て動揺するのは愚かなことだ。父がいつも言っていたように、死者は危害を加えない。長いテーブルなので、反対側で作業をすることができる。とはいえ、遠い昔に死んだエジプト人とテーブルをともにするのはためらわれた。

ばかげていると思いながらも戸棚のほうへ引き返し、床に燭台を置いた。それから引き出しを開け、分厚い書類の束を取りだすと、木の床に座りこんでスカートをたくしこんでから、ろうそくの明かりで書類を調べはじめた。

それらは積荷目録のようで、特に役立つものではなかった。地図が紛れこんでいないか確かめようとぱらぱらめくりながら、気づくと消えた手紙のことを考えていた。一昨日の夜、たしかにひもで縛ってベッド脇のテーブルの引き出しにしまったのに。どこへ行ったか知らないかとナンにきいてみたのだが、手紙など見たこともないと言われた。それで置き場所を勘違いしているのかもしれないというはかない望みを抱いて、部屋じゅうを探してみた。しかし、手紙はどこにもなかった。跡形もなく消えてしまった。それが廊下で幽霊のような人影を見た直後に発覚したというのには大きな意味がある。ふたつの出来事は関連しているに違いない。あの人影の人物が手紙を盗んだの？　なんのために？　もしあれがハサニだったとしたら、どうしてわたしの部屋を探っていたのだろう？　見当もつかなかった。この謎はあとまわしにしなければならない。いまは地図を探すことに集中しよう。

積荷目録をもとの場所に戻したあと、別の引き出しからまた大量の書類を取りだした。ふたたび床に座って読みはじめると積荷目録よりずっと興味深いものだとわかって、よく見えるよう、ろうそくの揺らめく明かりを近づけた。

それらは黒のインクを使い、大胆な筆使いで描かれたスケッチだった。どれも独特で心を引きつける。寺院跡にそびえたつオベリスク。墓の入り口に立つジャッカルの頭を持つ彫像。エジプトの服装をした農民と二頭の長い角を持つ牛。

川に浮かんでいる漁船の絵もあった。岸辺にヤシの木が立ち並び、水際にはアシが生い茂っている。平らな石の上にのったカエルが、舌を出してハエをとらえていた。

ふいにスケッチが色づき、青く輝く川やまばゆい太陽の光が鮮やかに目に浮かび、アオガエルをつかまえようと飛びだす感覚を思い起こした。結局カエルは川にぽちゃんと飛びこみ、逃げてしまったけれど……。

まばたきすると色はあせ、もとの白黒の絵に戻った。子どもの頃の記憶がよみがえったの？　そうに違いない。けれども思いだせたのはそれだけだった。

そのとき、遠くから足音が聞こえてきた。誰かが廊下を歩いてくる。重い足音は明らかに男性のものだ。

ベラはスケッチを膝の上に静かに置いた。振り向いても、戸棚に視界をさえぎられてドアは見えなかった。ドアはきちんと閉めたはずだ。かすかな明かりを見とがめられることはないだろう。

たちまち緊張がほぐれた。絶対に見つかるはずがない。

きっと使用人が地階から何かの用事で呼びつけられたのだ。マイルズにブランデーか、沐《もく》浴《よく》のための湯を持っていくところだろう。

しかし、足音はドアの前でぴたりとやんだ。取っ手ががちゃりと音をたてる。

ベラは息をのみ、親指と人差し指でろうそくの芯をつまんで火を消した。室内が真っ暗になると同時にドアが勢いよく開いた。

# 16

　男はアーカイブへ入ってきた。しばし静寂が室内を支配し、ベラは呼吸をすることもままならなかった。やがて男はしっかりとした足取りで、ミイラの置かれている奥のほうへと進んできた。手にしたろうそくの明かりが、高い天井に揺らぐ影を投げかける。

　ベラは息を殺し、じっと床に座っていた。溶けた蠟のかすかなにおいが漂っている。スケッチを見ようとして、一番奥の書棚の陰にいたのは幸いだった。運がよければ、暗がりに紛れて気づかれずにすむかもしれない。

　足音はいまやはっきりと聞こえた。一歩一歩、ゆっくりと確かめるように進んでくる。ミイラのほうへ向かったようだ。ふいに影が動いた。周囲がよく見えるよう、男がろうそくを高く掲げたに違いない。

　いったい誰だろう？

　公爵のはずはない。運命が、またしてもそんな残酷ないたずらを仕掛けてきたとは考えられない。ハサニがまたミイラのために祈りを捧げに来たのだろうか？　ミスター・バンベリー・デイヴィスがノートでも忘れて取りに来たとか？　いや、ひょっとするとあのローブの幽霊は実は泥棒で、金目の物を探して屋敷の中を徘徊《はいかい》しているのかも……。

ベラはポケットの中に忍ばせてある短剣にそっと手を伸ばした。そのとき、通路付近で動くものがあった。

黒い巨大な人影。

彼女は短剣の柄をぎゅっと握った。男がろうそくを掲げる。その薄明かりの中に、黒っぽいズボンをはき、ゆったりした白いシャツを肘までまくりあげた背の高い男性が浮かびあがった。高く掲げられた炎が端整な顔立ちに影を躍らせる。

マイルズ。

ベラの心臓が跳ねあがった。安堵《あんど》と困惑を同時に感じながら、短剣をポケットにしまう。間の悪いところを見つかったものだ。書棚を背に、勝手に取りだしたスケッチを膝にのせて身を縮めている彼女の姿は、いかにもうしろめたそうに見えるだろう。

「ここにろうそくの火が見えた」マイルズが言った。「わたしの書斎の窓から、この部屋が見えるんだ」

なんてこと。カーテンを閉めることくらい気づくべきだった。アーカイブは裏庭に面しているので、見られることはまるで想定していなかったのだ。けれど考えてみれば当然だった。このエイルウィン・ハウスはH字形に建てられている。マイルズの書斎は西翼で、同じく裏庭に面しているのだ。

ベラはごくりとつばをのみこんだ。口の中が乾いて、かすれた声しか出なかった。

「こんばんは、閣下。いらっしゃるとは思わなくて」

彼は〝公爵閣下のひとにらみ〟を向けてきた。「こんな遅くに何をしている？」

「仕事をしていたんです。この部屋も立ち入り禁止とは知りませんでした」

「立ち入り禁止とは言っていない」マイルズはゆっくりと近づいてきた。「なぜ暗がりの中で座っているんだ？」

「隙間風でろうそくが消えてしまって。部屋を出ようとしたところにあなたが入ってきたので、驚きました」

彼はベラの目の前で足を止めた。険しい表情をいくらかやわらげ、唇の片端をあげて皮肉な笑みを浮かべた。「嘘を言うな。わたしがドアの取っ手をまわす音を聞いて、あわてて火を消したんだろう。認めるんだ」

ばれているのだ。彼女は頬が赤くなるのを感じた。まったく、わたしはどうしてこんなに間抜けなの？　ろうそくの火はつけたままにしておくべきだった。考えてみれば、消したほうが怪しまれるに決まっている。

長身のマイルズは目の前に、のしかかるように立っている。ベラは気持ちを奮い起こして顎をつんとあげ、彼の目を見つめた。「だったらどうだというんです？」開き直って尋ねた。「入ってきたのがあなたであることは予想がつきました。このあいだ怒鳴られたことを思いだして、見つかりたくないと思ったんです」

マイルズは片方の眉をつりあげただけで、挑発は無視した。「ここで何を探していた？」

「青の応接間に置いてある遺物について書かれた記録です。ハサニが目録をくれたんですが、完全なものではなかったので」それは嘘だった。目録が完全なものかどうかは知らない。寝室に置いていく前に、ぱらぱらと目を通しただけだ。

マイルズはスケッチに明かりが落ちるよう、ろうそくをさげた。「きみの膝にあるのは目録ではないようだが」

「ああ、これですか？」ベラは笑ってみせた。「引き出しを開けたら、たまたまこれがあって。それだけです。エジプトを描いたスケッチはとても興味深いですね。中には――この一番上の絵なんて、見ていると昔見た光景を思いだします」

「また子どもの頃のことを思いだしたのか？」

「ええ。わたし、カエルをつかまえようとしていたんです。ところがカエルは水に飛びこんでしまって」平らな石にちょこんとのっているカエルを指で軽くなぞる。「このスケッチが描かれたとき、わたしはそばにいたんでしょうね」

「それはどうかな。ナイル川には、カエルは至るところにいた。しじゅう追いかけていたんじゃないか」

ベラは彼を見あげた。「これを描いたのが誰か、ご存じですか？」

マイルズの表情がうつろになった。「わたしの父だよ。だから、この絵が描かれたとき、きみがそばにいたかどうかはわからないと言ったんだ。やかましい子どもの相手をするような人ではなかったから」彼は手を差しだした。「来るんだ」

ベラは無意識にマイルズの手に手を重ねた。使用人たちの話によれば彼の父親は冷淡で、独裁的な人間だったという。マイルズも父親を畏れていた。エジプトに来たばかりのときは快活な少年だった彼も、イングランドへ戻る頃にはすっかり変わってしまったらしい。爵位と一緒に、父親の人を寄せつけない厳格な性格を受け継いだかのようだ。心のどこかには、まだ無邪気な明るさが少しは残っているのかしら？　ときおり垣間見られるような気がするのだけれど……。

たくましい指が手を包み、ベラを立ちあがらせた。わずかに肌が触れあっただけで、彼女の心は千々に乱れた。会話に意識を集中しなくてはいけないのに。

「どこへ行くんですか？」

「わたしの書斎だ。そのスケッチも持ってくるといい。ほかにも何か思いだすかもしれない」

数分後、マイルズはベラを自分の聖域に招き入れていた。期待に脈が速まるのを感じながら、炎をあげる暖炉のそばの椅子へと導く。「座っていてくれ。スケッチを見る前に、何か飲み物でも持ってこよう」

そう言ってサイドボードまで歩き、グラスをひとつ手に取ると、窓際のクロスのかかったテーブルに近づいた。夕食のトレイの横に置かれたデカンタから、赤ワインをたっぷりと注ぐ。

こうして部屋にベラとふたりきりでいるのが、マイルズには信じられなかった。今夜は面白いことになりそうだ。ふだんなら象形文字の辞典を引きながら、書斎でひとり食事をすませ、たいがいはそのまま夜中まで仕事をする。けれども少し前に従僕が食事を持ってきたとき、ふと窓際に足を止め、暗くなった庭を見おろしたのだった。

そして、書斎の真下に位置するアーカイブに明かりがちらついているのに気づいた。最初はバンベリー・デイヴィスがろうそくを消し忘れたのかと思った。火事になりかねないと思い、確かめに行くことにした。ところが部屋に入ってみると真っ暗だった。とっさに誰かが隠れているような、不穏な空気を感じ取った。

ベラだとは思わなかったが。

彼女のうしろめたそうな表情がすべてを物語っていた。忍びこんだことを隠すために、ろうそくの火を消したのだろう。雇い主と顔を合わせたくなかったという言い訳も信用できなかった。何かを探していたのだ。だが、その〝何か〟とはなんだ？

二日前の晩、ベラが保管室で古文書を調べていた理由と同じなのだろうか？　あの一件がさらに怪しく思えてきた。

何を探しているにせよ、なぜ単刀直入に尋ねてこないのだ？　マイルズはアーカイブにあるすべてのファイルの中身を熟知していた。さして重要ではない、領収書のようなものまですべて。私的なものや極秘のものなどない。遠征の記録は、父のメモやスケッチから、遺物に関するエジプト政府発行の正式な売買証明書まで、あとあとわかりやすいようにマイルズ自身が整理して分類した。

ベラの目的を知りたい。だが、彼女は意志の強い女性だ。問いつめられたからといって、すんなり答えるとは思えない。真相を探るにはベラを観察し、話を聞き、ときに懐柔したり、かまをかけたりする必要がある。

そう、懐柔するのだ。彼女がわたしに心を許し、信頼するように仕向ければいい。そのための方法なら、いくらでも思いつく……。

ワイングラスを手に振り返ると、ベラはすぐうしろに立っていた。言われたとおり、暖炉のそばの椅子に座ってはいなかった。彼女の辞書には〝従う〟という言葉はないらしい。まあ、それも魅力のひとつではあるのだが。容易に他人に屈しない、自由な精神の持ち主であるということが。

いまでさえ、ベラはマイルズのことなど眼中にないかのようだ。エジプト新王国のデスマスクが立てかけてある棚を一心に見つめている。そしてつぶやいた。「なんて美しいの」

ろうそくの明かりの中で見るベラこそ、美しかった。ほつれた茶色の髪が顔を縁取り、唇はキスを誘うかのようだ。青いドレスに包まれた女性らしい曲線を描く体は、服を脱がせる喜びを想像させる。襟の高い長袖のドレスがこれほど心をそそるとは、誰が想像できただろう。

「ああ」マイルズもつぶやいた。「実に美しい」

ベラが振り向いた。自分のことを言われたと気づいて、瑠璃色の瞳が大きく見開かれる。

頬が愛らしくピンク色に染まった。マイルズは彼女の手にグラスを押しつけた。

「ワインだ」

「ありがとうございます」彼女はテーブルの上の、銀製のドーム形の覆いがかぶされたトレイに目を留めた、「まあ、ごめんなさい。お食事の邪魔をしたんですね」

「かまわない」マイルズは言葉を切り、どう続けるべきか考えた。彼女の警戒心を解きたいなら、これはいいきっかけかもしれない。「よければ一緒に食べないか？　料理人はいつも、ひとりでは食べきれない量を持ってよこす。多すぎると何度言っても聞かないので、しまいにはあきらめたよ」

ベラが唇を噛んだ。夕食をともにするというのは、一緒にスケッチをめくる以上に親密な行為になるのかどうか、判断しかねているのだろう。「わたしの立場上、そんなことはできない――」

「その逆だ。立場上、そうしてもらわなくては」マイルズは銀製の覆いを取った。いくつかの皿にパンとチーズ、数種類の冷肉、果物とケーキが山盛りになっている。

「ほら。こんなごちそう、無駄にできるか？」

彼女は物欲しげな目つきで料理を見やった。「そうですね……今夜はあまり食べなかったから」

「それならなおさらだ。メイドを呼んで、もうひと組、食器を持ってこさせよう」

「必要ありません。手で食べるから大丈夫です」ベラは椅子に座るとパンをちぎり、やわらかくしたバターにつけて、チーズのかけらをのせた。「ペルシアの人はこうやって食べるんです。たしかエジプトでもそうでした。覚えていませんか？」

マイルズは向かいに座り、彼女が無造作に食べ物を口に放りこむ様子を魅入られたように見つめた。「覚えているが、わたしは真似することは許されなかった。砂漠のテントの中で暮らしていたときも、父はイングランドで正式な晩餐の席についているかのように、上質のリネンと銀器で食事をしていたんだ」

糊のきいたナプキンを手渡すと、ベラは言った。「いまもその習慣を保っているんですね」

「エイルウィン・ハウスではそれが伝統なのでね」マイルズは自分のグラスにたっぷりとワインを注いだ。「その伝統を破ろうものなら、使用人たちは仰天するだろうな」

銀器を手に取る彼を見ながら、ベラが言った。「やってみたらどうです？　いまここで」

「何を？」

「ナイフとフォークを置いて、わたしみたいに手で食べるんです」彼女はいたずらっぽい笑みを浮かべ、ボウルから熟したイチゴをつまみあげてかじった。マイルズがそれにならうと思っていないのは明らかだ。

彼はゆっくりとナイフとフォークを置いた。イチゴの果汁で赤く染まったベラの唇から目が離せない。料理など放っておいて、彼女をまっすぐベッドに連れていき、あのふっくらとした唇を――いや、ほかにもおいしそうなところをすべて味わいたい。

代わりにマイルズはパンにローストビーフをひと切れ挟み、手でつかんで食べはじめた。

体に染みついた長年の習慣を破るのは妙な解放感があった。エジプトで自分につきまとっていたうるさい女の子にけしかけられてこんなことをするようになるとは、誰が想像できただろう。

「どうして食事を残したんだ?」マイルズはきいた。「好みに合わないのか?」

ベラがまつげの下から、探るようにちらりと彼を見やった。一刻も早くアーカイブに忍びこみたかったからか?

ところが意外な答えが返ってきた。「感謝を知らない人間だと思わないでほしいんですけど、実はイングランドの料理は……少し淡泊すぎて。ペルシアで食べ慣れた味とはちょっと違うんです」

「ペルシアの食べ物というと?」

ベラは鶏肉の脚をつまみ、かぶりついてから指をなめた。「たとえばイチジク、デーツ、ザクロなどの新鮮な果物です。ミントやレモンやコショウといった香辛料をきかせた料理もあります。砂糖の代わりにはちみつを使ったお菓子とかも」

彼女が身を乗りだした。マイルズの視線は、白いテーブルクロスに押しつけられた胸の青い布のふくらみに釘づけになった。ベラが打ち明け話をするような口調で続ける。

「誰にも言わないと約束してくれるなら、秘密を教えてあげます。社交界のレディなら、決してしないようなことです」

マイルズの頭の中を一〇以上もの可能性が駆けめぐった。そのすべてが裸体や香油、禁断の園でもぎ取られた新鮮な果物で彩られていた。乾いた喉を潤すために、ワインをひと口飲む。「なんだ？」

「実はわたし、料理が得意なんです」ベラは言った。「そのうち、あなたにわたしの得意料理を作ってさしあげます。ホレシュテ・バーデンジャンといって、ラム肉とナス、ターメリックの煮込みなんです。デザートにはサフランとピスタチオのアイスクリーム。ロンドンのどこでそうした材料が手に入るかは知らないんですけど。ふだんは市場で行商人から買っていたので」

いまの彼女のうっとりと夢見るような表情が、ペルシアの料理ではなく自分に向けられていたら、とマイルズは思った。「ペルシアでの生活が懐かしいか？」

ベラはワインをひと口飲み、暗くなった窓の外に目をやった。「ある意味ではそうですね。でも実際には、もう一度あの生活をしたいとは思いません。使用人はひとりしかいなくて、家事や力仕事の多くはわたしの役目でした。もちろんわたしが――」ふいに言葉を切り、何か間違ったことを言ったかのようにはっとして彼を見る。

「きみが、どうした？」マイルズは先を促した。

彼女は控えめな笑みを浮かべた。「なんでもありません。もう昔のことですから。こんな話であなたを退屈させては申し訳ないわ。ただ、このエイルウィン・ハウスではひどく甘やかされている気がしてしまうんです。世話をしてくれるメイドがいて、お湯を持ってきてくれたり、火をつけてくれたり、ベッドを整えたりしてくれるなんて。ここを出ていく頃には、何もできない女になってしまいそう」

ベラがこの屋敷を出ていく日が来るなど、マイルズは考えたくなかった。早くも彼女のいる生活に慣れてしまった。もちろんこうまで惹かれるのは、性的な欲望が根本にあるからなのはわかっている。ベラがベッドに招き入れてくれるなら、そのベッドは彼が自分で整えてもかまわないくらいだ。

もちろん、そんなことは現実にはありえない。ベラは彼の喉に短剣を突きつけ、誘惑をきっぱりとはねつけたのだから。

食事をしながら、マイルズは彼女を観察しつづけた。シーモア卿がなぜあれほど唐突にエジプトを発《た》ったのかは、やはり知りたい。そのためにはベラの父親の話を続ける必要がある。

「そんなに忙しかったなら、どうやって父親の仕事を手伝う時間を作っていたんだ？」

「夜は日誌をつける父の手伝いをしました。ときどきは、ペルセポリスの発掘現場にも連れていってもらえたんです」

「なぜときどきだったんだ？　使用人もいたというし、小さな家だったのなら、家事といってもそれほどやることは多くなかったんじゃないか？」

ベラのまなざしが冷ややかに、そして妙によそよそしくなった。「当然あなたは家事なんてしたことがないんでしょうね、閣下」彼女は上体を起こして椅子の背にもたれた。「さあ、もう夜も遅くなってきたし、おしゃべりはこれくらいにしてスケッチを見ませんか？」

ベラはペルシアでの生活をすべて語ってはいないのではないか、とマイルズは思った。それ以上の質問を避けるために壁を作る。彼自身もよく使う手だ。しかし、ここはいったん引きさがることにした。先ほどのように彼女を安心させ、話しやすい雰囲気を作りだしたほうがいい。そうすれば、いずれはアーカイブに忍びこんだ真の目的も打ち明ける気になるかもしれない。

そうこうするうちに警戒心をゆるめ、こちらの誘いに乗ってくるのでは？　あの美しい体をもう一度、腕に抱く機会が訪れるかもしれないのだ。そう思うだけで下腹部が熱くなる。

明かりがもっとよく当たるよう、燭台を机の端に移した。そして机の前に座ったベラにスケッチの束を渡すと、マイルズは向かいに座る代わりにオットマンを引き寄せ、できるかぎり彼女のそばに座った。そのほうがスケッチを見やすいからというふりをして。

「一枚目の光景は覚えているんだな。きみはカエルを追いかけていた」

「ええ。でも、断片的な記憶で役には立ちません」心もとなげにちらりと彼を見てから、ベラは熱心にページを繰りはじめた。ペンとインクで書かれたスケッチを一枚一枚、丹念に眺めていく。ローブをはためかせてくるくるまわるダービッシュ（イスラム教の修行僧）。ヤシの木に囲まれたオアシス。ファラオ、ラムセス二世の、頭のない戦士像。

彼女はそうしたスケッチを無言でめくっていったが、最後の一枚を見て目を見開いた。

「まあ、ラクダに乗った男の子たち！　すごいわ。大勢いる」

「レースだよ」マイルズの頭に、焼けつく太陽、熱い砂、若者たちの活気あふれるかけ声がよみがえった。まるで昨日のことのように、満たされなかった欲求が胸を突くのを感じる。

「思いだすな。わたしもあのベドウィンの少年たちに加わりたくてしかたなかった」

「でも、お父さまが許してくださらなかったんですね？」

ベラのまっすぐなまなざしは心の内を見透かすようで、マイルズは気まずさを感じた。父親のそっけない命令にいつも打ちひしがれていたことを、彼女に知られたくはない。

マイルズはスケッチに戻った。「エイルウィンの判断は正しかったと思う。わたしはラクダに乗ったことがなかったから、もし参加していたら首の骨を折っていたに違いない」

ベラが片方の眉をあげた。「お父さまのことをエイルウィンと呼ぶんですか？　その……父上、とかではなく？」

「当然だろう。父には敬意を表さなくてはいけない。父は――」マイルズは歯嚙みした。なぜわたしの過去の話になってしまったんだ？　「いや、わたしのことはどうでもいい。その日のことを、きみは何か覚えていないのか？　群衆の中にいて、ご両親とレースを観戦していたんだろう？」

「本当に？」

ベラはゆっくりとかぶりを振った。「ごめんなさい。何も覚えていないんです」

「ええ」突然、彼女はマイルズのむきだしの前腕に手を置いた。「あなたがあのレースに参加できていたらよかったのにと思います。でも、お父さまはきっと愛情ゆえに禁じたんでしょう、あなたはひとり息子ですもの。失うことにでもなったらと、不安だったに違いありません」

感情の波が押し寄せ、マイルズの喉が詰まった。父は息子を失うことを恐れていた。だが、それは愛情からだろうか？　自分は跡取りとして大切にされていた。ただし、それ以上ではなかった。

ベラの手のぬくもりが肌にしみ入ってきた。誰にも打ち明けたことのない話が口をついて出そうになった。言わずにいるのが一番だとわかっているのに。「どうでもいいことだ。昔の話だよ」

「そんなことありません。父親というのは、いつまで経っても子どもの人生に影響力を持ちつづけるんです。どんなに厳しくて高圧的な父親であっても」

マイルズは身をかたくした。「父をそんなふうに言ったことはないと思うが」

冷ややかな彼の口調に、ベラは手を引っこめた。「でもさっき、お父さまはあまり子どもがお好きでなかったという話をされたでしょう。正確に言えば、〝やかましい子どもの相手をするような人ではなかった〟と。それはあなたのことも含めてなんじゃないかしら？　ラクダのレースを禁止されたとき、あなたはお父さまに怒りました？」

「まさか。言っただろう、わたしは父を尊敬していた」

彼女がわずかに眉をひそめた。「つまり、お父さまとけんかをしたことがないということですか？　一度も？」

ぶしつけにそうきかれて、埋もれた記憶が掘り起こされた。たしかに父に刃向かったことはない。たった一度きりの、運命的なあの夜を除けば。いまでもまだ、苦い後悔が胸にこみあげてくる。わたしが反抗しなければ、従順な息子でいたら、父は死なずにすんだかもしれない……。

マイルズは立ちあがり、ベラを冷たくにらみつけた。「尋問はもうけっこうだ。きみが有益なことを何も思いださないなら、時間の無駄だな」

彼女は申し訳なさそうな顔でマイルズを見あげた。「詮索してごめんなさい。今回は、その〝公爵閣下のひとにらみ〟をされてもしかたないですね」

「なんだって？」

「〝公爵閣下のひとにらみ〟です。あなたが相手を威嚇するのによく見せる表情」自身はまったく威嚇された様子もなく、ベラは優雅に椅子から立ちあがった。「ろうそくをお借りしていいですか？　自分のはアーカイブに置いてきてしまったみたいで」

その泰然たる態度に爆発寸前の怒りを抑え、マイルズは向きを変えて机に向かった。いらだたしげに書斎を見渡したが、結局、枝付き燭台に手を伸ばした。まったく。なぜ目につくところに予備のろうそくがないんだ？　少なくとも五、六本はあってしかるべきなのに。

足音も荒く、ベラのそばに戻る。「寝室まで送っていこう」

ドアに向かうと、彼女も早足でついてきた。「アーカイブに行けば、自分のろうそくを取ってこられます。そうしたら送っていただく必要はありません」

「だめだ！」どんなささいなことであれ、ベラに指示されるのはごめんだった。

「わたしが送っていくと言ったら送っていく。いずれにせよ、夜中にひとりで屋敷の中をうろつかれては困る」

「では、お願いします」

ふたりの足音が暗い廊下に響いた。マイルズの長い歩幅に合わせようとすると、ベラはほとんど小走りだった。「スカートにつまずいて階段を転げ落ちるぞ」脅かすように言う。「首の骨を折って、朝まで誰にも気づかれない」

「わたしがそんな不器用だとでも、閣下？」

面白がっているような口調だ。茶化されて、マイルズはいっそう腹が立った。

「ああ、そうだ。このあいだは自分の足の上に石を落としたんじゃなかったか？」

ありがたいことに、そのひとことでベラは黙りこくった。これ以上、彼女のおしゃべりは聞きたくなかった。誰よりもやわらかく甘い唇をしているのに、そこから発せられる言葉はやわらかくも甘くもない。生意気で辛辣で、遠慮がなさすぎる。

〝公爵閣下のひとにらみ〟か。まったく。イザベラ・ジョーンズが他人のプライバシーに首を突っこんでこなければ、そんな脅しも必要ないのに。彼女ときたら、何かにつけて探りを入れ、古傷をえぐろうとする。この屋敷に彼女が来てくれてよかったと思ったのは一瞬の気の迷いだ。

ところが実際、それが本音だった。やはりベラにはここに、自分のそばにいてほしい。彼女はうらやましいほど活力に満ち、マイルズの心の冷たい場所を溶かすようなぬくもりを発している。いまさらまた外界から遮断された書斎で、ひとり研究に打ちこむ気にはなれない。

東翼の大理石の階段をのぼりながら、隣を歩くベラをちらりと見た。考え事にふけっているように眉をひそめ、下を向いている。なぜずっと無言なのだろう？

わたしは彼女の気持ちを傷つけただろうか？

自責の念がいらだちを追いやった。いささかきつく言いすぎたかもしれない。ベラはあのエジプトでの運命の夜の真実を知らない。わざとわたしの心の傷に触れようとしたわけではないはずだ。

「足の具合はどうだ？」多少おもねるように言った。「歩くのは問題がなさそうだな」

「足？　ええ、ちょっと痣になりましたけど、それだけです」

やはりどこかうわの空だ。考え事を中断されたかのような受け答え。会話をする気分ではないらしい。何を考えているのだろう？　わたしのことでないのは明らかだ。微笑みかけてくることもないし、ほかの女性のように色目を使ったり、気のきいたせりふで笑わせようとしたりすることもない。

それどころか、こちらの存在をすっかり忘れているかのようだ。なぜわたしのことを考えない？　マイルズは心の中で悪態をついた。無視されるのは気持ちのいいものではない。こうして夜にふたりきり、ロマンスにはもってこいの状況なのに。

とはいえ、ベラを誘惑するつもりはなかった。短剣で脅された日に、そう心に決めたのだ。だからいまも、彼女のそっけない態度をありがたく思うべきなのだろう。

結局のところ、ベラにはいずれこの屋敷を出ていってもらうことになるのだ。彼女の父親がなぜあわててエジプトを発ったのか、その理由さえ探りだせば、もう用はない。

ふたりは階段をのぼりきり、使われていない客用寝室が並ぶ薄暗い廊下を進んだ。燭台を掲げると、淡い光にベラの横顔が浮かびあがった。美しい輪郭を描く頬骨、形のいい小さな鼻。頑固そうな顎。そしてやわらかな唇——あの唇をもう一度味わえたら……。

ベラが廊下の突き当たりの閉じたドアの前で足を止めた。彼女の寝室だ。挨拶もせずに、そのまま部屋に入っていくのではないかと思った。この五分間、彼女はひとことも発していない。まるでマイルズの姿など目に入っていないかのように。

ふいにベラが振り返った。瑠璃色の瞳が彼のまなざしをとらえる。決意に満ちた強い視線だった。マイルズのことを忘れていたわけではなかったらしい。

神経質そうに指を組みあわせ、彼女は大きく息を吸った。胸がぐっと持ちあがる。

「閣下、告白しなくてはいけないことがあるんです。言っておきますが、この話をあなたは気に入らないと思います」

# 17

ついに言ってしまった、とベラは思った。もうあと戻りはできない。いまここで打ち明けるしかない。

間違いなくマイルズは憤慨するだろう。過剰なまでにプライバシーを大切にする人だ。ベラが何をしたか知ったら、よく思わないに決まっている。それでも怖じ気《け》づいてはいけない。彼に当時の話をしてもらうには、それしか方法はないのだ。

マイルズが片方の眉をつりあげた。少なくとも多少は機嫌が直ったようだ。彼の父親のことでベラがぶしつけな質問をしたときに見せたような、冷ややかな怒りはもう感じられない。これからする話を聞いたら、最初はかっとするかもしれないけれど、しばらくすれば癇癪を抑えてくれるのではないかしら？

そうでありますように。

マイルズは片手に燭台を持ち、もう片方の手をドアの枠の高いところに置いている。ベラはドアと彼に挟まれた格好だった。「それは今夜、きみが書棚をのぞき見ていたことに関係があるのか？」

なかなか鋭い。けれど、完全に当たりではない。

ベラはつばをのみこんだ。「今夜のことではありません。二日前の晩のことです。わたし、あなたからあるものを借りたんです」

「借りた？　短剣のことは知っているが」マイルズが眉をひそめる。「パピルスを持ちだすような軽率な真似はしていないだろうな」

「まさか！　パピルスがきわめて脆いことは知っています」彼は近くに、あまりにも近くに立っていた。かたいドアが背中に当たる。「実を言うと……たまたま手紙の束を見つけたんです。表書きを見て、父の字だとわかりました。ラムズゲート侯爵宛となっていました」

マイルズの顔から表情が消えた。ろうそくに照らされた顔はデスマスクのように冷たく、よそよそしかった。「それでわたしの私信を勝手に持ちだしたのか。当然ながら読んだんだろう」

「はい。最初はわからなかったんです、あなたがラムズゲート侯爵だと。しばらく読んでから気がつきました」ベラは唇を噛んだ。情に訴えれば、冷淡な表情が少しはやわらぐだろうか？　「どうかわかってください。父を亡くして、まだ一年にもならないんです。父の書いたものを読める機会をみすみす逃すことはできませんでした。それを読めば、父がどうしてエジプト時代の話をいっさいしなかったのかもわかるんじゃないかと。悪気はなかったんです」

「悪気はなかった、か」マイルズはさげすむような口調で言い、数歩うしろにさがってからふたたびまっすぐに彼女の顔を見た。指で髪をかきあげ、くしゃくしゃにする。目つきはこれ以上ないほど冷ややかだった。「あの手紙はわたしに宛てられたものだ。読む前に考えなかったのか？」

非難のこもった口調にベラは悲しくなった。ここまで歩くあいだに、マイルズに話したらどうなるだろうと気をもみ、迷い、幾度も弱気になって、ようやく勇気を振り絞った。黙っていてもよかったのだ。手紙がなくなっていることに彼が気づく頃には、ベラはとうにエイルウィン・ハウスを去っていただろう。

けれども、隠し通すのはさすがに気がとがめた。それに、この告白が話の糸口になるかもしれないという期待もあった。マイルズが心の奥に苦悩を抱えているのはなんとなくわかる。彼の父親、そしてベラの父に関する何かが彼を苦しめているのだ。父がマイルズをエジプトに置き去りにしたというだけではない、何かが。

「さらに悪いことに」ベラは続けた。「手紙が消えてしまったんです。どこにも見当たらなくて」

マイルズは歯を食いしばった。「なんだって！」

「本当にごめんなさい」彼女としては、告白することで少しは肩の荷がおりることを願っていた。ところが逆に自分が小さく、みじめに思えてならなかった。「ベッド脇のテーブルの引き出しにきちんとしまっておいたんです。なのに、保管室に戻そうと思ってさっき見てみたら、なくなっていました」

「しまった場所が違うんじゃないのか」

きっぱりと首を横に振った。「いいえ。引き出しにしまったのをはっきり覚えていますから。寝室じゅうを探したんですけど、どこにもありませんでした」

「手紙が歩いて部屋を出るわけがない」マイルズは大股で彼女に近づいた。「そこをどけ。わたしが自分で探す」

ベラは向きを変え、ドアを開けて先に寝室へ入った。マイルズが彼女の言葉を信じていないのは明らかだ。身の潔白を証明しなくてはならない。

部屋の中は暗かった。隅は濃い闇に包まれ、暖炉の脇の椅子や大きなベッドがぼんやり見える程度だ。高い窓にはカーテンが引かれていた。明かりといえば、消えかけた暖炉の火だけ――それとマイルズが手にしたろうそくだけだった。

ベラはベッド脇のテーブルに駆け寄り、引き出しを開けた。「ご覧のとおりです。手紙は消えてしまったんです」

マイルズが近づいてくると、ろうそくの光が空っぽの引き出しを照らした。

「ここにあったというのはたしかなのか？」

「ええ、間違いありません。寝る前にベッドで読んでいたんです。それからひもで縛り直して、ここにしまいました」

彼は身を乗りだして、テーブルのうしろを調べた。「だが、誰が盗むというんだ？　この部屋に入るとしたら、きみのメイドくらいだろう」

廊下で見かけた、ローブを着た幽霊のような人影のことを話すべきかどうか、ベラは迷った。あれは間違いなく人間だ。けれど、いらいらしているいまのマイルズにそう言っても、まともに取りあってもらえないのは目に見えている。

彼はテーブルに燭台を置き、かがみこんでベッドの下をのぞいた。その広い背中を見つめるうち、ベラはなんとかして彼の信頼を取り戻したいと思った。夕食のときのようにくつろいだ、魅力的な彼に戻ってくれたら……。「ナンにはきいてみたんです。でも、手紙は見ていないと言いました。その言葉を疑う理由もないし――」

「あったぞ」

マイルズはベッドの下に手を伸ばし、手紙の束を引っ張りだした。端についていたわずかな埃を払う。

ベラは目をしばたたいた。自分の見ているものが信じられなかった。「どうしてこんなところに落ちていたのかしら？」

彼が立ちあがる。「引き出しに入れたと思いこんでいただけなんだろう。手に持ったまま眠ってしまい、それがベッドの下に滑り落ちたんじゃないのか？」

呆然《ぼうぜん》としながら、ベラは手紙の束を受け取って目を通した。なくなっている手紙はないようだ。けれどもその説明は、彼女の記憶とは合致しなかった。手紙をしまったあと、すぐに眠ったわけではない。枕に寄りかかったまま、考え事をしていた。ラムズゲート侯爵とは誰なのかと思いめぐらせ、父の思い出に浸り……。

ふと、あることに気づいた。「わたしはひもを蝶結びにして結んだわ。でも、これは固結びになっています」

うんざりしたように、マイルズはかぶりを振った。「手紙を持ったまま寝てしまうくらい疲れていたなら、どんなふうに結んだかなんてはっきり覚えているはずがない」

だが、ベラには確信があった。固結びはほどくのが面倒だからと、ライラやサイラスにいつも蝶結びで結ぶよう教えてきたのだ。何者かがこの手紙を盗んだということはありうるだろうか？　そして読んだあと、ベッドの下に滑りこませた。わたしがうっかり落としたと思うように。

ありえないことではない。だけど、誰がわざわざそんなことを？

ハサニ？

あのエジプト人がローブ姿の幽霊という可能性はある。もっとも、この屋敷で何年も働いているのだから、手紙を読む機会はいくらでもあったはずだ。わざわざいまになって、そんなことをする必要はないだろう。そもそも、彼がわたしの寝室を探る理由もないはずだ。

もちろん、そんな推測を口には出さなかった。マイルズはまだ怒った顔をしている。唇を引き結び、眉根を寄せて。そうでなくても、ベラが手紙を〝借りた〟ことに立腹しているのだ。長く仕えてきた従者への疑いを不用意に口にして、火に油を注ぐような真似はしたくない。

ベラは手紙の束を胸に押しつけた。マイルズはもう、夕食をともにした魅力的であたたかい男性ではなかった。冷淡でよそよそしい、エイルウィン公爵に戻ってしまった。ふたりのあいだに芽生えた友情を取り戻したい。でも、どうすればそれができるのかわからない。

「あなたの許可も得ずに手紙を持ちだしたことは本当に申し訳なく思っています、閣下。そのときは、父があなたに手紙を書いていたなんて知らなかったんです」数歩前に出て、マイルズの真正面に立った。「もうお返しします」

ベラは手紙の束を差しだした。だが、彼は受け取ろうとしなかった。空気が熱を帯びるほど強烈なまなざしで、じっと彼女を見おろしているだけだ。「返さなくていい」マイルズが言った。「わたしより、きみにとって意味のある手紙だろう」

「あなただって何年も取っておいたじゃないですか。そうするだけの理由があるに違いないわ」

「理由はどうあれ、いまとなってはどうでもいいんだ」彼の視線がベラの胸元に落ちた。「とりわけ、ほかにもっと切実なことが頭にある場合は」

彼女の体に甘美な震えが走った。まるでマイルズの手が胴着《ボディス》の下に滑りこみ、素肌を愛撫したかのように。彼の瞳はむきだしの欲望を――女性の深い切望を呼び起こすような欲求をたたえている。低くなめらかな声で、マイルズは続けた。「わたしは本来、こんなところにいてはいけないんだ。寝室に男を招き入れるなんて、レディとしてあるまじき行為だぞ。きみにもそれはわかっているはずだ」

ベラの目の隅には大きなベッドが映っていた。ふかふかの枕と折り返された上掛けが誘っているかのようだ。ドレスを脱ぎ捨て、裸でマイルズの腕に抱かれたらどんな感じだろう？　彼の望むがままになったら？　ありとあらゆる快楽に身をゆだねたら？

頬が熱くなった。そんな想像をするなんて、どうかしている。「招き入れた覚えはありません」ぴしゃりと言った。「どちらかといえば、あなたが勝手に押し入ったんです」

「とはいえ、きみがドアを開けた。招き入れたのと変わりはない。どんなにおかたい紳士も心を動かされるだろう」マイルズが人差し指で彼女の唇をなぞった。「もっとも、もう一度短剣を突きつけられるのはごめんだ。だから、おとなしくおやすみを言うことにする」

震えるベラを残し、彼は燭台を取りにベッド脇のテーブルへ向かった。そのとき、彼女はうまくごまかされたことに気づいた。マイルズは手紙の話を避けるため、レディとしてあるまじき行為だのなんだのと言いだしたのだ。

その手には乗らない。この手紙こそ、彼の過去を探る格好の口実になるのだから。

ベラはマイルズに駆け寄った。「閣下、お願い、待ってください」

彼は振り返り、冷ややかな表情で片方の眉をつりあげた。さっさと出ていきたいと――遺物と同じように胸に秘めた秘密も厳重に保管できる部屋に早く戻りたいという顔をしている。

彼女はマイルズの手首をつかんだ。そして相手が眉をひそめる間も与えず、その大きな手に手紙の束を押しつけ、指で包みこんでしっかりと握らせた。

「この手紙はあなたが持っているべきです」彼の目を見つめて言う。「読んでよくわかりました。父は一時期、あなたの人生の中でとても大きな存在だった。それに父もあなたを愛していたんですね。でなければ、あなたの質問に答え、助言し、口添えするなんてことはしなかったはずだわ」

彼の瞳は無表情で、ふだんより色濃く見えた。「きみは何もわかっていない」

「手紙に書かれていたことはわかります。父はあなたのことを気にかけていた。だからエジプト遠征にあなたを同伴するよう、あなたのお父さまを説得したんです。できるかぎり、あなたの力になろうとして。お願いですから、父への怒りで思い出まで汚してしまわないでください」

マイルズは顎をこわばらせて彼女をにらみつけた。再燃した怒りがふたりのあいだに黒く渦巻き、静寂を破るのは炉棚の上にある時計が時を刻む音だけだった。

ふいに彼がベラから離れ、部屋を横切った。足音も荒く、まっすぐ暖炉に近づいていく。

マイルズの意図に気づき、彼女は愕然とした。

悲鳴に近い声をあげて彼のあとを追った。けれども遅すぎた。手紙はすでに火床に投げこまれていた。薪《たきぎ》から小さな炎があがり、紙の折り目をなめていく。

ベラは何も考えずに膝をつき、炎の中に手を伸ばした。手紙の束をつかみだして大理石の炉端に落とす。熱いオレンジ色の炎が手紙の縁をじりじりと食《は》んでいった。彼女はドレスの裾で火を叩き、必死になって消そうとした。

腕をぐいとつかまれた。マイルズの手だった。「よさないか、ベラ！　ドレスに火がつくぞ」

ベラは彼を押しのけた。「放して！　なんてことをするの！　これは父が書いた手紙なのよ！」

涙があふれて喉が詰まった。ベラは床にしゃがみこんで手紙を確かめた。紙の端は彼女の指と同じく煤《すす》だらけになっていたが、本文の部分は無事だ。亡き父につながる貴重な品は、なんとか救いだせた。

なんの前触れもなく、頭からつま先まで貫くような激しい震えがベラを襲った。くずおれて泣きたいという激しい衝動に駆られる。そんなことはできない。いまここでは。マイルズの前では。彼女はこみあげる涙を必死にこらえた。

あたたかく力強い腕が背中にまわされ、ベラはひるんだ。「行って」彼のほうを見ようともせずに言う。「出ていってください。そもそも、あなたはここにいてはいけないんです」

「その手紙がきみにとってそんなに大切なものだと知っていたら、わたしは手を触れなかった」マイルズが静かな威厳を感じさせる声で言った。「おいで。やけどをしているかもしれない」

ふいにベラは疲れを感じ、刃向かう気力を失った。焦げた手紙の束をぎゅっと握りしめ、促されるままに立ちあがる。マイルズの腕がウエストにまわされ、暗い化粧室に連れていかれた。

マイルズが燭台を洗面台の近くに置くあいだに、ベラは手紙をポケットにしまった。彼は気づいていたとしても何も言わなかった。彼女の黒い煤まみれの手を取り、やけどがないか指を一本ずつろうそくの明かりの下で調べていく。

笑みはなく、陰鬱な表情だったが、もう怒っているようには見えなかった。暗褐色の髪がひと房、額にかかっている。その髪をかきあげてあげたいと思う自分を、ベラは嫌悪した。そして彼のことも。

「手紙はもうわたしのものです」彼女はきっぱり言った。「あなたは手紙に関する権利を放棄したんです」

茶色の瞳が一瞬ベラに向けられ、また手に戻った。「そうだ」

同意するのは当然だ、とベラは苦々しく考えた。認めたくはないけれど、マイルズにとってこれらの手紙は、もはや紙くず同然なのだ。いつか彼が心を開き、過去を語ってくれないかと願うなんて愚かだった。

そもそも、マイルズが他人に心を開くことなんてあるのだろうか？

彼はナンが置いていった水差しを取りあげ、陶器に水を注いだ。「火ぶくれはないようだが、一応煤を洗い流そう」

「わたしは大丈夫です。どこも痛くないし」心以外は。心はずきずきとうずいている。手紙を燃やそうとするなんて、あまりにもひどい。

マイルズは父に憎悪を抱いている。憎まないでと願っても無駄だとようやくわかった。

「手を水に浸すといい」

ベラはその言葉に従った。いずれにしても煤は洗い流さなくてはならない。それに悲しくて、抗《あらが》う元気もなかった。指を浸すと、ひんやりした水が肌をなだめてくれた。煤を洗い流すという単純な行為には、どこか心を静めてくれるものがあった。

ラベンダーの石けんに手を伸ばす。だが、それより先にマイルズが取りあげていた。手のひらで泡立て、ベラの指を一本ずつ、黒い煤をそっとこすり落としながら洗っていく。

「痛みを感じたら言ってくれ」

彼女は唇を引き結び、視線をそらして、毎朝楕円《だえん》形の鏡の前に立って髪をまとめる鏡台に目を向けた。これ以上、マイルズと話をしたくなかった。看護婦役をするのはかまわない。だからといって、彼を許す気にはなれない。今夜つくづく思い知った。こんなに手に負えない人はいない、と。

いやなら、この屋敷を出ていけばいい。こんなに横暴な男性と同じ屋根の下で暮らしたくはない。けれども失われた地図の問題がある。父が死の床で語った地図。

〝約束してくれ。エイルウィンを探しだせ。地図を見つけるんだ。半分はおまえのもの……ファラオの宝〟

父のためにも、宝の所有権は主張しなくては。ハサニによれば、父たちは数々の黄金の遺物が埋蔵されているという噂の、ツタンカーメンの墓を探していたという。地図さえあれば、ベラは双子を連れてエジプトに渡り、その財宝を発掘できる。

だとしたら、マイルズ抜きで財宝を手に入れる方法を見つければいい。彼と二度と会わないですむと思うとほっとする。

マイルズは彼女のもう片方の手も洗い、タオルで軽く叩くようにして水気を拭いた。手のひらをひっくり返し、指の腹も調べる。彼にそっと触れられると、体の奥がきゅんと甘くうずいた。どきりとして、ベラは一瞬息ができなかった。

乱暴に手を振りほどく。「もういいです。そこまでする必要はありませんから」

そう言うと、彼女はマイルズを残して化粧室を出た。彼に出ていってほしかった。そしてベッドでひとり丸くなり、体の中のむなしいうずきが消えてくれることを願って、枕を抱きしめたかった。彼には父を憎んでほしくないと思ったなんて、ばかみたい。エイルウィン公爵など、わたしにとって特別な存在ではない。

マイルズはあとから寝室に戻ってくると、ベッド脇のテーブルに燭台を置き、胸の前で腕を組んだ。そして真剣な顔で彼女を見つめた。「すまなかった、ベラ」声がしゃがれている。「わたしのしたことは間違いだった。きみの父親の手紙を燃やそうとするなんて、許されないことだ」

「ええ、そのとおりです。でも、いまさら何を言ってもしかたありません。とにかく、もう出ていってください」

だが、マイルズは立ち去ろうとはしなかった。困ったように眉をひそめて言う。

「幼稚な真似だったよ。まるで癇癪を起こした一三歳の子どもだ。たぶんシーモア卿への反感が、子ども時代に根づいたものだからだろう」

ベラは何も言わなかった。反論はできない。それは事実だから。

マイルズは彼女に不機嫌な視線を投げかけ、手を腰に当てて部屋の中を行ったり来たりしはじめた。「手紙からわかっただろうが、わたしは昔からシーモア卿を嫌っていたわけではない。たしかに一時期、彼はわたしにとって父親以上に父親らしい存在だった。わたしのことを気にかけ、助言を与えてくれて、少年が父から受ける愛情を授けてくれた。いつでも話を聞き、どんなつまらない質問にも、わたしがエイルウィンから受けたような批判抜きで真剣に答えてくれた」

その率直な言葉はベラの心をとらえた。マイルズが自分のことを語っている。特に仕向けたわけでもないのに――。

とはいえ、まだ彼を許す気にはなれなかった。ベッドの支柱にもたれ、手をうしろにまわして、彫刻が施された木材をぎゅっと握りしめる。「父はいつもそんなふうでした」ベラは言った。「いつも明るく、いつも頼りになって。あなたが悪く言うのを聞くと心が痛みます」

「そうかもしれない。だが、わたしの身になって考えてくれ。わたしが一番必要としたときに――父が殺され、悲しみに暮れていたときに、シーモア卿は行ってしまった。わたしはほとんど赤の他人の中に、ひとりきりで残されたんだ」

「ウィリアム・バンベリー・デイヴィスは？」

「ああ」マイルズは苦い顔で目をそらした。「彼は学者としては優秀だったが、わたしは個人的にはほとんど知らなかった。つらい時期だったよ」

ベラは、サイラスよりも幼い、未熟な少年だったマイルズを想像してみた。そんな少年が大人であっても困難に違いない境遇に置かれたのだ。どの遺物を購入すべきか判断し、それらをイングランドに船で送る手配をしなくてはならないのだから、とてつもない重責だっただろう。それに加えて、父親の死をひとりで乗り越えなくてはならなかった。

父親同然だったベラの父にも見捨てられて。

ため息とともに、彼女は怒りの残りを吐きだした。父にも責任の一端があることは否定できない。「どうして父がそんなことをしたのかはわかりません。この先もずっとわからないでしょう」口調をやわらげた。「でも、マイルズ、父を許してほしいんです。あなたのためにも。でないと、あなたは過去の亡霊につきまとわれつづけるわ」

彼はじっとベラを見つめていた。瞳は曇り、感情は読み取れなかった。「そんなに単純じゃない」つぶやくように言う。「わたしが許せないのは自分自身だ」

「どういう意味ですか？」

返事はなかった。マイルズは大股で窓まで歩き、カーテンを開けた。そして窓枠に手のひらを押し当て、無言で夜の闇を見つめた。

まるでベラの存在を忘れたかのように。

# 18

放っておいたほうがいい、とベラは自分に言い聞かせた。マイルズの秘密は秘密のままにしておけばいい。自分には関係のないことだ。とはいえ、彼の苦悩する姿を見ると胸が痛んだ。彼女は寝室を横切ってマイルズのかたわらで足を止め、腕を組んで彼が口を開くのを待った。

彼の顔は陰になっていたが、ちらりとこちらを見たのはわかった。「何年ものあいだわたしの心にのしかかっていたのは、シーモア卿の失踪だけではなかった」吐き捨てるように言う。「ほかにもあるんだ。誰にも話していないことが」

「そうなんですか？」

続きを期待してはいけない。マイルズがわたしに秘密を打ち明けなくてはならない理由はないのだから。わたしは許可もなく彼の私信を読み、書類を探っているところを二度も見つかった。しかも彼が憎んでいる男の娘なのだ。

今夜ひとつ学んだことがあるとすれば、エイルウィン公爵を説得したり、懐柔したり、無理じいしたりするのは不可能だということだ。自ら語ったとおり、彼は長いあいだ秘密を誰にも打ち明けなかった。つまり誰のことも、心から信頼はしていなかったのだ。ハサニでさえ。バンベリー・デイヴィスでさえ。いとこのオスカー・グレイソンでさえ。マイルズは野獣のような外見の下に、思いや感情をしっかり閉じこめている。そして檻《おり》にとらわれた獣のように、危険を覚悟で近づこうとする者に吠《ほ》えかかる。

なぜだろう？　どんな恐ろしいことがあって、マイルズは屋敷に引きこもるようになったの？　知りたいけれど、尋ねることはできない。彼に話す気があるか――ないかだ。

マイルズがいらだたしげなため息をもらした。「きみは以前わたしに、父とけんかをしたことがないのかときいたね。一度だけある。エジプトに来て、一年近く経った頃だ。そろそろイングランドに戻ってイートン校に入れと言われた。わたしは絶対にいやだと言い張った」

「当然だと思います。あなたは教科書を読む代わりに、現地で生きた歴史を学んでいたんですもの」

彼を包む暗闇から、笑いのような声がもれた。「わたしもまさに同じことを主張したよ。徹底的に反論した。生まれてはじめて、エイルウィンに刃向かう勇気を見いだしたんだ。エジプトに残りたい、残るつもりだと言いきった。あの晩ほど怒った父を見たことはそれまでなかった」

まるで記憶の渦に吸いこまれたかのように、マイルズはふと口をつぐんだ。そのまま一分ほどが経った。彼のこわばった顔つきが、内面の緊張を物語っている。

思わず尋ねた。「それで、どうしたんです?」

マイルズはベラから顔をそむけた。「エイルウィンは……」深く暗い底から引きあげられるように、言葉がゆっくりと浮かんできた。「おまえを殴りつけてやりたいくらいだと言った。そう言い捨てて、テントから出ていった。あたりはもう暗くなっていたが、ランプを持って……ひとりで発掘現場に向かった」マイルズはいったん言葉を切ってから、深いため息とともにあとを続けた。「それが生きている父を見た最後になった」

ベラは手を口に当て、あっと叫びそうになるのを抑えた。マイルズの苦しみの原因がようやくわかった。けんかをしてしまった夜、墓荒らしによる襲撃があった。彼は父親の死に責任を感じているのだ。

なぜそういう結論に至ったのかはよくわかる。けんかをしなければ、父親はテントを出ることはなかった。テントを出なければ、墓荒らしの手にかかって死ぬこともなかったはずだ。

無意識のうちに、ベラはマイルズに近づき、彼のウエストに腕をまわして肩に頭をもたせかけた。ただ彼を慰めたかった。エジプトから帰国したマイルズが、かつての明るい少年の面影を完全に失ってしまったのも無理はない。長いあいだ、恐ろしい罪の意識を抱えて生きてきたのだろう。誰にも打ち明けられず、父親を死に追いやったという罪悪感にむしばまれ、他人に対して怒りと敵意をむきだしにするようになった。

そしておそらく償いとして、父親から受け継いだものを守ることに没頭した。巨大な霊《れい》廟《びょう》のごとき屋敷に引きこもり、父親がファラオの墓から発掘した遺物の研究に、持てる時間のすべてを注ぎこんできたのだ。

ふと、あたたかな息がベラの髪にかかった。マイルズも彼女に腕をまわし、ぎゅっと抱きしめてきた。互いのぬくもりが混ざりあう。このうえなく自然な抱擁だった。意外だったのは事実だが、彼が秘密を打ち明けてくれたのは純粋にうれしかった。告白することで、苦しみが少しでもやわらいだのならいいけれど……。

でも、まずはマイルズが背負ってきた罪悪感が間違いだったこと、まったく意味のないものだったことに、彼自身が気づかなくてはならない。

ベラはわずかに身を引いてマイルズを見あげた。淡いろうそくの明かりに照らされた顔には警戒心が浮かんでいる。非難されると思っているのだろうか？

ウエストにまわした腕に力をこめ、広い背中を手で撫でた。「ああ、マイルズ。あなたのせいではありません。その晩、賊が襲ってくるなんて、あなたにはわからなかったんですから」

彼がいらだたしげにかぶりを振る。「それは問題じゃない。いずれにしても、わたしには父の死に責任があるんだ」

「そんな！　あなたはたった一三歳だったんですよ。お父さまは大人だった。お父さまはご自分で自分の人生を選んだんです。誰だって、そう考えるわ」

「何を言う――」

マイルズは身を引こうとしたが、ベラは彼の腕をつかんで止めた。筋肉のこわばりが手に感じられる。「聞いてください。お父さまは息子とけんかをする必要はなかった。あなたの考えを聞き、理性的に話をすることもできたはずです。わざわざテントを飛びだしていく必要などありませんでした。中にとどまって、話しあえばよかったんです。でも、お父さまは夜に発掘現場へ行くことを選んだ。それはあくまで、ご自身で選んだことです」

彼はじっとベラを見つめていた。その顔は彼女の言葉を激しく否定している。

「きみはわかっていない。わたしが挑発したんだ。いつものように従順な息子だったら、あんなことにはならなかった」

ベラにはマイルズの気持ちがわかった。彼が思う以上に。我が強くなってきたサイラスに、彼女もしじゅう手を焼いているからだ。弟は勉学に励む代わりに、早く仕事を持って家族を養いたいとそればかり考えている。

「あなたの立場から言えば、あなたは大人になろうとしているところだった」マイルズが真実に気づいてくれるように願いながら言う。「一三歳の少年にとっては当然の成長過程だわ。お父さまはそのことを理解し、自分の意志を押しつけるのではなくて、あなたと話しあうこともできたんです」

彼はいったん目をそらし、それからふたたび不機嫌なまなざしをベラに向けた。

「わたしのふるまいは許されるものではなかった。なぜきみがそんなふうに言えるのかわからないよ」

彼女は手を伸ばし、マイルズの頬を撫でた。その肌は彼の気性と同じくざらついていた。

「あなたは長いあいだ罪の意識を抱えたあげく、すべての人を遠ざけ、世捨て人のようになってしまった。たしかにあなたのお父さまが亡くなったのは悲しい出来事です。でも、永遠に自分を責めてはいけないわ。そろそろ過去に埋めてもいい頃ではないですか。実際、もう過去のことなのだから」

自分の胸の内を見つめるように、凝りかたまった罪悪感を押しつぶそうとするかのように、マイルズがわずかに目を細めた。ベラとしても、指をぱちんと鳴らしただけで、彼が長年の考えを変えるとは思ってはいない。けれど、少なくともいままでとは違う見方を提示してあげたい。ひょっとすると彼もいずれは思いこみを捨てて、事実に折りあいをつけられるようになるかもしれない。外の世界に心を開き、他人と触れあうことに喜びを見いだすようになるかもしれない。ひょっとすると恋をして、結婚も――。

そこまで考えて、ベラは胸を引き裂かれるような思いがした。マイルズがほかの女性といるところは想像したくない。たぶん彼にふさわしい、身分の高い女性なのだろう。若くて初々しいデビュタント。彼の子どもを産み、ずっとそばにいて、キスされたくらいで短剣を突きつけたりしない女性……。

手をおろし、マイルズの広い肩に置いた。もちろんその頃には、わたしはとうに彼の人生から立ち去っている。じきにふたりは別々の道を行き、彼はいまわたしの中に燃えているふしだらな情熱のことなど一生知らないままだ。

ベラはふと、マイルズが茶色の目をきらめかせて自分を見おろしていることに気づいた。

片方の口角をあげて、笑みのようなものを浮かべている。「つまりわたしは世捨て人ということか？ 世捨て人が美しい女性を腕に抱けるとは知らなかった」

ベラは自分が十人並みの容姿であることを知っていた。それでもマイルズのお世辞はうれしかった。ふたりはまだ抱きあったままだ。互いの腰は密着し、乳房は彼のかたい胸に押しつけられている。マイルズの手のひらは、まるで彼女を逃がすまいとするように背中のくぼみに当てられていた。

もっとも、ベラは逃げたいなどと思っていなかった。こうしてマイルズに抱かれているのはごく自然で、正しいことのような気がした。まるで自分の分身に抱かれているみたいに。

とはいえ、たちまちその気になるほどベラは愚かではない。マイルズはふだん不愛想だが、自分の利になると思えば愛敬を振りまくこともできる。いまはたぶん話を変えるため、心の内をさらけだしたことをごまかすために、お世辞を言ってみただけなのだ。

ベラは彼の襟をまっすぐに直した。「お世辞を言っても無駄です。自分が若い盛りを過ぎていることは、じゅうぶん承知していますから」

マイルズがわずかに眉をひそめ。手で彼女の頬をなぞった。「本当に？ 自分を美しいとは思っていないのか？」

「当たり前です」苦笑いとともに言う。「もう若い娘ではありません。二九歳ですよ。立派なオールドミスだわ」

「揺り椅子に腰を落ち着けるには、まだ早いんじゃないか」彼がベラに顔を近づけた。あたたかな息が肌にかかる。「きみを見ると、生き生きと輝く美しい瑠璃色の瞳に引きつけられる。やわらかな肌は赤面するとほんのりピンク色になるし、その唇はわたしがこれまで口づけしたどの唇よりも魅惑的だった」マイルズの視線が唇に落ちる。ベラの胸は許されない欲求に高鳴った。けれども彼は体を起こし、茶化すような口調で続けた。「だが、これ以上言うと嘘つきとなじられるんだろうな」

体じゅうがほてり、脚が溶けてしまいそうだった。身を引くべきだ。でも、そうするだけの意志の力がなかった。「そうですね、閣下。あなたは本当に手に負えない人です」

「マイルズだ」彼が訂正する。「前から気づいていたんだが、わたしを遠ざけようとするときは敬称で呼ぶんだな」

「別にそんな。いま、あなたを遠ざけようとしていますか?」

「どうだろう」マイルズは彼女のウエストからヒップにかけての女性らしい曲線をゆっくりと手でなぞった。「そろそろ、寝室から出ていけと言われるんだろうな。これ以上いたら、きみの評判に傷がつきかねない」

彼が出ていってしまうと思うと、ベラは胸が締めつけられるようだった。理性とは裏腹に、この抱擁が永遠に続いてほしいと願う自分がいる。マイルズのおかげで、はじめてキスの強烈な歓びを知った。とはいえ、小さな禁断の果実をほんの少しかじっただけ、奔放な好奇心を少しばかり刺激されただけだ。あとにはさらに未知の快楽が待っているに違いない。おそらくこんな機会は二度とないだろう。いま怖じ気づいたら、この先一生後悔することになるかもしれない。

ベラはマイルズの首に腕をまわした。いまこの瞬間以外のことを考えないようにしながら。「行かないで」耳元でささやく。「あなたにならなら評判を傷つけられてもかまいません」

マイルズが身を引いて彼女を見つめた。「なんだって？」

「いつか、あなたは言いましたよね。わたしがあなたを欲しくなったら、そのときは……と。その先はなんて言おうとしたんですか？」

「からかっただけだ」彼は〝公爵閣下のひとにらみ〟でベラをにらんだ。「今度はきみがわたしをからかっているのか？」

「そう思います？」はにかみながら微笑む。「あなたがなんて言おうとしたのか、いろいろ考えてみたんです。それで、次のキスはわたしから誘えと言いたかったんじゃないかと思いました」みだらな欲求を思いきって口にする。「そうしたら、そのあとはきっとあなたをベッドに誘いたくなるから、と」

ベラの指が唇をなぞるのを感じながら、マイルズは彼女の細いウエストをぎゅっと抱きしめた。ベラから誘われているなんて信じられない。ほんの少し前は、彼女の好意を完全に失ったと思った。だからこそ、胸の奥に秘めた秘密を打ち明けたのだ。自分が抱える闇は、彼女の父親のせいで生じたわけではないとわかってもらいたくて。

話したあとはどこか安堵感に満たされ、もう一度ベラの微笑みが見たくなった。自分がまだ彼女の興奮をかきたてられるかを確かめたかった。だが、まさか彼女のほうから誘いをかけてくるとは。そもそも、ベラのようなきちんとした女性が娼婦みたいに男を誘惑するなど想像もできない。

完全に意表を突かれた。こんな瞬間を夢見ていたとはいえ、それがいざ現実になると戸惑うばかりだった。ましてや口論になり、あげくに暗い秘密を明かしたあとなのだ。そう、ベラがなんと言おうと、わたしは邪悪な人間だ。彼女が歓びを与えてくれるならそれを受け入れる、卑しい人間なのだ。

ベラがつま先立ちになって体を伸ばしてきた。美しい曲線を描く体がマイルズの体を滑っていき、下腹部に火をつける。彼女はまぶたを閉じていた。ふと、あたたかい息がかかったと思ったら、唇が重なった。

そのためらいがちな初々しいキスが、マイルズを解き放った。彼女のウエストにまわした腕に力をこめ、女性らしい体を上から下まで撫でる。触れずにはいられなかった。そうやって、これが現実だと確かめずにはいられない。まさに夢が現実となったのだ。しかしマイルズは自分を抑え、ベラの好きにさせた。唇がやさしく触れあったかと思うと、彼女の舌先がその輪郭をなぞりはじめる。

マイルズの胸の奥からうめき声がもれた。甘美な味わいがもっと欲しくて、手でベラの後頭部を支えて唇を奪った。暗い秘密と退廃的な悦楽の味がする。彼女の情熱を目覚めさせ、極限まで欲求を高めるべく、激しく舌を絡める。

興奮にあえぎながら、マイルズはわずかに身を引いて呼吸を整えた。「これは実は罠だったなんてことはないだろうな」ささやくように言う。「ところで短剣はどこにある？」

「ポケットの中よ」ベラが彼に頰ずりをしながら答えた。微笑んでいるのがわかる。「でもドレスを脱がされたら、もう手が届かなくなるわ」

マイルズはかすれた声で笑った。ああ、ベラ。彼女は自分で思っているような、干からびたオールドミスではない。快楽の夜にふさわしい成熟した女性だ。その完璧な美しさに気づかせてあげたい。

うしろを向かせて、背中のボタンをひとつずつはずした。みずみずしい肌が少しずつあらわになる。ドレスの上半身を押しさげると、ベラは肩をまわして、長い袖から腕を引き抜いた。こんなに質素で堅苦しいドレスなのに、無性に興奮する。

ボディスをウエストまでおろし、コルセットのひもをほどいた。それから肌着の下に手を差し入れ、乳房に触れる。ベラがマイルズの肩に頭を押しつけるようにして、身をのけぞらせた。気だるそうに目を閉じ、息を弾ませて、彼の名前をささやきながら。彼は手のひらで完璧なふくらみの重みを確かめ、親指で先端を撫でた。彼女がびくりと反応し、腰を押しつけてくる。

マイルズは歯を食いしばり、その場で床にベラを押し倒したいという衝動と闘った。おそらく初心な彼女は、自分の行為が男にどんな影響を及ぼすかわかっていないのだ。必死に自制しながら、あたたかな胸から手を引き、彼女を自分のほうに向かせる。努めてゆっくりと。

ベラがこのはじめてのときを、一瞬一瞬楽しめるように。

彼女の抗議の声を、マイルズはやさしいキスでふさいだ。「急ぐ必要はない。時間をかけたほうが歓びも大きくなる」

「わかったわ。でも、わたし、すべてが知りたいの……いますぐに」

思わず声をあげて笑い、マイルズはわれながら驚いた。行為の途中に笑うなんて、これまで一度もない経験だ。ベラはいつも、物事の新たな局面を見せてくれる。

マイルズは彼女の前に片膝をついた。ウエストから下へとドレスを脱がせながら、手紙に燃え移った火を消そうとして焦げた裾をちらりと見る。ベラを傷つけてしまった。申し訳なく思うべきなのだが、結局のところ、あの怒りに任せた行動がふたりをここまで導いたのだ。先ほどまで対立していたのが、なぜ次の瞬間には激しくキスすることになったのか、自分でもよくわからないが。

マイルズは愛の技巧には長《た》けていると自負してきた。ところがベラを誘惑するのに、その経験値はまるで役に立たないとすぐさま悟った。古代文明への情熱を分かちあうことができ、ことあるごとにマイルズを混乱させ、平然と反論してくる女性。

そのくせ、気も狂わんばかりの欲望をかきたてる女性。

ドレスが床に落ちると、マイルズはベラの手を取り、重なりあったドレスとペチコートの輪をまたがせた。彼女はゆるめたコルセットも脱ぎ、ドレスの上に落とした。

「イングランドの女性は、こんな窮屈な仕掛けに反乱を起こすべきね」顔をしかめて言う。

「いったい誰がこんな鯨骨の檻を作ったのかしら」

マイルズは片膝をついたまま、魅入られたように彼女を見あげた。肌着がうっすらと肌を覆っているだけで、胸のふくらみも、腿の付け根の黒っぽい影も透けて見える。彼女の言葉に意識を向けるのに苦労した。「ペルシアでは、コルセットは……つけないのか?」

「つけないわ。わたしは伝統的なペルシア女性の服装をしていたの。ゆったりしたドレスをベルトで縛って、その上に上着を着ていたのよ」彼女はため息をついた。「それも懐かしく思うもののひとつだわ」

夕食のときの会話を引きあいに出しながら、ベラは優雅に腕をあげてきっちりまとめた髪からピンを引き抜いた。頭を振ると、豊かな茶色の髪が肩からウエストにかけてはらりと落ちて波打った。その自然で官能的な仕草に、マイルズは体が麻痺したようになった。胸元に落ちた巻き毛が軽く乳首を撫でている。

彼の視線に気づき、ベラは愛らしく頬を染めて微笑んだ。「これを……このピンを片づけてくるわ。化粧室に」

彼女が向きを変えようとすると、マイルズは弾かれたように立ちあがった。

「それはわたしが預かる」そう言って彼女の手からピンを取り、細いウエストに腕をまわしてベッドへと導いた。ピンは脇のテーブルに置いた。

ばかげているかもしれないが、マイルズはベラを自分の視界の外へ行かせたくなかった。

彼女は大胆なくせに、妙に慎重なところがある。気が変わって、心に暗い闇を抱えたろくでなしに処女を捧げるという決断を撤回してしまうかもしれない。

だから、考える暇を与えてはだめだ。

ベラを引き寄せ、深くキスをして、胸を愛撫した。彼女がふたたび腕の中でとろけるまで。彼女の熱い反応が愛しい。赤くやわらかな唇、豊かな胸、すらりとした脚、丸みを帯びたヒップ――そのすべてが愛おしかった。

詩《うた》に詠われるような永遠の愛ではない。それはマイルズが選んだ人生には存在しないものだ。

いま感じているのはただの陶酔、つまりはベラ・ジョーンズという目新しい女性に夢中になっているだけ。彼女が操を捧げてくれるのなら、そのお返しに最高の歓びを与えてあげたい。そして半分焼けてしまった手紙を見て涙を浮かべた姿、〝なんてことをするの！〟という悲鳴に近い声を記憶から消し去りたいだけだ。

あのときマイルズは、自分の中の悪意がベラを深く傷つけてしまったことに気づいた。そして、思いがけなくふたりのあいだに生じた親密さを修復するためなら、なんでもしたいと思った。だから告白する決意をしたのだ。

こんなことまでは予想していなかった。

マイルズはベラをベッドにおろした。彼女は横になる代わりにベッドの端に腰かけ、肩にかかる豊かな髪を指ですいた。彼は立ったまま、シャツのボタンをはずした。そして頭からそれを脱ぎ、ふと見ると、ベラは手際よく髪を編んでいた。

シャツを放って彼女の隣に座り、手首をつかんだ。「よすんだ」瑠璃色の目が驚いたように見開かれた。「わたし、夜はいつも三つ編みにして寝るの。そうしないともつれてしまうから」

「そのままのほうがいい。そんな美しい髪なのにもったいない」ベラが片方の眉をつりあげた。唇の両端も一緒にあがる。「はじめてここへ来た日、あなたは〝平凡な茶色〟と言ったのに」

マイルズは彼女の髪を手に取り、そのやわらかな巻き毛を指に滑らせた。茶色の中にときおり金色の筋がきらめいている。「ろうそくの明かりの中では見たことがなかったからだ。それにおろしたところも見たことがなかった。こんなふうに肩にかかり、胸を縁取るところも――」

指で髪のカーテンをかき分け、肌着越しに胸を愛撫する。ベラの瞳がうっとりとなった。三つ編みにするのをやめ、マイルズの首に手をまわして、肩に頭をもたせかけてくる。やわらかな吐息が肌にかかり、興奮をあおった。

彼はベラをベッドに押し倒し、枕に寄りかからせた。その姿はなんとも官能的だった。茶色の髪が四方に広がり、肌着の裾はストッキングをはいた腿の中ほどまでめくれあがっている。秘めやかな場所を守る扇情的な茂みまでちらりと見え、溶岩流のように熱いものがマイルズの体を駆けめぐった。いますぐ快楽の極みに突き進みたいという欲求がわきあがる。

しかし、今夜はベラのための夜だ。マイルズのためではなく。

自分の満足をあとまわしにするというのは、苦難の連続だった。身を焦がす欲望から気をそらそうと、視線を下へ向ける。ベラはまだ靴を履いていた。美しい深紅の靴は、埃にまみれた遺物の整理にいそしむキュレーターではなく、舞踏会に出るレディにふさわしいものだ。

マイルズは片方の靴を脱がせて言った。「この靴はどこで買ったんだ？」

「何？　ああ、これは……」ベラははっとしたように彼のほうを見てから目を伏せた。「よく覚えていないわ……。この靴が気になるの？」

中古品の店かどこかで買ったのだろう。教会のバザーに出ていたのかもしれない。誇り高い彼女はそれを認めたくないのだ。そう思うとマイルズは胸を打たれた。今後はベラに決して不自由な思いはさせまい。

彼女がこの屋敷を出ていくことになったとしても。

「気になるのはきみのことだ」かすれた声で言った。「きみのすべてに関心がある」もう片方の靴も脱がせて床に落とす。「何より、きみの素肌の味と感触が知りたい」

ベラから同意を示すため息がもれ、マイルズは彼女の腿にふたたび手を滑らせて、白いシルクのストッキングを留めているガーターをはずしにかかった。ベラも協力しようとするが、急ぐあまり指が思うように動かない。「ああ、マイルズ、あなたが欲しいわ。欲しくてたまらない」

マイルズはぎゅっと胸が締めつけられた。なぜかはわからない。だがその理由はきっと、ベラ本人なのだろう。彼女の裏表のなさ。率直さ。

片手をマットレスにつき、伸びあがって唇を合わせた。夕食のときに飲んだワインの味がかすかに残っていた。「すぐに満足させてあげるよ」彼はささやいた。「約束する」

ストッキングを片脚ずつ脱がせて床に落とした。足元に視線を移し、片方のくるぶしに描かれた繊細なタトゥーに鼻をすりつける。なんと刺激的なのだろう。甘美で、異国情緒を感じさせる。その組みあわせは最高だった。ろうそくの明かりが揺らめくだけの静かな暗がりの中にいると、世界にはこのふたりしか存在しないという気分になってくる。

むきだしの脚に唇を這わせた。「どうしてほしいか言ってくれ」小声でささやく。「どうすればきみの体に火がつくかが知りたい」

ベッドの上で身じろぎしながら、ベラは彼の髪に指を絡ませた。「すべてよ、マイルズ。あなたのすべてがわたしの体に火をつけるの。こんな歓びがあるなんて、想像したこともなかったわ」

切望と驚きがあふれた瑠璃色の瞳で見つめられると、マイルズは自分の快楽はさておいでも、すべてを与えたくなった。靴を脱ぎ捨てる。だが、あえてズボンは脱がなかった。せっかちな欲望に屈することがないように。

ベラの上にのしかかり、肌着の裾をめくりあげた。彼女はためらいなく体をずらし、腰を浮かせて腕をあげ、体を覆う最後の一枚が脱がされるに任せた。ろうそくの明かりの中に、ようやく完璧な肢体があらわになった。見事な胸。優雅な腰の曲線。魅惑的な脚の付け根。

彼女をしっかりと抱きしめ、手で頰に触れた。「美しいベラ。きみは本当にきれいだ」

ベラはうっとりした表情でマイルズの胸から肩へと指を広げ、筋肉をなぞった。

「あなたもよ。彫刻のモデルになれそうだわ」

彼の喉からかすれた笑いがもれた。「モデルになるより、彫刻を習うほうが向いていると思う」

「本気よ、マイルズ。あなたは……完璧だもの」

そう言って、ベラは彼の喉にそっとキスをした。マイルズはまた胸に妙なうずきを感じた。彼女は心に感じたことをそのまま口にしているのだ。なんのてらいもなく。

とはいえ、もう会話は必要なかった。マイルズは彼女の体をくまなく愛撫しはじめた。ほっそりとした腕、喉のやわらかなくぼみ。美しい丸みを帯びた胸。ベラのほうも彼の体を探索していた。筋肉に触れ、胸元の毛に埋まった平らな乳首をもてあそび、肋骨《ろっこつ》の線をなぞる。やがてマイルズはもう我慢ができなくなった。彼女の平たい下腹部に手を伸ばし、やさしく愛撫した。

ベラがはっと息をのんだ。手を止めて、未知の快感に意識を集中しようとするかのように目を閉じる。彼女の表情豊かな顔が歓びに満ちるのを眺めながら、マイルズはさらにひだの奥深くへと指を差し入れ、秘密の真珠を探り当てた。そこはすでに熱く、濡れていた。

彼女は無意識に腰を揺らし、ズボンを押しあげる下半身のふくらみをさすった。待て。マイルズは自分に命じた。待つんだ。どんなに欲しくても、まずは彼女に歓びを与えるのが先だ。最初のときを思い出に残るものにしてあげたい。

リズミカルに指を動かすと、ベラは脚をさらに広げ、あえぎ声をもらした。きみは美しい、魅惑的だ、完璧な女性だ――マイルズは耳元でそうささやいた。突然、思ったよりも早く彼女が背中をそらし、絶頂の喜びに体を震わせた。

心臓が激しく打つのを感じながら、マイルズは彼女が落ち着くのを待った。思いがけず敏感な反応に、彼の欲望はさらに燃えあがっていた。体を起こし、ズボンのボタンをはずそうとする。だが、指が思うように動かなかった。ふと、ベラの手が指をつかんだ。見ると彼女は半分ほど身を起こし、夢見るような目つきでやさしく微笑んでいた。

「わたしが」

マイルズは彼女に任せることにした。ベラが身を乗りだし、ボタンをひとつずつはずしていく。前が開き、こわばりが解放されると、彼女は指でそっと先端をなぞった。しびれるような快感に、マイルズは思わずうめいた。待て、待つんだ。必死に欲望を抑えながら、彼女の手をつかんで指を絡める。

「わたし、何かいけないことをした？」

彼としては、かすれた笑い声を出すのが精いっぱいだった。「いや。ただ気持ちがよすぎて……いますぐ、きみの中に入りたくなってしまう……」

ズボンを脱ぎ、ベラの上に覆いかぶさって、腿のあいだに体を入れた。彼女はすぐに脚を開いた。ゆっくりと入っていく。秘めた部分はじゅうぶんに潤っていて、なめらかにマイルズを迎え入れた。彼は一気に奥まで突き入れた。ベラが身をこわばらせたのがわかる。

いったん動きを止めてささやいた。「痛かったかい？」

ベラは目を閉じている。やがて、まつげがあがった。目が合うと、彼女の顔が恍惚《こうこつ》とした笑みに輝いた。「ああ、愛しい人《マイ・ラブ》。まるで天国にいるみたいよ」

マイ・ラブ。その言葉を聞いて、マイルズの中に熱い奔流が噴きだした。何も言えない。脳が機能を停止していた。わかっているのは、この結びつきがいままで経験したどんな交わりよりも深く、豊かなものであるということだけだ。返事はやさしいキスで示すしかなかった。ベラとマイルズ。ふたりはお互いのために生まれてきたのだ。これ以上の美しい結びつきはない。

そんな思いも、すべてベラの奥深くを突く歓びに溶けていった。ひとつになった幸福感が全身を満たしていく。彼女が腰をあげ、熱っぽくあえいだ。ふたりはともに究極の頂へ向け、緊張を高めていった。

待て、もう少し待つんだ。

けれども、強烈な快楽の波は止めようがなかった。波はうなりをあげてマイルズに覆いかぶさり、完全にのみこんだ。彼はかすれた声でベラの名を呼んだ。同時に彼女も声をあげ、体をけいれんさせた。快楽の最後の波が恍惚の境地へとふたりを押しあげ、歓びで包む。マイルズは長いこと、そのまま彼女の上に身を重ねていた。

〝マイ・ラブ〟そのやわらかな言葉が耳に残り、マイルズは一生ベラのベッドから離れたくないと思った。

荒い息が少し落ち着いてくると、ふいに正気が戻ってきた。

ここにいる権利は自分にはない。彼女には自分のような、孤独な仕事に人生を捧げた男などふさわしくない。彼女に何ひとつ与えてやれない男なのだ――細やかな愛情も、気遣いも。おそらくベラも、情熱と愛を混同しているのだろう。彼女をきつく抱きしめながら、マイルズは思った。恋愛経験のないベラのことだ、それも理解できる。結局のところ、この関係からは何も生まれないのだ。どれだけ続けたいと思っても、これ以上彼女の純真さにつけ入るような真似をしてはいけない。

ベラは満たされ、くつろいで、マイルズの体の重みを楽しんでいた。男女が肉体的に結ばれるというのが、これほど心と体を歓びで満たしてくれるものだとは思いもしなかった。世の親が娘を厳しく守ろうとするのも無理はない。こんな快楽を一度でも味わったなら、誰だって繰り返したくなるに決まっている……。

ふいにマイルズが身を起こし、ベッドの端に座った。ベラは目を開けると、気だるさを感じながら、手をあげて彼の腿に触れた。肌は汗で湿っている。どうして彼は体を離してしまったのだろう？

「マイルズ？」低く、かすれた声しか出なかった。

彼が振り返り、ベラの目を見つめた。ろうそくの明かりの中、マイルズの瞳は色濃く見え、表情は読み取れなかった。彼はベラの髪をかきあげると、身をかがめて額にキスをした。きょうだいにするような、やさしいキスだった。

もっとちゃんとキスしてほしい——ベラは期待をこめて唇を開いた。もう一度、体の中に情熱と興奮を燃えたたせるような、ふたたび結ばれるきっかけとなるようなキスを。とはいえ、ひと晩に二回以上もできるものなのかしら？　そうだといいけれど。

けれども、マイルズはキスをしようとはしなかった。

ベラは腕をあげ、彼を引き寄せようとした。だが、マイルズはすでに立ちあがっていた。そして化粧室へ入り、しばらくして戻ってきた。ベラは体を横向きにして、彼の姿を見つめていた。すばらしい裸体だ。石を彫りだしたような筋肉に、引きしまったウエスト、濃い茂みに包まれた下腹部。見ているだけで体が熱くなってくる。

あんな歓びが存在することすら、ベラは知らなかった。絶頂までのぼりつめた瞬間の、あの強烈な快感は忘れられない。もう一度、味わいたくてたまらない。

マイルズがふたたびベッドの端に座った。そして手に持った湿らせた布で、ベラの下腹部を拭いた。彼女は次第にばつが悪くなってきた。どうして彼はずっと無言なの？

やがてマイルズが言った。「きみのストッキングが下にあってよかった。シーツに染みはないから、メイドに気づかれずにすむ」

ストッキングを拾いあげると、たしかに白いシルクに赤い染みがあった。だが、ベラがぞくりとする寒気を感じたのはそのせいではなかった。

マイルズの淡々とした口調。処女の証ではなく、床にたまった埃を見つけたかのような言い方のせいだ。

冷たいものがベラの体の芯にしみこんできた。彼女は昔から衝動的なところがあった。何も考えず、理性より感情に任せて行動してしまうのだ。でも、これほど奔放なふるまいをしたことはなかった。どうして今夜にかぎって、完全にわれを忘れてしまったのだろう？　しかもこれほど身分の高い男性と？

そして、娼館通いで知られている男性と？

抱かれたいという欲求に駆られて、不都合な事実を頭から追いやってしまったのだ。マイルズがその手の女性との経験が豊富なことを思えば、いまこんなふうによそよそしいのもうなずける。イザベラ・ジョーンズなど、エイルウィン公爵にとっては使い捨ての容器みたいなものにすぎない。耳元でささやかれた、心をそそる言葉――あれはどんな女性に対しても言っているに違いない。

マイルズの大きな手がベラの手を握った。見あげると、彼は深刻な顔でこちらを見ていた。これからふたりにとって不愉快なことを言おうとしているかのように。

彼が自分の雇い主でもあることに気づき、ベラは喉が締めつけられた。このふしだらな行為をとがめられ、屋敷から追いだされるのかしら？

彼は終わりにふさわしい言葉を考えているかのように唇を噛んでいた。

「ベラ、わたしは――」

「先にわたしから言わせて」顎まで上掛けを引っ張りあげ、心の動揺を静めようと深く息を吸ってから続けた。「わたしも、この……ちょっとした過ちを楽しんだわ。でも、もう二度と繰り返してはいけない。それはお互い同じ気持ちだと思うの」

マイルズが射るような視線で彼女を見つめた。「たしかにそうだ」

「ええ、閣下」内心はみじめでたまらなかったが、ベラは精いっぱい冷めたまなざしを装って、無表情な彼の顔を見つめた。「では、今夜のことはふたりとも忘れるのが一番ね。そしていままでどおりの生活を続ける。この話はもう二度と持ちださないようにしましょう」

# 19

翌日の午後遅く、ベラはアーカイブに入った。それまで朝から青の応接間で過ごし、遺物をあちこちに移動させてみたが、頭がぼんやりして結局何もできなかった。それでも仕事をするふりを続けていたものの、次第に四方の壁が迫ってくるような錯覚に陥り、場所を変えないと頭がどうかなってしまうと思ったのだ。

落ち着かない気分を反映するかのように、じめじめした物憂い天気だった。鉛色の空がアーカイブを覆い、雨粒が窓ガラスを打っている。ほかに聞こえる音といえば、ミイラが保管してある部屋の奥から流れてくる調子はずれなハミングだけだ。

開いたドアの前で、ベラはしばしためらった。誰のハミングかまで聞き分けることはできなかった。たぶんウィリアム・バンベリー・デイヴィスだろう。でも……ひょっとしてマイルズだったら？　彼は仕事をしながらハミングするだろうか？

わからない。

昨晩、これきりにしようとマイルズに告げて以降、彼とは会っていなかった。考えてみれば当然かもしれない。あれは単なる過ちで、なかったことにしたいというベラの願いを彼は受け入れたのだ。そして手早く服を着ると、そっけなく〝おやすみ〟とだけ言って、部屋を出ていってしまった。ベラはひとりベッドに横たわり、眠れぬまま暗闇を見つめて、枕に残る彼の香りを吸いこんだのだった。ひとつになった瞬間の歓びを思い起こし、あれが永遠に続けばいいのに、とかなわぬ願いを抱きながら。

いまもマイルズがいるかもしれないと思うだけで胸がどきどきする。向きを変えて、アーカイブを出ようかとも思った。けれどもマイルズは雇い主だ。いずれは顔を合わせなくてはならない。毎回逃げだすわけにはいかないのだ。

それにどうして逃げなくてはならないの？　たしかにわたしたちは裸でベッドに入り、悦楽のひとときを楽しんだ。心しておかなくてはいけないのは、あれがマイルズにとってはなんら目新しい経験ではないということだ。メイドによれば、彼はよく娼館を訪れているらしい。何年ものあいだには、何百人という女性と親密な関係を結んできたに違いない。

だから昨夜の出来事も、マイルズにとっては特別なことでもなんでもない。今日になって思い起こすことがあったとしても、せいぜい処女を奪った代償を涙ながらに要求されることなくすんなり寝室を抜けだせてよかった、と胸を撫でおろす程度だろう。

最低な男ね。

いいえ。

いくら胸が痛むといっても、マイルズを責めることはできない。誘ったのはわたしのほうなのだから。彼は何も約束しなかった。ただ満足を——夢に見たこともないような快楽を約束しただけ。それにベラとしても、最初からそれ以上のものを求めるつもりはなかった。大切なのは地図を見つけ、父との約束を果たすことだ。だから、こうしてふたたびアーカイブにやってきた。

決意も新たに、ベラは奥へと進んだ。埃っぽい寄せ木張りの床を歩く足音は、窓を打つ雨の音にかき消された。よく磨かれた木製の書棚を過ぎ、いくつものミイラがおさめてある棚に近づいた。

調子はずれなハミングは、長いテーブルの上に置かれたミイラにかがみこむ男のものだった。しわの寄った濃い緑色の上着を羽織り、ぶかぶかのズボンをはいている。頭頂部は禿げていて、茶色の髪が下半分に申し訳程度に残っているだけだった。

ベラとしては執行猶予をもらったような気分だった。自分の心を見つめ直した時間も無駄だったわけだ。「こんばんは、ミスター・バンベリー・デイヴィス」

ふいにハミングがやんだ。彼はこちらを振り返ったが、その手には鋭い刃物のようなものが握られていた。ブルドッグを思わせる顔をゆがめ、ベラを上から下までにらみつける。

「ミス・ジョーンズ」

いつもながら不機嫌そのものだ。ハミングをしているからといって、今日はいくらか明るい気分なのではと期待したのが間違いだった。彼はベラが公爵に雇われていることが気に入らないのだ。初対面のときから、それをはっきり示していた。ハサニによれば、バンベリー・デイヴィスはエジプト遠征に参加したかったのだが、先代のエイルウィン公爵がシーモア卿を選んだのだという。要は、ベラの父親に対する恨みを娘にぶつけているのだ。

「何か用かね？」彼が尋ねた。「なんだって邪魔をする？　見ればわかるだろうが、わたしは忙しいんだ」

「いくつかファイルを調べたいんです。一応、断っておこうと思って」

バンベリー・デイヴィスの眉間のしわがいっそう深くなった。「いま、調べなきゃならんのか？　わたしの仕事は集中力と正確さを必要とするんだ。きみがいると気が散って困る」

「できるだけ静かにしています。それならかまわないでしょう？」

文句を言われないうちに向きを変え、彼からなるべく遠い書棚まで歩いた。そして一番上の引き出しを開けると、書類の束を取りだした。一日でも早く宝の地図を見つけたい。そうすれば、この屋敷を出ることができる。

エジプト政府の印が押された正式な売買証書をぱらぱらとめくった。すべて三カ国語で書かれていた。英語、フランス語、そしてアラビア語だ。中には法外な値のついているものもあった。おそらくバンベリー・デイヴィスがマイルズの代わりに交渉したのだろう。新たに公爵家を継いだのは、まだ一三歳の少年だった。父親の死を悲しむことしかできなかったはずだ。

それだけではない。父の死に責任を感じ、苦しんでいた。いまでも苦しんでいる。

気まずい別れ方をしたとはいえ、マイルズのことを思うとベラの胸は痛んだ。彼はあれから、わたしの言ったことを少しは考えてみただろうか？　父親が墓荒らしに殺されたのは自分のせいではないと、マイルズが心から思える日は来るの？　そしていずれは結婚し、家族を持つのかしら？　それとも、この先もずっと檻に閉じこめられた獣のように屋敷の中をうろつき、誰彼かまわず吠えかかるの？

そうはなってほしくない。マイルズは妻となる女性に多くのものを与えられるだろう。その気になれば、あたたかく細やかで、魅力的な男性になれる人だ――ことにベッドの中では。どんな女性だって、彼とベッドをともにするとなったら胸をときめかせるだろうし、あの熟練した愛撫にとろけてしまうに違いない。彼の顔が愛をたたえ――。

マイルズが女性を愛するなんてことがあるのかしら？

昨日までのベラなら、そんなことがありうるとは考えもしなかっただろう。誇り高く傲慢で、邪魔する者には〝公爵閣下のひとにらみ〟を向ける。けれども昨夜のように心の壁を取り払い、胸の内をのぞかせるなら、きっと幸せな結婚生活が送れるだろう。

わたしがその伴侶となれたら――。

そんな突拍子もない考えが頭に浮かび、ベラはあわてて否定した。なんてばかげた思いつきなの。わたしはそんなロマンティックで愚かしい夢を抱くような女ではなかったはず。わたしにも一応貴族の血は流れているとはいえ、マイルズは公爵ではるかに身分が高い。結婚するとしたら、もっと若くて家柄も申し分ない従順な女性がふさわしい。彼はそんな女性をベッドに導き、あらゆる技巧を駆使して歓ばせるだろう……。

重たげな足音が物思いをさえぎった。見あげると、バンベリー・デイヴィスがこちらに向かってくるところだった。「見たところ、きみはこれといって仕事をしていないじゃないか」彼は責めた。「空を見つめているだけだ」

「ちょっとした問題があるんです。それについて集中して考えていただけです」先ほどのバンベリー・デイヴィスのせりふを返す。「なぜ邪魔をするんですか？」

相手はにやりと笑みらしきものを浮かべた。「これは一本取られたな、ミス・ジョーンズ。ところで何を探しているんだ？　わたしも手伝おう。見つかればきみはここを出ていって、わたしはひとりで仕事に没頭できる」

ベラは立ちあがった。彼に手伝ってもらうつもりはなかった。「ありがとうございます。でも、わたし、音をたてないようにずいぶん気をつけていたんですが」

「ページをめくるだろう」バンベリー・デイヴィスは顔をしかめた。「その音が聞こえて気が散るんだ」

「でしたら、またハミングしたらどうですか？　そうすれば、わたしがたてるかすかな音など聞こえなくなるでしょう」

彼はずんぐりした腰に手をやって、声を一段高くした。「きみがここにいるという事実そのものが、わたしの集中力をそぐんだよ、ミス・ジョーンズ。もう一度きくが――」

ドアのほうから足音が聞こえ、バンベリー・デイヴィスは言葉を切った。ひとりではない、ふたりの足音がする。背の高い書棚のせいで、誰が入ってきたのかは見えなかった。マイルズと顔を合わせることになるのではないかと、ベラは心の中で身構えた。

だが、書棚の角から現れたのはハサニだった。淡い色のローブを着て、柳細工のバスケットを両腕で抱えている。そのうしろに、美しく結った金髪によく合う藤色のドレスを優雅に着こなしたヘレン・グレイソンが続いていた。

「どうなってるんだ！」バンベリー・デイヴィスが叫んだ。「ここで静かに仕事をさせてもらいたいだけなのに、なぜできない？　わたしはパーティーを開いたつもりはないぞ」

ハサニはバンベリー・デイヴィスを無視して、まっすぐベラのもとへ来た。そして軽く頭をさげた。「ミス・ジョーンズ、お邪魔をして申し訳ありません。通りかかったとき、あなたのお名前が聞こえてきたので。これをあなたにお届けするよう、申しつかりました」

彼女は驚いて、蓋がされたバスケットを見つめた。「わたしに？」

「マイルズからですって」ミセス・グレイソンがつっけんどんに言う。「ハサニが西翼から出てくるのを見かけたの。中身をちょっと見せてと頼んでも、絶対にだめだと言うのよ」

エジプト人の従者はミセス・グレイソンをにらんだ。「ご説明したとおり、公爵閣下からミス・ジョーンズご本人に渡すよう、言いつかっておりますので」

「贈り物なの？」ミセス・グレイソンは食いさがった。「そんなはずないわよね。彼女はただの使用人だもの」

「わたしは旦那さまの命令に従っているだけです」ハサニはいらだたしげに答え、バスケットをベラに差しだした。「これをあなたに」

ベラは急いで書類を引き出しに戻し、バスケットを受け取った。意外と重く、ライラとサイラスがピクニックをしたいと言いだしたときに食べ物を詰めるバスケットのように、手にずしりと来た。

いまは三人の視線がベラに注がれている。彼女は蓋を開けようとしてためらった。マイルズは何を贈ってくれたのだろう？　いきなりベッドを出たことへの謝罪のつもりかしら？　ゆうべの親密さを思い起こさせるようなものだったらと思い、ふと気まずくなった。

頬が赤くなるのを感じて、ベラはじりじりとその場を離れた。「青の応接間に置く遺物でしょう。すぐに持っていったほうがよさそうです。失礼してよければ――」

「あら、いまここで開けてみて、お願いだから！」すかさずミセス・グレイソンが言った。

彼女の指がさっと飛びだし、すばやく結び目をほどいて蓋を開けた。ハサニが止めようとしたが――遅かった。バスケットの中身があらわになった。

バンベリー・デイヴィスとミセス・グレイソンがのぞきこむ。

ベラはふたりに気づきもしなかった。バスケットの中には、さまざまな南国の食べ物がぎっしり詰めてあった。こんなに多種多様な果物は、もう何カ月も見ていない。ぷっくりした茶色のナツメヤシの実。真っ赤なザクロ、まだ茎のついたイチジク。麻袋に入ったピスタチオ。小さな紙袋に入った香辛料の数々。

ベラは袋のひとつをつまみあげ、その刺激的な香りをかいだ。サフランだった。

喜びに胸がいっぱいになる。ゆうべの夕食のとき、ベラはペルシアにいた頃に好んだ食べ物を挙げていった。マイルズはそれを覚えていて、わざわざ探してきてくれたのだ。

これほど思いやりに満ちた贈り物をもらったのは生まれてはじめてだった。喉が締めつけられ、目に涙がこみあげる。まばたきして涙を払った。

そんな反応を隠すように、また別の袋を取りあげる。マスタードに似た香りがした。

ミセス・グレイソンが美しい顔をゆがめてベラをにらんだ。「あなたがにおいをかいでるもの、それは何？」

「ターメリックです。東洋ではよく用いられる香辛料なんですよ」

「あなたはそれで何をしようっていうの？　ほかのは？」

「これはナツメヤシだな」バンベリー・デイヴィスが物欲しげな目つきで答えた。「エジプトではよく食べたものだ」

ミセス・グレイソンが疑わしげにベラを見やる。「なんだってマイルズは、あなたに果物とか香辛料とかを贈ろうと思ったのかしら？」

答えを避けるために、ベラはバスケットの蓋を閉じた。「それより、いったいどこで見つけてきたんでしょうね？」ハサニを見ると、彼はいつもの無表情な顔にかすかな笑みを浮かべていた。「あなたは知っているの？」

ハサニが両手を広げた。「旦那さまは今朝仕事があって、西へ三時間ほど馬を走らせたところにある地所に行かれました。そこの庭師は温室でさまざまな異国の植物を育てているんです」

どう考えていいか、ベラにはわからなかった。本当に仕事があったのかしら？　それともわたしのために果物をとろうと、ロンドンからそんなに離れた場所まで馬で出かけていったの？　そうかもしれないと思うと、うれしさのあまり全身がとろけそうになった。

「どうでもいいけど」ミセス・グレイソンがあきれたように言う。「わたしなら、こんなおかしな贈り物をもらったら気を悪くするわね。では、失礼」彼女は藤色のスカートをひるがえし、向きを変えてアーカイブを出ていった。

ハサニが一礼した。「バスケットを寝室までお持ちしましょうか？」

この大事な贈り物から片時も離れたくない。「ありがとう。でも、たいして重くないし、自分で運べるわ」

ハサニが出ていくと、ベラはまたウィリアム・バンベリー・デイヴィスとふたりきりになった。彼は手を腰に当てたまま、目を細めてこちらを見ている。その視線に、彼女は落ち着かない気分になった。

「ついていましたね」軽い調子で言ってみた。「ようやくひとりで仕事に没頭できそうですよ」

バスケットを手に立ち去ろうとすると、バンベリー・デイヴィスがうなった。

「エイルウィンはきみに目をつけたようだな、ミス・ジョーンズ」

ベラは足を止めて振り返った。できるかぎり冷ややかな声で言う。「なんですって？」

「公爵はきみをもてあそんでいるんだよ。わたしの代わりに雇われた理由はそれだ。きみが学者なんかじゃないことは先刻承知でね」

「でも、わたしは部屋いっぱいの遺物の整理を任されました」

「きみをものにするための餌さ。その果物の入ったバスケットと同じだ」彼は一歩ベラに近づいた。「エイルウィンの本当の目的は、ろくでなしのシーモア卿に復讐することだ。その娘を誘惑することで」

彼女は息苦しさを覚えた。「よくもそんな侮辱を」

「親切に警告してやっているだけだ」大きな顔に意地の悪い笑みを浮かべて、バンベリー・デイヴィスはベラを上から下まで眺めた。「少しでも思い当たるところがあるなら、さっさとこの屋敷を出ていったほうがいい。言っておくが、公爵はきみを愛人にするつもりだぞ」

ベラはまっすぐ青の応接間に入るとバスケットを置き、廊下に響き渡るような音をたてて乱暴にドアを閉めた。そしてこみあげる怒りを抑えようとしながら、遺物の山のあいだを行ったり来たりした。

腹立たしくてならない。まるでベラが公爵のゲームの駒にすぎないような物言いだ。何より許せないのは、彼女の心に疑念を植えつけたことだった。マイルズがわたしをゆがんだ復讐の道具として使っているのかもしれないという――。

しばらくして、ベラは木箱の上に腰をおろし、短剣をイチジクに刺し入れた。そして、イチジクを半分に割り、その美味な果実を味わった。

ねっとりした果汁を指からなめ取ると、気持ちも落ち着いて理性的に考えられるようになった。バンベリー・デイヴィスのたわごとを信じてはいけない。あの男は知る由もないけれど、ベラとマイルズはすでにベッドをともにしたのだ。彼は愛人になれなんて誘ってはこなかったし、そもそも誘惑したのはベラのほうだ。ことが終わると、マイルズは振り向きもせずに立ち去った。

それを思いだして、またしても胸に痛みが走った。

とはいえ、わたしのことをなんとも思っていなかったら、わざわざこんなバスケットを贈ってくれるだろうか？　マイルズはまた誘惑されたいと思っているの？　今夜寝室のドアをノックして、またわたしのベッドにもぐりこむつもり？

想像しただけで体が熱くなった。けれど、そうさせるわけにはいかない。どんなにマイルズの抱擁が恋しくても、いま大切なのは父から受けた使命だけだ。危うい情事にはまっている場合ではない。

たそがれが空を染めていることに気づき、ベラはバスケットを取りあげて寝室に向かった。屋敷の中はしんとして、まるで霊廟のようだ。誰もいない廊下に足音だけが響く。それでも大理石の階段に向かってドアをいくつも通り過ぎていくうち、彼女はふと誰かに見られているような違和感を覚えた。

気持ちが動揺しているせいで、神経が過敏になっているのだろう。バンベリー・デイヴィスとの会話で、心がかき乱されてしまった。あの男がほのめかしたことなど、二度と思い返すまい。どういうつもりであんなことを言ったのか知らないけれど、無視するにかぎる。

とにかく、地図を見つけて、ファラオの宝を取り戻す。今夜遅くにアーカイブに行って、捜索を続けてもいいかもしれない。マイルズにろうそくの火を見られないように、今度はきちんとカーテンを引いて——。

遠くで甲高い悲鳴のような声がした。

ベラはぎくりとして、階段の途中で足を止めた。悲鳴は客用寝室が並ぶ上階から聞こえてきたようだ。正確に言えば、ベラの寝室のあたりから。

ナンかしら？　何か事故にでも遭ったとか？

バスケットを握りしめて階段を駆けあがり、長く薄暗い廊下を進んだ。明かりはわずかだったが、かろうじて足元は見えた。

ベラの寝室のドアは大きく開いていた。急いで中に入ったものの、部屋の明かりは暖炉の火だけだった。ほかは闇に包まれ、四柱式ベッドとカーテンのそばの机がぼんやりと見える程度だ。

驚いたことに、ナンが暖炉のそばのオットマンに座ってすすり泣いていた。ヘレン・グレイソンがそばでかがみこむようにして、ナンを叱ったり、ハンカチで顔を拭いてやったりしている。

ベラはドアの近くの椅子にバスケットを置き、小走りでふたりに近づいた。

「どうかしました？　ナン、あなた、けがでもしたの？」

メイドが顔をあげて、おびえた表情を向けた。モブキャップが斜めにずれ、赤毛がこぼれ落ちている。「ああ、お嬢さま。幽霊が出たんです。ここに、この寝室に！」

ベラは少女の前にしゃがんできいた。「ここに何が出たんですって？」

「化粧室にいたら、物音がしたんです。お嬢さまだと思いました。それでご挨拶しようとお部屋をのぞいたんです。ろうそくは消えていました。そのとき――見たんです。幽霊が部屋から出ていくのを！　恐ろしげなうめき声をもらして、ああ、それこそ背筋が凍りつくような声で！」

「ばかな子ね」ヘレンが言った。「幽霊ですって。くだらない。あなたの悲鳴のほうが、よっぽど背筋が凍りつくようだったわよ」

ベラは立ちあがり、ヘレンを見た。「ところで奥さまは、こんな遅くにこの階で何をなさっていたんです？」

「角を曲がった先にあるリネン室の中身を確かめていたの。そういうことに関しては、使用人は信用できませんからね」

いかにも嘘っぽい言い訳だ。「そうなんですか？　あなたがそんなことに関心を持っているとは知りませんでした」

ヘレン・グレイソンは顎をあげ、自分の鼻を見おろすようにして言った。

「わたしはいずれエイルウィン公爵夫人になる身ですもの。この屋敷とここにあるものは、すべてわたしのものになるの。そのときまでに何かなくなったりしていないか、しっかり目を光らせておきたいのよ」

まるで説得力がない。ヘレンが幽霊のふりをしていたということはありうるだろうか？彼女はベラをこの屋敷から追いだしたくてたまらないはずだ。

「リネン室に案内していただけますか？」

「いいわよ、どうしてもって言うなら」

ぷりぷりしながら、ヘレンはろうそくを手に取り、暖炉の炎で火をつけると大股で部屋を出ていった。ベラがあとを追おうとすると、ナンも急いで立ちあがって、ベラの耳元でささやいた。「見たんです、お嬢さま。ほんとにいたんですから」

ナンの言うことは信じられる。なぜなら数日前の晩、ベラもこの目で幽霊のような人影を見たのだから。けれども今晩のほうが気にかかる。何者かがナンを驚かせようと、この寝室に入ったのだ。

いや、ベラを驚かせるつもりだったのかもしれない。

廊下の突き当たりを曲がり、リネン室のドアを開けた。三人そろって中に入る。きれいにたたまれた布類が重ねてある長い棚が並ぶ狭い部屋だ。糊のにおいが充満していた。

ろうそくを手にしたまま、ヘレンが床に落ちている布を指さした。「悲鳴に驚いて、枕カバーを落としてしまったの。拾っておいて。あなたのせいなんだから」

ナンは言われたとおり、枕カバーを手早くたたんで片づけた。ベラはドアの外の、自分が幽霊らしき人影を見たあたりに目をやった。

広い廊下の突き当たりから、T字形に延びた短い廊下だ。ベラが見た人影はこのあたりから——たぶんまさにこのリネン室に隠れていて、ちょうどベラが長い一日を終えて寝室に戻る頃を狙って現れたのだろう。

そのときは、人影は短い廊下の突き当たりにある使用人用の階段へと消えた。

ヘレンが自作自演した可能性はある。床に枕カバーを落とし、ベラの寝室に忍びこんだ。けれどもローブを着ていたなら、そのローブはどこへやったのだろう？　棚のリネン類はどれもまったく乱れがない。ヘレン自身も同様だ。頭からローブか何かをかぶったのだとしたら、多少なりとも髪が乱れるはずだ。

けれど、いまもアーカイブにいたときと同じ、完璧な髪型を保っている。

だとすると、犯人はほかにいるのだろうか？　その人物がナンをおびえさせ、ヘレンが角を曲がってくるまでのあいだに、使っていない寝室にでも隠れた？

どうもわからない。

「なんのために、わざわざリネン室まで来なきゃいけなかったのかしらね」廊下に出ると、ヘレンがばかにしたようにそう言って、ろうそくを掲げた。「あら、どうしてそんな深刻な顔をしているの、ミス・ジョーンズ？　幽霊を信じているわけじゃないでしょうね？　この翼には幽霊が出るという噂はあるけれど」

ナンが身を震わせ、ベラの腕にしがみついた。「まあ、ミセス・グレイソン！　そんなこと言わないでください！」

「やめてください、メイドが怖がっているじゃないですか」ベラは言った。「論理的な説明ができるはずです。目の錯覚ということもありますし。特に暗いところでは」

「でも、お嬢さま――」ナンが言いかけた。

手をぎゅっと握り、ベラはメイドの口を閉じさせた。ナンが目を伏せると、ベラはヘレンに言った。「ご協力をありがとうございました。もうわたしたちだけで大丈夫です」

「あらそう」使用人のくせに失礼な、とぶつぶつ言いつつ、ヘレンはヒップを揺らしながら廊下を歩み去った。

ヘレンがろうそくを持っていってしまったので、ベラとナンは暗がりに残された。ベラはメイドを寝室の中へと促し、暖炉のそばの座り心地のいい椅子に座らせた。ろうそくを何本かつけ、部屋を明るくする。

それからナンのそばに戻り、冷たい手をさすってやった。「幽霊のこと、覚えているかぎり詳しく説明してくれない？」

メイドは力なくベラを見つめた。「わたしの言うことを信じてくれるんですね？」

「もちろんよ。あの不愉快なご婦人を追い払いたかっただけ。教えて、幽霊は背が高かった？　低かった？　痩せていた、それとも太っていた？」

意識を集中するように、ナンが眉根を寄せる。「中くらいの背だったと思います。すごく高くはありませんでした。それで……ちょっと横幅はあったような。まあ、お嬢さま！　もしかして、あれは人間だったと考えてらっしゃるんですか？」

「ええ、そうよ。このことは絶対に口外しないで。誰かがわたしにいたずらを仕掛けているんだと思うの」

「でも、どうして？」

「もちろん怖がらせるためよ。その人物は、部屋にいるのはわたしだと思ったんでしょうね」ベラはメイドの手を軽く叩いた。「ね？　あなたは何も怖がる必要はないのよ。わたしに任せておいて」

ナンはほっとした顔で立ちあがると、化粧室での仕事を片づけに行った。ベラはオットマンに座ったまま、考えをめぐらせていた。こんなことをするのは誰だろう？

ヘレン・グレイソンはこの屋敷にベラがいることが気に入らない。ウィリアム・バンベリー・デイヴィスも同じだ。あの学者がローブをかぶって暗がりを滑るように移動しているところを想像してみた。もし彼だとしたら、寝室に忍びこんで手紙を盗む理由はなんだろう？読んだあと、ベッドの下に落としたのはどうして？　答えは謎のままだ。

ハサニも除外はできなかった。友好的な態度を見せてはくれるけれど、彼にはどこか人を不安にさせるようなところがある。特に、身をかがめてミイラに向かって祈りを捧げているときとか。首のうしろにあるタトゥーが見えて……。

閉じたドアをノックする音がして、ベラはびくりとした。幽霊のたてた音ではない。今度こそマイルズかしら？　果物を詰めたバスケットを口実に訪ねてきたとか？

勢いよく立ちあがり、髪を撫でつけ、ドレスをさっと直してからドアに駆け寄った。ちらりと化粧室を見る。マイルズだったら、ナンにどう説明しよう？

けれどもドアを開けてみると、ピンカートンがぬっと立っていた。背の高い執事は、折りたたんだ紙をのせたトレイを手にしていた。「たったいま勝手口に来た使い走りの者が、あなた宛にこれを持ってまいりました」老いて潤んだ目で、鋭くベラを見据えて続ける。「わたしが直接お届けしたほうがいいかと思いまして」

何かしらと思いながら、手紙を受け取った。「ありがとう」

執事は一礼して立ち去った。ベラはドアを閉め、ベッド脇のテーブルまで歩いた。赤い封蠟を開け、ろうそくの明かりの下で短い文面に目を走らせた。

脚から力が抜けていく。自分の目が信じられず、彼女はベッドの端に座りこむと、もう一度手紙を読んだ。

# 20

マイルズは夜のとばりがおりるとすぐに舞踏室を出た。暗くなってくると、室内はエジプトの彫刻のあいだを縫って歩くのもひと苦労だ。赤い絨毯を敷いた通路を歩く足音が壁にこだまする。手にした燭台のろうそくの明かりが、等間隔で並ぶ白い柱をぼんやりと照らしていた。

ひとりでに青の応接間へ足が向いた。陰鬱な遺物があちこちに積まれた室内は暗く、ベラはもう仕事はしていないようだ。そもそも、いるとは思っていなかった。実を言えば、一日じゅう彼女を避けていたのだ。

明け方、ベラが登場する官能的な夢を見て目が覚めた。これまでにないほど体がうずいた。夢など、ベラと経験した至福の歓びとは比べ物にならないが。

〝もう二度と繰り返してはいけない。それはお互い同じ気持ちだと思うの〟

マイルズは西翼へ向かった。広い屋敷に彼の足音だけが響く。

暗がりの中では、どんな女性も同じに見えると思っていた。

けれどもベラは違った。彼女とは、一度では足りない。

基本的にマイルズは思いつきで行動するたちではない。前もって計画を立て、いつどの遺物に関して研究するか、いま編纂している辞書のため、どのヒエログリフを解読すべきかを決める。

しかし、今朝は違った。日がのぼる前に衝動的に馬に乗り、バークシャーに所有している領地、ターンステッド・オークスへ向かった。激しい運動で気分が高揚し、冷たく湿った空気が心のもやもやを払ってくれた。

〝もう二度と繰り返してはいけない。それはお互い同じ気持ちだと思うの〟

まったく、それはこちらのせりふだ。実際ベラにさえぎられなければ、自分から言おうと思っていたことだ。相手も同じ考えなのだから、喜んでいいはずではないか。

そうだろう？

領地に着くと敷地内をひと歩きした。居心地のいい、美しい館《やかた》だった。博物館のようなロンドンの屋敷より、よほどくつろげる。このターンステッド・オークスは母のお気に入りの住まいだった。流産のたびに静養に訪れた。マイルズも子どもの頃は、よくここで過ごしたものだ。最後に滞在してからどれくらい経つだろう？　一年？　二年？　三年？　使用人たちの仰天した顔からすると、もうずいぶん長いこと訪れていないようだ。

ベラはここが気に入るに違いない。上階の大きなベッドで彼女と愛しあうところが目に浮かんだ。開け放った窓からは鳥のさえずりが聞こえ、夏の風が吹きこみ――。

とっさにそんな想像を頭から振り払った。ベラは愛人になる気はないとはっきり示した。

それに情事を続けていたら、妊娠の危険も生じてくる。彼女は熟練した娼婦ではない。避妊の方法など知るはずもない。かといって、彼女と結婚はできないし、する気もない。結婚など問題外だ。ベラにはわたしのような——愛のことなど何も知らず、人生の唯一の目的が古代エジプトの研究というような男ではなく、もっといい男性がふさわしい。

ベラの記憶の金庫から、シーモア卿に関する情報をもう少し引きだすことに専念しよう。利用価値がなくなったら、解雇すればいいだけのことだ。

神経がぴりぴりしているのを感じながら温室に向かった。バークシャーまで来た本当の目的はそこにあった。子どもの頃よく知っていた庭師としゃべりながら、ベラのためにさまざまな異国の果物をもいだ。

彼女は気に入ってくれるだろうか？　あの顔にあたたかく明るい笑みが浮かぶだろうか？　そしてベラに喜んでもらうことで、この胃のあたりにあるかたいしこりがいくらかでもほぐれるだろうか？　彼女はれっきとしたレディだ。わたしはその純潔を奪った。紳士としては結婚を申しこむべきなのだ。

だが、それはできない。

遠い昔、古代の遺物に人生を捧げると心に誓った。父が望んだように、遺物を後世まで保存し、古代の絵文字を解読することに全精力を傾ける。その禁欲的な生活に結婚が入る余地はない。ひたすら仕事に打ちこめば、父を早すぎる死に追いやった罪を多少なりともあがなえる気がする。

〝あなたのせいではありません。その晩、賊が襲ってくるなんて、あなたにはわからなかったんですから〟

ベラのやわらかな声が耳に残っていた。バークシャーへの行き帰り、ずっと彼女の言ったことについて考えていた。論理的で説得力がある。彼女と話していると、胸にのしかかる重荷がいくらか軽くなった気がする。とはいえ、罪悪感という石はいまだマイルズの中に居座っていた。あまりに長いこと抱えていたせいで、自分の一部になってしまったのだ。まるで体に巻きついた、かたい触手のように。

ベラの腕の中にいるときだけ、その重荷から解放される感じがする。その触手がはがれ、心の奥にまでぬくもりが伝わるのがわかる。彼女に抱かれているときだけ、愛されていると思える。

〝マイ・ラブ〟ベラの唇から発せられると、なんと甘い響きを持つのだろう。彼女に包まれた快感は、言葉に尽くせぬほどだった。それなのに、ともにのぼりつめたあと、彼女はたちまち冷静で有能な雇い人に戻ってしまった。

〝今夜のことはふたりとも忘れるのが一番ね。そしていままでどおりの生活を続ける。この話はもう二度と持ちださないようにしましょう〟

屋敷に帰ったマイルズは薄暗い書斎に入り、ドアを閉めた。暖炉の火にはすでに勢いがなかった。火かき棒を手に取り、乱暴に石炭をつつく。炎がぱっと燃えあがった。彼の中にくすぶる火と同じように。

本来なら、何も要求しないベラに感謝するべきなのだ。女性のほうからベッドに誘ったとはいえ、彼女には結婚を要求する権利がある。けれどもベラはそういう女性ではなかった。純潔と自由を両方、与えてくれた。究極の歓びを分かちあい、そのあとはいっさい面倒なことは言わずに別れた。幸運と思っていいはずだ。

ならば、なぜこんなに気持ちが晴れないんだ？

悶々《もんもん》としながら、ろうそくを取ろうと窓辺のテーブルに近づいた。ベルを鳴らして夕食を運ばせ、仕事に集中しよう。この数日間、机の上の書類にまるで手をつけていない……。

銀の燭台に手を伸ばしたとき、庭の暗がりの中で動く影が目に留まった。木のあいだを縫って進んでいく人影。雨はやんでおり、淡い月明かりが一瞬、ほっそりした体を照らした。

ベラ。

マイルズは動揺を覚えた。なぜ彼女は外を歩いているんだ？　雨のあとで空気は湿り、冷たいだろう。風邪を引いたらどうするつもりだ？　だが、それより彼女の人目を忍ぶような歩き方が気になった。

燭台を置き直して一歩さがる。ベラが見あげたとき、ろうそくの火に浮かびあがる自分の影が見えないようにするためだ。カーテンをわずかに引いて、隙間から庭をのぞいた。彼女は何をしているのだろう？

見ていればわかるはずだ。

ベラが裏手の壁に近づくと、暗い陰から別の人影が現れた。男だ。背が高くひょろりとしている。月明かりが髪と細面な顔に当たった。

ベラはまっすぐ男に駆け寄ると、相手の手を取った。

マイルズはカーテンを握りしめた。あの男は何者だ？　どうしてベラは庭で会っているんだ？　まるで逢い引きでもするかのように。

ベラは最近になって外国から戻ってきた。古物商のスミザーズ以外、ロンドンに知りあいはひとりもいないと言っていた。しかし、外にいる侵入者は老人には見えない。

ひとつだけたしかなのは、やましい人間でなければ堂々と屋敷の玄関から入ってきただろうということだ。裏から忍びこむのではなく。

ベラがいきなり両腕をあげて男に抱きついた。男も彼女を引き寄せ、しっかりと抱きしめた。

その心のこもった抱擁を見て、マイルズは腹にこぶしを打ちこまれたような衝撃を覚えた。息が止まるほどだった。次の瞬間には怒りが押し寄せ、彼は書斎を飛びだして階段を駆けおり、私室へと続く控えの間に入った。

寝室の大理石の暖炉には火が入り、天蓋付きの巨大な四柱式ベッドは上掛けが折り返されていた。リネン類を腕に抱えたハサニが驚いた顔で言った。「閣下！　今夜はもうおやすみに――？」

「さがれ」マイルズはうなった。「今夜はもういい」

従者の脇をすり抜け、ガラス戸を押し開けて庭に出た。ひんやりした湿った夜気に当たると、いくらか気持ちが落ち着いた。少し足をゆるめて石造りのテラスを抜け、静かに小道を進む。ベラには自分の存在を気づかれたくなかった。

いまはまだ。

足音を忍ばせて暗がりを選びながら、彼らの立っている厩舎《きゅうしゃ》のほうへ近づいた。湿った壌土のにおいに、早咲きのバラの香りが混じっている。

頭の中にはさまざまな思いが駆けめぐっていた。

逢い引きを目撃したことで、ベラの行動すべてが怪しく思えてきた。彼女は書斎やアーカイブを探っていた。間違いなく何かを探しているのだ。いったい何を？　それがこの男と関係しているのか？

こいつは盗っ人なのだろうか？

マイルズは歯を食いしばった。ひょっとすると、イザベラ・ジョーンズのことを完全に見誤っていたのかもしれない。実際、自分は彼女の何を知っている？　突然現れ、仕事をくれと言い、かつてマイルズの信頼を裏切った男の娘だと名乗った。ひょっとして盗みが目的で、このエイルウィン・ハウスにもぐりこんだとは考えられないか？　だから愛を交わしたあと、突き放すようなことを言ったのでは？

最初からだますつもりだったのか？

いや、そうは思えない。思いたくない。でも現にベラはベッドをともにした次の夜、庭にこっそり出て、見知らぬ男と抱きあっているではないか。何者なのかはわからないが、ベラはその男の存在を隠してきた。少なくとも、すべてにおいて正直だったとは言えない。

ツゲの生垣に身を隠しつつ、マイルズはふたりに近づいた。彼らはニレの木の陰に立っていた。もう抱きあってはいない。けれどもベラは男の腕をつかみ、顔をあげて熱心に話しかけている。

ささやき声で交わす会話の内容までは聞き取れなかった。だが、どうやら口論しているようだ。男は首を横に振り、懸命に何かを訴えている。そしてもう一度抱擁するかのように、ベラの肩に手を置いた。

マイルズの頭に血がのぼった。

彼は物陰から飛びだすと、もう足音がしようとかまわずに砂利を踏みながらふたりに駆け寄った。彼らがこちらを向いた瞬間、男の襟首をつかみ、ベラから引き離した。

「なんだよ」男が身をよじって叫ぶ。「放せ！」

こぶしが飛んできたが、マイルズはやすやすとかわして細い手首をつかみ、ねじあげた。

ベラが息をのみ、彼につかみかかった。「マイルズ、お願いだから放してやって！　まだ子どもなのよ」

「子どもじゃない！」若者特有のすねた口調で男が言う。「ぼくは立派な大人の男だ！」

マイルズは男を暗がりから引きずりだした。月明かりの中で見ると、たしかにまだ輪郭に幼さの残る少年だった。砂色の髪と、ベラと同じ青い瞳をしている。まだひげも生えていない。

驚いて相手の腕を放し、ベラを、次いで少年をにらみつけた。「いったいどういう——」それから言い直す。「きみは何者だ？」

「サー・サイラス・ジョーンズ」彼は腕をさすりながら、薄い胸を張って答えた。「暴行罪で、あなたのことを訴えますよ」

「あなたのほうこそ、不法侵入で牢屋に放りこまれるわ」ベラは少年を叱りつけたあと、挑戦的な目つきでマイルズのほうに向き直った。「閣下、ご紹介させていただきます。わたしの弟のサイラスです」

今度ばかりは、マイルズの顔に冷ややかな仮面がおりてきたのを見て、ベラはほっとした。彼の怒りはまさに見る者を震えあがらせる。暗がりから飛びだしてきたとき、その険しい顔つきに、彼女は心臓が縮みあがった。

殺しも辞さないと言わんばかりの形相だったからだ。

ベラの背筋を震えが這いおりた。庭でこっそり見知らぬ男と会っている彼女を見て、マイルズは何を考えたのだろう？ ようやく芽生えた信頼もこれで壊れてしまった。けれどもサイラスから手紙を受け取ったのだ。門のところで待っているから来てくれと頼まれ、出てくるしかなかった。無視することなどできない。

どうやら今度こそ絶体絶命のようだ。マイルズの氷のごとき表情から察するに。嘘をついていたと——少なくとも、あえて言わずにおいたことがあるとばれてしまった。マイルズに自分は天涯孤独な身だと信じさせてきたのだ。こうなったらすべてを告白し、許してもらえるよう期待するしかない。

もっとも、宝の地図を探していることだけは別だ。それだけは誰にも話せない。サイラスとライラも地図のことは知らない。

ベラは紹介を続けた。「サイラス、こちらがエイルウィン公爵よ。この方のことは、エイルウィン公爵か閣下とお呼びなさい」

「姉上はマイルズと呼んだじゃないか」

ドレスの襟元から上が、かっと熱くなった。雇われてからの短いあいだにどうして雇い主を名前で呼ぶようになったのか、説明するのは難しい。前夜ベッドをともにしたと認めるくらいなら、舌を嚙み切ったほうがましだ。

ベラの困惑を見て取ったのか、マイルズが毅然とした口調で言った。「きみの姉上はわたしと一緒に仕事をしているから、特別に名前で呼ぶことを許可したのだ。だが、きみには当然の敬意を払ってもらいたい。わかるか？」

サイラスは納得いかないというような、疑り深い目つきでマイルズを見やったが、ベラに胸元を突かれてあわてて答えた。「はい……閣下」

マイルズは少年の瘦せこけた体をじっと見ている。彼が弟を廏舎に放りこむのではないかと、ベラは心配になった。究極の歓びをやさしく教えてくれた昨夜とは打って変わり、いまのマイルズはまさにエイルウィン公爵——近寄りがたい専制君主——といった雰囲気を漂わせている。ベラは体の脇でこぶしをかためた。たしかにサイラスは、オックスフォードにいるようにという姉の言いつけにそむいた。けれども彼女としては、いまこの場ではなんとしても弟を守るつもりだ。公爵にたてつき、使命の遂行を危うくするとしても。

「きみぐらいの年齢の頃、わたしはいつも腹をすかせていたものだ」マイルズが唐突に言った。「来るといい」

彼は向きを変え、うしろを振り返ることなく屋敷のほうへ歩きだした。

ベラは弟の腕を取り、マイルズのあとを追った。曲がりくねった砂利道を並んで歩きながら、サイラスが興奮した声でささやいた。「公爵って、白髪で杖をついたよぼよぼのおじいさんかと思ってたよ。でもこの人はたくましいし、ぼくより背が高い。エイルウィン公爵なら、どんなごつい悪党でもやっつけてしまうだろうな。賭けたっていいよ」

さっきまでむすっとしていた弟が年上の男性への憧れに顔を輝かせるのを見て、ベラは複雑な心境だった。サイラスが機嫌を直し、これ以上面倒を起こさずにいてくれるのはありがたいけれど、一方でマイルズに、ここロンドンに住まわせてくれと泣きつくのではと心配になる。

「何にせよ、あなたは賭けをするような年じゃないわ」ベラは小声でたしなめた。「覚えておきなさい、閣下はとても偉い方なのよ。どぶに放りこまれなかっただけでも幸運だと思うことね」

それ以上言う前に勝手口に着いていた。ツゲの生垣に囲まれた、短い急な階段を下った先にドアがある。マイルズが無表情のままドアを開け、ふたりを通した。感情は読み取れないが、少なくとももう怒鳴ってはいない。彼の前を通り過ぎるとき、ベラは脈が速くなった。戸口が狭いせいで、体がかすかに触れあう。二度と愚かな真似はしないと心に誓っていなかったら、彼の足元にくずおれていたかもしれなかった。

マイルズは厨房へ向かった。暖炉のそばの長い作業台を囲んで使用人たちが座り、お茶を飲んでいるところだった。三人が入っていくと、彼らは一様にはっと息をのんだ。一瞬の間があり、続いて全員がいっせいにカップを置く音や椅子が床をこする音とともに立ちあがって、主人に頭をさげた。

公爵が厨房におりてくるのはよほど珍しいことなのだろう。誰もが仰天した顔をしている。

家政婦のミセス・ウィザリッジが、白い前掛けで手を拭きながら前に進みでた。軽く一礼する。「閣下! なんとまあ、光栄でございます。何かご用でしょうか?」

マイルズはサイラスの痩せた肩に手を置いた。「こちらはサー・サイラス・ジョーンズ。ミス・ジョーンズの弟だ。今夜はここに泊まる」

家政婦はうしろを振り向き、ぱちんと手を叩いた。「ナン、スーザン、階上《うえ》に行って、緑の間を使えるようにしてちょうだい」それからベラのほうを見る。「あなたの寝室の真向かいです。そのほうがよろしいでしょう」

ベラはほっとして肩の力を抜いた。「ありがとう、助かるわ」

感謝の意を伝えようとマイルズのほうを見たが、彼は料理人に話しかけていた。

「この子に何か食べさせてやってくれ。ありあわせでじゅうぶんだ。もう遅いし、ここで簡単な夕食がとれればいい。そうだな、ついでにわたしもここで食べよう」

使用人たちは驚いたとしても、誰も顔には出さなかった。あちこち行ったり来たりして、料理人は冷蔵室から食材を運び、メイドはパンを切り分け、別の使用人は最新式のこんろで湯を沸かした。テーブルの端では従僕が、まるで女王の食卓を用意するかのように恭しく上質の白いテーブルクロスを広げ、三人分の銀器を並べていった。

ハサニが厨房の入り口に立っていた。お茶を飲みながら、黒い目でサイラスをじっと見ている。みなと同じで、彼もベラに弟がいたのかと興味を引かれているのだろう。やがてハサニは白いローブをひるがえし、隣の小部屋へと消えた。

そのときピンカートンが近づいてきて、白髪交じりの頭を寄せてささやいた。

「弟さんですと？　あの子が使い走りのふりをして戸口に現れたときから、どこか似てると思っていましたよ」

メイドにいれてもらった紅茶を音をたてて飲んでいる弟を見て、ベラは困ったように微笑んだ。「直接わたしのところに来てくれて助かったわ。迷子になって、何時間もロンドンを歩きまわっていたんですって」

マイルズが目を細めてこちらを見ていた。そのまなざしにベラの肌は粟立った。心ならずも胸がときめいたせいか、弟のことが心配だからかは、自分でもよくわからない。マイルズは彼女をサイラスの向かいに座らせ、自分はテーブルの上座についた。男ふたりは皿に肉やチーズを山盛りにしている。気がつくと使用人たちは消え、厨房には三人だけになっていた。サイラスがパンに挟んだローストビーフにかじりつくのを見ながら、マイルズは鶏肉を切り分けた。ベラは気持ちが落ち着かず、食事が喉を通らなかった。じっとしていられない心境だ。マイルズに叱責されるのは避けられないと思いながら、ただ座っているのは耐えられない。彼はたぶんサイラスが食事を終えるのを待って、攻撃を開始するつもりなのだろう。

「チーズトーストでも作りましょうか？」弟に尋ねる。言いつけにそむいた相手に好物を作ってやる必要などないのだけれど。

それでもサイラスが勢いよくうなずいたので、ベラは立ちあがり、壁のフックからフライパンを取った。パンにバターを塗り、チーズを薄く切る。立派な黒いこんろは使い方がわからないので、フライパンを大きな炉まで運び、ちょうど火の上に置かれていた五徳にのせた。

背後では、マイルズがサイラスにぶっきらぼうに話しかけていた。「どこから来た？　ロンドンに住んでいるのか？」

「いいえ、オックスフォードから来ました」サイラスはそう答えて、紅茶をごくりと飲んだ。「郵便馬車に乗って、それからエイルウィン・ハウスを探してずいぶん歩いて。男物の靴だけ売ってる店があるのを知ってます？　帽子だけ売る店も。それと――」

「たしか、きみの父上はオックスフォードに家を持っていたはずだ」マイルズが思いだしたように言う。「ときどき手紙のやり取りをしていた」

「父を知ってるんですか？　でも、いつ――どうして？」

「ずっと昔、わたしがきみくらいの年齢だった頃のことだ。気にしなくていい。それより、きみはどうしてここに来た？　何か困ったことでもあったのか？」

ベラが振り返ると、弟は肩をそびやかし、つんと顎をあげたところだった。

「姉が働いてるのに、ぼくが家にいるっておかしいと思うんです」きっぱりと言う。「いまではぼくが一家の主なんだから、家族を養うのはぼくの務めでしょう？」

「何を言うの」ベラは肩越しに叱った。「あなたはまだ未成年なのよ。わたしがいないあいだ、学校の勉強をしっかりするように言っておいたでしょう。第一、ちゃんとした教育も受けていないあなたにどんな働き口があるというの？」

パンの焼ける音がして、ベラは火のほうに向き直った。器用にチーズトーストをひっくり返す。溶けたバターの豊かな香りには、食べ物どころではない彼女でさえ食欲をそそられた。

サイラスはむきになって反論した。「馬車を運転できるし、使い走りや印刷機も扱える。店の売り子になってもいいし、農場で働いてもいい。ほかにも――」

「そうはいかない」マイルズがぴしゃりと言った。「紳士としてのきみの義務は、まず第一に教育を受けることだ。そして社会のリーダーとしてふさわしい仕事につくこと。それが一三歳のとき、わたしが父に言われたことだ」

炉の前で身をかがめていたベラははっとした。マイルズはたぶん、エジプトでの運命の夜、父親と口論した際のことを引きあいに出したのだ。それを口にできたということは、ようやく父親の死と向きあえるようになったのでは――ふと、そんな希望が胸に芽生えた。けれども焼けたトーストの香ばしいにおいがしてきて、彼女はふたたび炉に注意を戻すと、フライパンを火からおろしてテーブルに運んだ。ベラが白い皿にトーストを移すあいだも、マイルズはじっとサイラスを見つめていた。

「ところで、きみはいくつだ？」

「一五です」サイラスはすねたように口をゆがめて答えた。「ライラとオックスフォードでじっとしてろなんてひどいですよ。あの子はまだ子どもなんだから」

「ライラ？」マイルズがベラに鋭い目つきを向けた。

「ライラは双子の妹なんです」落ち着こうとしながら、ベラはトーストされたパンを半分に切った。チーズが皿に流れだす。「閣下もチーズトーストをいかがですか？　よろしければ、もっと作りますけど」

返事を待つことなく、せめてものお詫《わ》びにと、トーストの半分を皿に取り分けた。マイルズはトーストを指でつまみ、ひと口かじっておいしそうに嚙んだ。だが、表情は険しいままだ。「ほかにもきみが隠している家族はいるのか？」

「いません。双子だけです」説明が必要だと思い、力なくつけ加える。「お話しすべきだったんでしょうけれど、ふたりはわたしの責任ですし、閣下をわずらわせたくなかったので」

ベラの話を信じていいものか決めかねているといった様子で、マイルズは彼女をひとにらみすると、不機嫌な顔をサイラスに向けた。「ということは、きみは未成年の妹をオックスフォードに置き去りにしてきたのか？　ロンドンへ来て駄々をこねるために、妹をひとりにしたのか？」

サイラスは落ち着かなげに身じろぎした。反抗的な表情が、ばつの悪そうな幼い顔つきに変わった。「ライラはひとりじゃありません。ミセス・ノリスが見てくれてます」

「ミセス・ノリスというのは誰だ？」

「お隣の方です」ベラはパンにバターを塗りながら答えた。「牧師さんの未亡人で、とてもよくしてくださるんです。サイラス、あなた、ミセス・ノリスに黙って出てきたんでしょう。絶対に許してもらえないわよ」

「でも、置き手紙はしてきたよ。ライラにも！」

マイルズがうめいた。「れっきとした紳士にあるまじき行動だな。いまごろはふたりとも、死ぬほどきみのことを心配しているだろう。わたしがきみの父親だったら、鞭《むち》で叩いているところだ」

サイラスのしょげ返った顔を見て、ベラは弟に近づき、肩に腕をまわした。額から砂色の髪をかきあげてやる。「閣下のお叱りはごもっともよ、マイ・ラブ。あなたの義務は、ちゃんと妹の面倒を見ることなんだから」

いきなりマイルズが射るような視線でベラを見た。骨まで届くような強烈な視線だった。無表情な仮面の裏で、彼は何を考えているのだろう？　それとも、珍しくわたしが彼の意見に賛同したから驚いただけかしら？

マイルズはチーズトーストを手でちぎりながら、うつむくサイラスに視線を移した。

「ごめんなさい」サイラスがぼそりと言う。「でも勉強以外にやることもなくて、家に縛りつけられてるんだよ。そんなの公正じゃない！」

マイルズが椅子を引いて立ちあがった。「男というものは常に義務を負っているんだ。公正かどうかは問題ではない。明日、きみをオックスフォードまで送り届ける。夜が明けるまでに出発の準備をしておきなさい」

そう言って最後にベラを一瞥すると、彼は厨房を出ていった。

彼女は胸が締めつけられる思いだった。あとを追って、果物入りのバスケットをありがとう、弟に父親のような助言をしてくれてありがとう、と伝えたかった。

だけどわたしはマイルズの愛人でも、腹心の友でもない。ただの雇い人。しかも家族がいることを隠していたと知られてしまった。彼はもう二度と、わたしを信用してくれないだろう。

# 21

細い轍だらけの道を、マイルズは黒い馬車に並んで馬で進んだ。時刻は正午で、昨日の雨で洗われた澄んだ青空から太陽がさんさんと照りつけてくる。ようやくオックスフォード郊外に着いた。ロンドンからは六時間以上かかった。途中に一度、宿屋で短い休憩を取っただけだ。

ベラと弟は夜が明けると同時に廏舎に現れた。ベラが御者に行き先を告げるあいだ、サイラスはマイルズの黒い牡馬《ぼば》をうらやましげに眺めていた。馬を貸してもらえないかとおずおず頼んできたが、マイルズは少年をベラと一緒に馬車に乗せた。

ベラにふたりもきょうだいがいたとは、いまだに信じられなかった。自分のようにひとりっ子なのだと思いこんでいた。なぜ双子のことを話さなかったのだろう？　マイルズの父親の死について話をしていたときは、切りだす格好の機会だっただろうに。〝あなたの立場から言えば、あなたは大人になろうとしているところだった。一三歳の少年にとっては当然の成長過程だわ〟

あのとき、思春期の少年のことはよく知っているからと説明することもできたはずだ。だが、ベラはマイルズに天涯孤独の身と信じさせた。私生活からは完全に彼を締めだしていたのだ。そう思うといい気持ちはしなかった。

とはいえ、彼女が隠し事をしていたからといって怒る権利が自分にあるのだろうか？　昔エジプトで少しのあいだ一緒だったのを別にすれば、知りあって二週間も経っていない。二週間というのは、他人同士が完全に心を許すようになるのにじゅうぶんな時間とは言えない。このうえなくすばらしい夜をともに過ごしたとはいえ。

道沿いには小さな家が立ち並んでいた。前庭には色とりどりの花が咲き乱れている。遠い昔、シーモア卿が大学の給料では小さな家を購入するのがやっとだったと、夫人と笑いながら話していたのを思いだす。マイルズは幼いながら、レディ・ハンナが夫を見る愛情深いまなざしに感銘を受けたものだった。自分の両親とは正反対だ。母は病弱で気難しく、父は冷淡で独裁的だった。

青い瞳に茶色の髪をしたレディ・ハンナの面影が、その娘に重なった。ベラにあんな愛情深いまなざしで見つめてほしい。いっとき、彼女はわたしに強く惹かれていると思ったのだが。

マイ・ラブ。ひとつになった恍惚の瞬間、ベラはマイルズをそう呼んだ。本物の愛情からだと思った。そう思いたかった。心の奥に根づいた激しい切望が彼を責めたてる。昨夜ベラが弟を同じ言葉で呼ぶのを聞いたあとでさえ。

自分が間抜けに思えた。〝マイ・ラブ〟など、おそらくベラにとってはちょっとした親近感を示す呼びかけにすぎないのだろう。家族や友人をはじめ、数えきれないほどの人に言ってきたに違いない。たいして意味のない言葉なのだ。興奮の極みにあって、思わず口からもれただけの。

それでもマイルズは厨房を出たとき、ベラがあとを追ってくることを半ば期待していた。わずかな時間でもふたりきりになり、情熱のおもむくままに彼女を腕に抱きたかった。だが、彼女には関係を続けるつもりがないらしい。心もひとつになったと思ったのはこちらの錯覚だったようだ。信用していないから、私生活については口を閉ざしたままだったのだ。

頭では、ベラのことは忘れたほうがいいとわかっている。無駄に期待しても自分が苦しむだけだ。それでもマイルズは、自ら少年を送り届ける役を買って出た。そのために一日分の仕事をふいにして。たぶんベラといたいからだろう。彼女といると、長い眠りから覚めたように全身が活気づくのだ。一度愛を交わしただけでは満足できない。おそらく何度繰り返そうと満足はできないだろう。

そんな自分にいらだちながら、マイルズは欲望を頭から締めだした。あらぬ想像をめぐらせても無意味だ。気のない女性を追いまわすような趣味はない。もうやめよう。

御者が手綱を引いて馬を止めた。早急に屋根を修復する必要がありそうな、風変わりな家が目の前にあった。石造りの煙突も崩れかけ、庭は雑草だらけだ。ツタに隙間なく覆われた壁に、黄色いバラが数本、懸命に枝を伸ばしていた。

窓のひとつに女性の顔がのぞいた。古くて曇ったガラス越しで、顔立ちはよくわからない。

けれども次の瞬間、家のドアが勢いよく開いた。同時にベラが馬車の扉を開け、取っ手に手を伸ばしていた従僕がのけぞった。

はっとするほど美しい少女が走ってきた。妖精のプリンセスといった風情で、琥珀色の髪をドレスと同じピンク色のリボンでまとめている。彼女が一五歳のライラだろう。

踏み台がおろされるのを待たずに、ベラは馬車から飛びおりた。初対面のときと同じブロンズ色のシルクのドレスを着た彼女は、妹と門の前で抱きあった。サイラスが近づいていくと、ふたりは彼を抱擁の中に招き入れた。

マイルズは馬をおりた。従僕が手綱を預かったが、ほとんどそれにも気づかなかった。孤独感が身にしみる。ここに自分の居場所はない。ベラと双子は、マイルズがこれまでの人生で経験したことのない親密さを分かちあっていた。彼が人と親密な関係を築いた経験といえば、シーモア卿とつかのま心を通わせただけだ。

それも、もうはるか昔に。

家族の再会の場面を邪魔していいものかと迷いながら、マイルズは乗馬用の手袋を脱いだ。馬車の横で待ち、ベラに家族水入らずの時間を与えてやったほうがいいだろう。一、二時間したら、彼女を連れてロンドンに帰ればいい。

しかし、ふとライラの言葉が彼の注意を引いた。

少女は手を組みあわせながら、不安げに声を震わせた。「ああ、ベラ。帰ってきてくれて本当にうれしいわ。ゆうべ何があったと思う？　誰かが家に押し入ったのよ！」

ベラと弟が同時に声をあげた。マイルズは二歩で道を横切った。作法など気にしていられない。少女の話をちゃんと聞かなくては。

「泥棒？　ここに？」サイラスが言う。

「嘘でしょう」ベラは妹にけががないか確かめるように、上から下まで眺めた。「あなたは大丈夫だったの？」

ライラが鼻を鳴らす。「もちろんよ！　わたしが撃退したんだから」

「ミセス・ノリスはいなかったの？　ひとりだったなんて言わないでよ」

「彼女は二階でぐっすり寝てたわ」ライラの声がうわずった。「怖かった。物音がして、それで……」

ベラは妹の肩に腕をまわした。「中に入りましょう。お茶でも飲みながら話を聞かせて」

彼女は瑠璃色の瞳をちらりとマイルズに向けた。不安と心痛が浮かぶそのまなざしに、マイルズは胸をつかれた。ベラはライラとともに家へ入っていった。サイラスもまるで巨大な岩でも背負っているかのように背中を丸めて、そのあとを追う。妹を無防備なまま残していってはいけなかったということが、よくわかったらしい。

マイルズも深刻な顔で続いた。このあたりは静かで、犯罪が多発するような場所には見えない。だが、泥棒はどんなところにも出没する。サイラスの家出が伝わり、何者かがこの家に一五歳の少女がひとりでいるのを知って、押し入ったのかもしれない。一歩間違えば、ならず者の手にかかってライラがどんな目に遭ったかと思い、マイルズは顎をこわばらせた。

全員が家に入ると、灰色の巻き毛に緑色のドレスを着た年配の女性が出迎えた。ベラをあたたかく迎え、サイラスにはたしなめるように指を一本振ってみせてから抱き寄せた。ベラはマイルズを、まずライラに――少女は好奇心でいっぱいの青い瞳を向けてきた――続いてミセス・ノリスに紹介した。ミセス・ノリスは彼がエイルウィン公爵だと聞くと、深々とお辞儀をした。

すっかり舞いあがったミセス・ノリスは、お茶をいれようと狭い廊下をぱたぱた走っていった。家はこぢんまりとして、急な階段から低い天井、小さな部屋に至るまで、すべてが心地よかった。ベラは妹を右手の居間へと促したが、マイルズはドアの開いていた左手の食堂をのぞいた。そこには本や書類が、テーブルやむきだしの木製の床に散乱していた。竜巻にでも遭ったかのようだ。

「ここはどうなっているんだ?」彼はきいた。

ライラが優雅で軽やかな足取りで近づいてきた。「ここに泥棒がいたんです、閣下。物音がして――本を落としたようなどさっという音がして、わたし、なんだろうと思って階下におりてみたんです」

マイルズは片方の眉をつりあげた。「それは賢明な行動とは言えないな。なぜミセス・ノリスを起こさなかったんだ?」

「あら、ミセス・ノリスは地震が起きたって目を覚まさないわ! それにわたし、自分の身は守れます。剣があれば――」

「剣があるのか？」

「もちろんです」ライラはピンクのドレスのポケットに手を入れ、姉が持っているのと同じような小型の短剣を取りだした。「ペルシアで、お父さまに使い方を教えてもらったんです」

「なるほど」マイルズはベラを見やった。目が合うと、彼女は小さく笑みを浮かべた。こんな勇ましい娘をふたりも育てたシーモア卿には感心せざるをえない。「それでどうなったか聞かせてくれ」

「あそこに男がいたんです」ライラは食堂のほうに向かってうなずいた。「ろうそくの明かりで、隅に積んであるこの木箱の中を探ってました」

「顔は見たか？」

ライラは悔しそうに首を横に振った。「黒っぽい服を着て、帽子を深くかぶっていたということくらいしか。悲鳴をあげたら、その男はすぐにろうそく消して、こっちに向かってきました。だから切りつけてやったんです」可憐《かれん》な顔に鋭い表情を浮かべ、短剣を突きだしてその場面を再現してみせる。

「傷を負わせたのか？」サイラスが興味津々できいた。

「ええ」ライラは答えた。「刃に血がついていたもの。でも腕をかすっただけだと思う、残念ながら。男はわたしの脇をすり抜けて、裏戸から逃げていったわ」

ライラはか弱い妖精のプリンセスどころではない。さすがはベラの妹だ。

マイルズは食堂に入り、中を見渡した。「この部屋以外に荒らされたところは？　盗まれたものはないのか？」

「なくなっているものはなさそうです。もっとも、盗まれるようなものなんてほとんどないんですけど」ライラは短剣をポケットにしまいながら身震いした。「ベラ、手紙を書こうと思っていたところだったのよ。家に帰ってきてって。それとサイラスと会ったかどうかも気になっていたから。そうしたらちょうど馬車の音がして、魔法みたいに帰ってきてくれるなんて！」

ベラはなだめるように妹の額にキスをした。マイルズは散らばったノートを一冊拾いあげた。開いてみると、シーモア卿の見慣れた乱雑な文字が目に飛びこんできた。ほかにも何冊かノートに目を通したあと、半分ほど空になった木箱をのぞいた。本だの書類だのが入っている。ほかのふたつの木箱も同じだった。

マイルズはベラの視線をとらえ、眉をひそめた。彼女もすぐにその意味を理解したようだ。ミセス・ノリスを手伝ってきなさいときょうだいをキッチンに行かせると、ベラは近づいてきてささやいた。「この木箱は父の仕事関係のものがしまってあるの。泥棒がどうしてこんなものをあさっていたのか、わけがわからないわ」

マイルズにも想像がつかなかった。胃のあたりにいやな感覚が居座り、どうにも振り払えない。ふつう盗みに入るなら、宝石とか硬貨といった価値のあるものを探すのではないか？これは単なる泥棒の仕業ではないという可能性はあるのだろうか？

とはいえ、この古い書類にどんな価値があるというのだ？

ベラは不安げな顔でマイルズを見ながら腕をさすった。真剣な口調で言う。

「閣下、あなたはひとりでロンドンに帰ってください。残念ですけど、わたしは仕事を辞めるしかなくなりました。ここオックスフォードに残ります」

その言葉は強烈な一撃となってマイルズの胸を打った。思わずベラの見慣れた顔を見つめる。魅力的な瑠璃色の瞳、つんと上を向いた鼻。やわらかな唇――生意気を言うかと思えば、キスを誘う唇。二度と見ることができないかもしれないと思うと、一瞬息が苦しくなった。

「約束の二週間はまだ終わっていない」

「ごめんなさい。でも、契約を続行できないことはわかっていただけるでしょう」ベラは窓まで歩き、窓枠をつかんで外を見やった。「そもそも、ここを離れたのが間違いだったんだわ。家族から離れてあんなところまで行ったのが間違いだった。ライラがどうなっていたかわからないと考えるだけで――」

彼女が体を震わせるのを見て、マイルズは抱きしめてやりたいという衝動と闘った。ベラを守ってやりたい。けれども、どうすればいいのだろう？　自分は一時的な雇い主でしかなく、彼女に対してなんの権利も持たないのだ。そして彼女のほうは特別な関係になることを拒絶している。

それでもマイルズはベラに近づき、体が触れあう一歩手前で足を止めた。

「それできみはどうなる？　ここに残って、きみの身に何かあったらどうするんだ？　盗っ人が戻ってきたら？」

ベラは振り返り、激しい口調で言い返した。「では、どうしろというの？　弟と妹をここに残して、自分の身は自分で守らせろと？　そんなことできないわ！」燃えるような瑠璃色の瞳がマイルズの心を射抜いた。一瞬で決断していた。間違いなく正しい、文句のない決断だった。「もうひとつ選択肢がある。三人ともいますぐ荷物をまとめて、わたしとロンドンに来るんだ」

「こんなお城みたいなところに入るのははじめてよ」エイルウィン・ハウスの玄関広間に足を踏み入れると、ライラは感じ入ったように言った。床はクリーム色の大理石、二階に続く広い階段は中ほどで左右に分かれている。彼女は身のまわりのものを詰めた箱を手に持ったまま首をのけぞらせて、ゆっくりとその巨大な空間を見渡した。

妹が目をみはる気持ちはよくわかる。凝った装飾を施した柱が天井に向かって伸び、壁には神話の一場面を描いた巨大な絵がかかっている。中央にはオベリスクが、高いガラスのドーム形の屋根――夜なのでいまは黒一色だ――を突き刺すように立っている。

「声が響くかな」サイラスが口に手を当てて叫んだ。「ヤッホー」

小さく〝ヤッホー〟という声が返ってきた。

双子は笑い転げた。

マイルズが乗馬用の手袋と帽子を、白いかつらに深紅のお仕着せ姿の従僕に手渡した。別の従僕がライラから上着と荷物を受け取る。使用人たちはまじめくさった表情を崩さないが、好奇心で目を光らせているのがベラにはわかった。今夜、使用人部屋では新たな客について活発な議論が交わされるのだろう。昔、新たに爵位を継いだエイルウィン公爵がエジプトから大量の遺物とともに帰ってきて以来、この屋敷には特別な出来事もなく、決まりきった日常が繰り返されてきたに違いないのだから。

とはいえ、ベラとしては自分のきょうだいをこの屋敷に連れてきて本当によかったのか、懸念を抱かずにはいられなかった。マイルズの申し出はありがたいけれど、その厚意に甘えるのは気が進まない。宝の地図を見つけるという真の目的を隠したままでいることに罪悪感が増すばかりだ。

それに青の応接間の遺物の整理という仕事に加え、きょうだいの面倒まで見なくてはいけない。双子がマイルズの邪魔をしたらどうしよう？　彼はひとりで仕事をすることに慣れている。一五歳の若者がどれほど手に負えないか、わかっていないに違いない。

ミセス・ノリスも一緒にロンドンへ来てくれたらよかったのに。息子と孫がいるオックスフォードを離れる気はないと断られてしまったのだ。

豪華な馬車でロンドンに戻るあいだ、ベラは双子に厳しく言って聞かせた。けれども公爵の屋敷では行儀よくするという約束を、早くも忘れてしまったようだ。サイラスはライラの手をつかみ、笑いながらやめてと言う妹を引っ張って大理石の階段に向かっている。

ベラは急いでふたりを止めた。「今夜はうろうろしてはだめよ」抑えた声でたしなめる。

「お屋敷の中を見せていただくのは明日にしましょう」

サイラスは階段の両脇の長いバルコニーに目をやった。「でもあそこにあがって、声が響くかどうかやってみたいだけ――」

「姉上の言うとおりにしたまえ」マイルズがベラの隣に並んできっぱりと言った。「いまから寝室に案内するから、朝まで部屋を出ないこと。言いつけにそむいたら、すぐにわたしの耳に入るぞ」

マイルズがふたりに向けて〝公爵閣下のひとにらみ〟をきかせると、双子はしゅんとなって黙りこんだ。ベラは笑いを嚙み殺した。マイルズのぶっきらぼうな態度の裏にやさしさが隠れていることに、あの子たちはまだ気づかないだろう。でもどんなに顔つきが険しく、口調が厳しくても、彼は思いやりのある人だ。自分にとっては不都合が生じるだけなのに、わたしたち三人をここに住まわせてくれるというのだから。そのうえ、父の書類を含めたわずかな所持品の荷造りまで手伝ってくれた。

それはわたしのため？ 彼がわたしに愛情を感じるようになったなんてことが、ありうるかしら？

あると信じたかった。ベラ自身はマイルズに対して熱い思いを抱いている。彼の顔が愛情にやわらぐのを見たくてたまらない。けれど、不可能な夢を追ってもしかたがない。自分はいずれ、この屋敷を去っていく人間だということを忘れないようにしなくては。マイルズは完全な独身主義者であり、献身的に学問に打ちこむ学者であり、ベラよりはるかに身分の高い貴族なのだ。

彼がわたしに何か感じているとしたら、欲望だけに違いない。ベラの体の奥がうずいた。わたしだって欲望を感じている。でも、二度と体の衝動に負けてはいけない。ましてや、弟と妹がすぐそばにいるいまとなっては。

ピンカートンがミセス・ウィザリッジと並んで屋敷の奥から現れた。ふたりの目には好奇心が浮かんでいる。雇い人のきょうだいを客のように扱っているのだから、さぞ驚いていることだろう。

サイラスは前夜と同じ部屋を与えられることになった。ライラはベラの隣の寝室だ。ミセス・ウィザリッジは双子を主階段のほうへ案内し、ピンカートンは必要な指示を与えるために使用人部屋へと向かった。

ベラがついていこうとすると、マイルズが軽く腕に触れて引き止めた。彼が顔を近づけてくる。彼女は全身がぞくぞくするのを感じた。「きみさえよければ」マイルズが低い声で言う。「シーモア卿の荷物は書斎の隣の保管室に鍵をかけてしまっておこうと思う。きみの許可なしでは、わたしはいっさい手を触れないと約束するよ」

どうして父の荷物を鍵のある部屋に？

マイルズの真剣な顔を見つめているうちに、不安がよみがえってきた。なくなった手紙のことを思いだす。そしてナンも見かけたという幽霊のような人影。マイルズは幽霊の件は知らないはずだが、家に押し入った不審者はただの泥棒ではないかもしれないという疑念は持っているようだ。両者に関連があるのだろうか？

ひとりになってじっくり考えたかった。

「なくなったものはないか、木箱の中を調べたいわ。できたらここ数日のうちに」ベラは言った。「でも、書斎は立ち入り禁止ね」

マイルズが唇の片端をあげ、かすかに微笑んだ。その魅力的な笑みに、ベラは膝がバターのように溶けていきそうだった。「ならば新しいルールを決めよう」彼女の耳元で、マイルズは低い声でささやいた。「きみは西翼のどの部屋にも、いつでも入っていい。昼でも……夜でも」

ふたりのあいだに熱い電流が走り、空気を震わせて、ベラの足先まで伝った。それはつまり、夜中にマイルズの寝室を訪れてもいいということ？

心をそそられる誘いだけれど、そんなことはできるはずがない。きょうだいはいるし、仕事は仕上げなくてはいけないし、地図も探さなくてはいけないのだ。それでもマイルズの視線が口元に落ちると、ベラは彼の胸に飛びこんで情熱的なキスを交わしたいという欲求に駆られた。広い玄関広間の隅に立っている従僕の存在も気にならなかった。

衝動的に手を伸ばしてマイルズの手を握る。彼はすぐに指を絡めてきた。その手は大きくて頼もしく、まなざしはまっすぐベラに注がれている。彼女の胸に情熱と感謝の念がこみあげた。そして、もっと深くて強い感情も――。

これは愛？　わたしはエイルウィン公爵に心を捧げるような、愚かな女ではないはずよ。

感謝の念に気持ちを集中するのが一番安全だ。「お礼を言う機会がなかったけれど、マイルズ、果物のバスケットをありがとう。それからわたしをここにいさせてくれて、家族まで住まわせてくれて、本当に感謝しているわ」

そう言うと、彼の愛を乞うようなばかげた真似をしてしまう前に、ベラは手を引き抜いて逃げるように階段を駆けあがった。

# 22

翌朝、ベラは弟と妹にエイルウィン・ハウスを案内してまわった。階段をのぼったりおりたり、彫刻でいっぱいの部屋や、家具に埃よけの布をかけてある使われていない寝室などをのぞいたりしながら進んでいく。ふたりには、迷子になったときのためにと簡単な見取り図を描いて持たせた。昨夜のマイルズの忠告がきいたのか、どちらもいたって行儀がよかった。〝公爵閣下のひとにらみ〟も、ときには役に立つ。

昼には厨房に入って、使用人たちがばたばたと主人の昼食を用意している中、長いテーブルでシェパード・パイ（ひき肉をマッシュポテトで包んで焼いた料理）だけの簡単な食事をとった。マイルズは書斎でひとりで食事をするのかしら、とベラは思った。ふたりで夕食を分けあい、笑い、おしゃべりをし、愛を交わしたあの書斎で。

切ない気持ちになり、あの夜の思い出は頭から締めださなくてはとふたたび自分に言い聞かせた。ついでにマイルズがいつも仕事をしている舞踏室も避けたほうがいい。ともかく、彼のことは考えないのが一番だ。

昼食のあとは双子を広い図書室に連れていくことにした。ふたりとも大の本好きだから、

いかけもあった。

ここの膨大な蔵書を見て喜ぶだろう。勉強をさせるのもそこがいい。けれどもその前に、ベラは自分の仕事場でもある、壊れた遺物でごった返した青の応接間へ立ち寄った。

サイラスは大いに興味を示し、ベラを手伝って白いシルクのクロスがかかったテーブルにスカラベを並べながら、矢継ぎ早に質問をした。中には専門的で、ベラにも答えられない問いかけもあった。

ライラのほうはぶらぶら歩いて、ベラがまだ仕分けをしていない品々が山と積まれた隅に行き、そのひとつを手に取った。青銅でできており、平たくて丸く、凝った取っ手がついている。「これは鏡かしら?」彼女はふたりのところに来て尋ねた。

「わからないわ」ベラは驚いて言った。「たぶんそうじゃない?」

「よく磨いて汚れを取ってみるわ。そうしたら自分たちの顔が映るかも」ライラはぼろきれを持って、青銅の表面を強くこすりはじめた。

ベラは微笑んだ。弟にも妹にも父の血が流れているのがわかる。父は古代への愛情を子どもたちへ伝えた。毎晩、石造りの小屋で火を囲み、その日発掘した遺物を眺めながら、昔の人々の生活について語りあったものだ。その光景を思いだして、彼女は喉を詰まらせた。父が恋しい。

足音がして、思い出から引き戻された。振り返ると、ヘレンとオスカーのグレイソン夫妻が入ってくるところだった。

郷愁の念は吹き飛び、ベラは彼らのいやみに対抗すべく、心の中で身構えた。ヘレンに足を踏まれて以来、どうもこのふたりが好きになれない。

夫妻は豪勢なパーティーにでも出かけるようないでたちだった。金髪のヘレンは縁がかった青いドレスで輝くばかり、オスカーはワイン色の上着にグレーの細い縞模様のズボンとバラ色のベストを合わせ、まさに紳士そのものだ。波打つ黒髪からつながる頬ひげも、手入れが行き届いている。

だが、ベラは立派な外見にはだまされなかった。このふたりはいつもよからぬことをたくらんでいる。

ヘレンは遺物の中を近づいてくると、見下すように双子をちらりと見たあと、ベラに視線を向けた。「ミス・ジョーンズ！　メイドが聞いてきたのだけれど、あなたのご家族がこの屋敷に越してきたんですって！　信じられないわ。公爵のご厚意にそこまでつけ入るなんて」

内心で歯を食いしばりながら、ベラは微笑んだ。ぴしゃりと言い返してやりたいところだが、きょうだいの前で癇癪を起こすわけにはいかない。「ミセス・グレイソン、ミスター・グレイソン、弟と妹を紹介させてください。ライラ、サイラス、こちらのミスター・グレイソンは公爵閣下のいとこに当たられるのよ」

「そして相続人でもある。忘れないでいただきたい」オスカーが気取ってつけ加えた。

険悪な空気にはまるで気づかず、サイラスはあいまいに一礼すると、またスカラベの観察に戻った。ライラのほうは青銅の鏡を置き、無邪気に目を丸くしてヘレンを見つめながら、優雅にお辞儀をした。「まあ、なんて豪華なドレスなんでしょう。ミセス・グレイソン、わたし、こんなに美しいものはこれまで見たことがありません」

ヘレンが得意げに応える。「ロンドンでも最高の仕立て屋を雇っているのよ。あなたみたいに外国育ちの娘さんは、ドレスの流行にも疎いでしょうけれど」

ライラは引き寄せられるようにヘレンに近づいた。「でも、ファッション雑誌は読んでました。ドレスを縫うのは上手なんですよ。ほら」くるりとまわってみせる。ペルシアのローブを仕立て直した、濃いゴールドのスカートがふわりと舞った。

金色がかった琥珀色の髪をしたライラのほうが、狡猾な目にいかにも高慢そうな顎のヘレンよりはるかに愛らしいとベラは思った。ふと、オスカーが杖に手をついて身を乗りだし、目をぎらつかせて少女を見ていることに気づく。

ベラの保護本能に火がついた。これ以上、この不愉快な夫婦の相手をするのはごめんだ。「せっかくお寄りいただいたのに申し訳ありませんが、わたしたち、いまから出るところなんです」かたい口調で言った。「公爵閣下が妹と弟に、舞踏室にある彫刻を見せてくれるとおっしゃっていまして。そろそろ行かないと遅れてしまいます」

「そんなこと、言ってなかったじゃないか」サイラスが顔をあげて言う。

「さっき伝言があったの」ベラは嘘をついた。「閣下には逆らえないでしょう」ライラとサイラスの手を取り、グレイソン夫妻のほうを向いて言う。「では、失礼します」

ふたりはむっとした顔で一歩さがったものの、生意気な使用人とそのあきれた態度について顔を寄せて嘆きあった。夫妻が部屋を出ると、ベラはきょうだいを反対方向へ引っ張っていった。それでも広い廊下にオスカーの声が響くのがはっきりと聞こえた。

「ミス・ジョーンズはあのふたりとずいぶん年が離れているが」くすくす笑っている。「あの子たちの母親じゃないのはたしかなのかね」

ベラは向きを変え、彼らを追いかけて怒鳴りつけてやろうかと思った。けれどもそうはせず、壁沿いに白い柱が並ぶ通路を進んだ。

たしかにベラは双子の母親でもおかしくない年齢だ。実際のところ、ふたりを産んですぐに母が亡くなって以来、ベラが育ててきたようなものだった。一四歳のときからだ。料理をし、傷には包帯を巻き、勉強を教え、病気のときは看病した。

けれどもマイルズは女性として見てくれた。欲望を感じ、求めてくれた――。少なくともマイルズは三〇歳近くなったからといって、しわくちゃの老女になったわけではない。

「痛いよ、どうしてそんなにきつく手を握るの？」サイラスが言った。

「それにそんなに速く歩かなくても」ライラも息を切らして訴える。

ベラはふたりの手を放し、歩調をゆるめた。「ごめんなさい、ちょっと考え事をしていて」

ライラが肩越しにうしろを盗み見た。「あのふたり、ベラに怒ってるの？　なんだか感じの悪い人たちね。やけに気取ってて」いったん口をつぐみ、うらやましそうにつけ加える。「ミセス・グレイソンのドレスには憧れちゃうけど」

ベラは笑った。怒りがすっと消えていく。「今度、お店をのぞきに行きましょうね」ふと思いたって言った。「買うお金はないけれど、生地や装飾品を見るだけでも楽しいわ」

ライラがぱっと顔を輝かせて手を叩いた。「ええ、行きたいわ！　明日はどう？」

「週末かしらね。それもちゃんと勉強が終わったら」

「ぼくはここに残るよ」サイラスが宣言する。「新しい靴が欲しいけど、金がないなら見てもしょうがないもの」

ライラがそんなことはないと反論し、店を冷やかしてまわることの是非について、ふたりのあいだで活発な議論がはじまった。

アーチ形をした舞踏室の入り口に来たところで、ベラはふたりを黙らせた。マイルズに声が聞こえてしまう。「ふたりとも、いいかげんにしなさい」小声でたしなめる。「図書室で勉強する時間よ」

ベラが双子の腕を取って反対方向へ向かおうとすると、サイラスが声をあげた。舞踏室の巨大なドアは開いていて、首を伸ばせばずらりと並んだ古代エジプトの彫刻が見える。

「待って！　さっき、グレイソン夫妻に公爵がぼくらを待ってるって言ったじゃないか。彫刻を見せてくれるって」

嘘はいけないと、ベラは常々ふたりに言い聞かせていた。だから、あの場で作り話をした理由をなんとか説明しようとした。「ごめんなさい。でも、わかるでしょう。今日は忙しくて、あの人たちとおしゃべりしている時間はなかったの。言い訳が必要だったから――」

そこまで言ったとき、マイルズがドアのところに現れた。

仕事をしているときはいつもそうだが、白いシャツの袖を肘までまくりあげ、長い脚を際立たせる黒いズボンをはいている。ベラの全身がかっと熱くなった。こうして彼を見つめたまま、何時間でもここに立っていられそうだ。難解な象形文字を解読しながら幾度も手でかきあげたのか、少し髪が乱れている。唇に浮かんだかすかな、けれども魅惑的な笑みを見ると、彼女の鼓動が速くなった。

マイルズはポケットから金時計を取りだし、ぱちんと開いて時間を確かめた。

「伝言を聞いたんだな。時間どおりとはさすがだ、いとこ夫婦に足止めされたにもかかわらず」

茶色の目にユーモアがきらめくのを見て、ベラはほっとした。彼女の下手な言い訳を聞いて、話を合わせてくれているのだ。しかもありがたいことに、仕事の邪魔をされて怒っている様子はない。

「ご招待、ありがとうございます、閣下」サイラスがマイルズのうしろに目をやりながら言った。「あれは棺ですか？」

弟はいそいそと舞踏室に入っていった。部屋いっぱいの彫刻には目もくれず、花崗岩でできた長方形の箱にまっすぐ走り寄る。箱の側面にはエジプトの神や女神が彫られていた。マイルズも巨大な箱に近づいた。「これは石棺だ。墓の中に置かれ、中にはファラオが眠っていた」

「大きいな！　すごく重そうだ。どうやってエジプトからここまで運んだんですか？」

巨大な石の遺物を船で国外へ運ぶために、どんな滑車や巻きあげ機、人手が必要かといった具体的な説明がはじまり、サイラスは熱心に聞き入った。ベラも無意識のうちにマイルズに近づき、すぐそばでその深い声に包まれていた。男らしい香りを吸いこみ、ぬくもりを肌に感じていると、またしても胸が熱くなってくる。マイルズの引きしまったウエストに腕をまわし、広い肩に頭を預け、力強い鼓動を胸に感じられたら。彼が真の愛をたたえた瞳で見つめてくれたら……。

ライラがぶらぶらと彫刻のひとつに近寄っていった。ヘビが巻きついた王冠をかぶったエジプト人の彫刻を見あげているが、心はほかのところにあるようだ。「もうロンドンのお店には行ってみた、ベラ?」

「残念ながら行ってないわ、時間がなくて」

「だったら、どうしてどんなドレスがいいかわかるの?」ライラは指を鳴らした。「いいことを思いついた。レディ・ミルフォードもすてきなドレスを着ていたわ。あの人のところを訪ねて、アドバイスをもらいましょうよ」

マイルズが話の途中で言葉を切った。くるりと振り返り、鋭い目つきでライラを見る。

「誰だって?」

ベラはぎくりとした。どうしてマイルズは急に怒った顔になったのだろう? さっきまでのくつろいだ表情は、一瞬にしてこわばった仮面の下に隠れてしまった。

やがてレディ・ミルフォードの警告を思いだし、ベラの胸にいやな予感が広がった。〝エイルウィンの前で、わたしの名前は絶対に出さないで。公爵は自尊心の高い世捨て人だから、人に操られるのを嫌うのよ〟

でも、いまさら何も知らない妹を黙らせることはできない。

「レディ・ミルフォードです」ライラが繰り返す。「ベラがロンドンに来る少し前、うちの家を訪ねてきたんです。閣下もあの方のこと、ご存じなんですか？」

マイルズの表情がますます険しくなった。「会ったことはある」

そのきつい口調に、ライラは目をぱちくりさせた。妹がさらに何か言おうと口を開きかけたので、ベラは急いで割って入った。「そろそろおいとましたほうがいいかもしれないわ。いま思いだしたのだけど、閣下とわたしは大切な仕事のお話があるの」

そう言って、不満げな弟と妹を舞踏室から追いだした。「図書室はこの廊下をまっすぐ行って階段をおりたところよ。わからなければ見取り図を見なさい」

ベラは重たいドアを閉め、マイルズのほうを振り返った。手のひらは汗ばみ、心臓が激しく打っている。

彼が不信感もあらわに目を細めた。こんな冷ややかな表情は初対面のとき以来だ。廊下をこそこそ歩き、柱の陰に隠れているところを見つかったとき以来。あのときマイルズはベラのことを、結婚相手を探しに来た女だと思ったのだ。

けれども今回、彼がどうしてこんなに怒っているのかは見当もつかない。レディ・ミルフォードとのあいだに何か争い事でもあるのだろうか？　あの伯爵未亡人はあえて黙っていたけれど、長年の確執があるとか？

だとしても、レディ・ミルフォードのあと押しでベラがこの仕事についたからといって、それが許しがたい罪なのだろうか？それが許しがたい罪なのだろうか？　ベラとしては、弟と妹を養わなくてはならなかった。ライラとサイラスに会ったいま、マイルズもそれを理解してくれたはずだ。もちろん、宝の地図を探していることまでは知らない。でも、それはレディ・ミルフォードとも関係がないことだ。

マイルズが威嚇するように一歩ベラに近づき、腰に手を当てて言った。「きみはイングランドに戻ったとき、知りあいはスミザーズしかいないと言った。レディ・ミルフォードのことはひとことも口にしなかった」

ベラはごくりとつばをのみこんだ。スミザーズは父親から遺物を購入していたらしい古物商だ。彼女自身は会ったことがない。レディ・ミルフォードの考えた作り話だが、ベラはなんとしてもエイルウィン・ハウスで働きたかったので、言われるがままにその話をしたのだった。

「レディ・ミルフォードのことはあまりよく知らないの」震えを止めるため、こぶしを握りしめる。「数週間前、突然オックスフォードの家へ父に会いにいらして。古い知りあいだったそうよ。父が亡くなって、わたしが生活費を稼がなくてはならないと知ると、あなたのところで働くように勧めてくれたの。父とあなたのお父さまはかつて一緒に仕事をしていたから、雇ってもらえると思ったんでしょう」

「きみはスミザーズに勧められたと言った」

「それは……ええ、言ったわ。レディ・ミルフォードに、彼女の名前は出さないようにと忠告されたの。あなたは人に操られるのを嫌うからって」

「ああ、そのとおりだ」マイルズは怒りに燃える目でベラをねめつけた。「きみは嘘をついてわたしの屋敷にもぐりこみ、天涯孤独の身を演じて真実を隠してきた。たいした女優だな」

その言葉はぐさりと彼女の胸を突き刺した。非難されてもしかたないかもしれない。でも、どうしてこれほどまでに怒るのかしら?

懇願するように手を差し伸べる。「お願い、わかって、マイルズ。わたしは弟と妹を養わなくてはならなかったの。レディ・ミルフォードは協力してくれただけなのよ」

「ばかな」軽蔑したようにベラを一瞥すると、マイルズは石棺の前を行ったり来たりしはじめた。「その女性がどう協力したか、わたしには手に取るようにわかる。どうやってわたしをたらしこむかを教えたんだろう。恥じらうふりをしてベッドに誘い、それから突き放して、欲望が募るように仕向け——」唇を嚙み、彼女に人差し指を突きつける。「この屋敷に足を踏み入れた瞬間から、わたしを罠にはめるつもりだったんだな」

あまりにもひどい言いがかりに、ベラの目に涙がこみあげた。「罠にはめるですって?」

「とぼけるな。レディ・ミルフォードと彼女のもくろみのことは、ロンドンでは誰もが知っている」

彼女は戸惑い、首を横に振った。「わ……わたし、あなたが何を言ってるのかさっぱりわからないわ」

マイルズはもつれた暗褐色の髪を指でかきあげた。「いいかげんにしろ、ベラ！　結婚のことだ。レディ・ミルフォードは男女の仲を取り持つのが趣味の結婚仲介人《マッチメイカー》だ」

# 23

マイルズは真鍮製のノッカーをつかむと、タウンハウスのドアを思いきり叩いた。本当なら蹴り開けたいところだ。しかし、そんなことをしたら通行人の注意を引き、エイルウィン公爵がレディ・ミルフォードの今度のカモだと噂されるのが落ちだろう。

いらだちを抑えようと、マイルズは冷たい午後の空気を肺いっぱいに吸いこんだ。罠にはめるつもりだったのかと責めたときの、ベラの愕然とした顔が頭から離れない。彼女はレディ・ミルフォードがマッチメイカーだとは知らなかったと言い張った。あのときは頭に血がのぼって、そんな言葉など信じられなかった。

けれども舞踏室を飛びだし、レディ・ミルフォードの屋敷の前まで来て思い返してみると、あの驚きの表情が作り物だとは思えない。どれほど熟練した女優でも、あれだけ真に迫った演技はできないだろう。ベラも同じく、かつがれていたのかもしれない。

憎むべき黒幕は、このタウンハウスの住人だ。

こぶしをあげ、もう一度重厚な木製のドアを叩こうとしたところで、ふいにドアが開いた。白髪を短く刈りこみ、黒の三つぞろえを着た執事が立っていた。

その老いた顔立ちにどことなく見覚えがある気がして、マイルズは眉をひそめた。しかしこの屋敷に来たことはないし、人づきあいもしないから、別の場所でこの男に会ったという可能性はないだろう。

執事は無表情でこちらを見返している。「何かご用でしょうか？」

「レディ・ミルフォードに会いたい」マイルズは相手を押しのけるようにして、だだっ広い玄関広間に入った。「いますぐに」

執事のしかつめらしい顔は筋肉ひとつ動かなかった。「奥さまがご在宅か、確認してまいります。訪問カードはお持ちですか？」

「そんなものはない。エイルウィンが来ていると伝えろ」

高貴な名を聞いて、執事は頭をさげた。「かしこまりました、公爵閣下」

相手が向きを変えたとき、その横顔の線がマイルズの記憶をふたたび揺り動かした。今回はもっとはっきりと。青白い頰を日焼けした色に染め、白髪を煤で黒くして……。

確信が冷たい刃のようにマイルズを貫いた。執事の腕をつかみ、自分のほうを向かせる。

「おまえ、スミザーズだな！」

灰色の眉が片方、驚いたようにあがった。「わたくしはハーグローヴと申します、公爵閣下。誰かの使用人とお間違えですか？」

執事の青い目は落ち着き払っている。ふつう、人は嘘をつくと視線が泳ぐものだ。よほどの食わせ者で、変装の名人でなければ。

エイルウィン・ハウスにやってきた古物商は、見た目はこの男と正反対だった。緑色の格子縞の上着という派手な服装で、くだらないことをぺらぺらとしゃべりつづけ、安物のスカラベを売りこもうとした。そしてマイルズがひとりで仕事をしていると聞くと大いに興味を示し、遺物の管理をするために助手を雇う利点について、滔々と語ったのだった。

それから三日もしないうちにベラが現れた。異国の地で知りあったスミザーズから、助手の仕事があると教えられたという。もっとも今日、彼女は本人には会ったことがないと認めた。

すべてレディ・ミルフォードが仕組んだことに違いない。執事にも協力させて。だが、この男は女主人に義理立てし、自分の役割を認めはしないだろう。角張った顎に強烈な右のこぶしを一発叩きこんでやれたら、さぞかしすっきりするだろうに。

とはいえ、ハーグローヴは単なる手先にすぎない。許せないのは首謀者、欺瞞《ぎまん》の網を張ったクモだ。

冷たい怒りに燃えながら、マイルズは大理石の階段に向かい、一段抜かしでのぼりはじめた。

ハーグローヴがあわててあとを追ってきた。「閣下、奥さまは馬車で公園を散策するためにお着替え中です。お会いできません」

「ならば、急げと伝えろ。三〇秒やる」

マイルズは執事を先に行かせた。彼のあとについて、黄色い縞模様の壁紙が張られ、足音をのみこむ厚い絨毯が敷かれた廊下を進む。執事は突き当たりの部屋のドアをノックした。そしてドアが開くと、ちらりとマイルズのほうを見てから中に入った。

マイルズは数を数えながらドアの前を行ったり来たりした。ちょうど二八まで数えたところでふたたびドアが開き、執事が一歩さがって彼を通した。マイルズを鋭い目つきでにらみながら。その視線にいっさいへつらいはない。この男がレディ・ミルフォードに忠誠を誓っているというのは間違いないようだ。

マイルズが中に入ると、静かにドアが閉まった。小さな居間で、奥のアーチ形のドアの向こうは広い寝室になっているらしい。居間には壁に白い本棚が並び、両開きの窓から午後の陽光が降り注いでいる。レディ・ミルフォードは窓際に立ち、片手を窓枠に置いて外を眺めていた。漆黒の髪をひとつにまとめ、ほっそりした体をラベンダー色のシルクのドレスに包んでいる。

彼女はマイルズのほうを振り返ると、待ちかねていたというように愛想よく微笑んだ。「エイルウィン公爵」近づいてきて手を差しだす。「これはうれしい驚きですこと」

彼は反射的にその華奢な手を取ったが、すぐに放した。相手のペースに乗せられてはいけない。

「今日ここへ来たのは、うれしい話をするためじゃない」ぴしゃりと言った。「またしても、あなたの罠に危うくはまるところだったよ。意図的にイザベラ・ジョーンズをわたしの屋敷にもぐりこませたな。数カ月前は頭が空っぽな小娘を送りこんできたが、あれ以来、わたしを結婚させようといろいろ画策していたんだろう」

前にも一度、このマッチメイカーのカモにされたことがあるのだ。レディ・ミルフォードとその小娘が訪ねてきたとき、あいにくマイルズは玄関広間を横切っているところだった。レディ・ミルフォードは母の知人だったので邪険にもできず、しかたなく相手をしたものの、若い娘のくだらないおしゃべりを延々と聞かされて耐えがたい三〇分を過ごした。その娘が古代エジプトの遺物は倉庫にひとまとめにして、エイルウィン・ハウスを改装してはどうかと言いだしたとき、ついに堪忍袋の緒が切れて、マイルズはふたりにお引き取り願ったのだった。

「その頭が空っぽな小娘はペニントン伯爵のお嬢さま、レディ・ベアトリス・ストラットハムよ」レディ・ミルフォードが言った。「でもおっしゃるとおり、彼女はミス・ジョーンズほど賢くないし、頭の回転もよくないわね。ところで、お座りにならない？」

彼女は暖炉のそばに置かれた二脚の淡い緑色の椅子のひとつに座った。そして怒り狂った公爵を前にしているとは思えない落ち着いた表情で、手を膝の上で組んだ。

マイルズはかっかして、座る気にもなれなかった。女性らしい装飾がなされた部屋の中をうろつき、陶器の人形を大理石の暖炉に投げこんでやりたい衝動と闘った。

やがてレディ・ミルフォードのほうに向き直った。「頭の鈍いデビュタントで失敗したから、今度は違う感じの女性に目をつけたわけだ。何やら画策して、シーモア卿の娘に近づいたんだろう。執事に変装させて古物商のふりをさせ、わたしに助手が必要かどうか確かめさせたんだな」

レディ・ミルフォードはいっさい否定しなかった。「あなたが親切にもミス・ジョーンズを雇ってくださって、わたしは心から喜んでいるのよ。シーモア卿は小さな家を残しただけで、彼女たちは日々の生活にも困っていたの。ミス・ジョーンズはとても知的で有能な女性のようだから、あなたの助手にぴったりだと思ったわ。彼女は役に立っているでしょう？」

「そういう問題じゃない！」マイルズは怒鳴った。目の前の女性を絞め殺さないよう、手をしっかりと腰に当てる。「余計なお世話だと言っているんだ。「わたしの知らないところで、わたしの意志を無視して策をめぐらし、祭壇の前に追いこもうという魂胆だろう」

彼女は苦笑した。「あなたが簡単に追いこまれるとは思えないけれど。とはいえ告白すると、あなたがミス・ジョーンズと恋に落ちることは期待していたわ。実際のところ、どうなの？」

あまりにも単刀直入な問いかけに、マイルズは面食らった。まったくの不意打ちで頭が真っ白になり、ただベラの顔だけが浮かんだ。体の奥深くで彼を包みこみながらやさしく微笑み、〝マイ・ラブ〟とささやいた彼女。そして昨日の夕方、オックスフォードから戻るとマイルズの手を取って――。

はっとわれに返った。恋だと？　そんなものは原始的な欲求を表すのに詩人が用いる、都合のいい言葉にすぎない。

そうではないと信じるなんて、よほどの間抜けだ。

行ったり来たりしながら、マイルズはレディ・ミルフォードをにらみつけた。

「はっきり言っておく。わたしは恋などしていない。あなたの策略にかかって結婚する気もない。わたしの生活に干渉する権利など、あなたにはないはずだ」

レディ・ミルフォードの目つきがやわらいだ。「わたしはあなたのご両親の友人だったの。亡くなる前、公爵夫人にあなたのことをよろしくと頼まれたわ」

「何を言うんだ。母の死の床にあなたはいなかった」

母の苦しげな息遣いを何時間も聞いていた拷問のような時間がよみがえって、マイルズは思わずひるんだ。あのとき、胸が引きちぎられる思いでたったひとり、母の最期を看取ったのだ……。

「亡くなる少し前に、お手紙をいただいたのよ」レディ・ミルフォードが立ちあがって小さな机まで歩き、引き出しを開けた。中から折りたたんだ手紙を取りだし、マイルズに手渡す。「お母さまは、いつかあなたが恋に落ちて結婚することを望んでいたわ。よろしければ読んでみて」

母親の几帳面《きちょうめん》な筆跡を見て、マイルズは一瞬ぎゅっと手紙を握りしめてから、レディ・ミルフォードに突き返した。胸の痛みが怒りを押しつぶしそうになる。

彼はベラが〝公爵閣下のひとにらみ〟と呼ぶ一瞥をくれた。「母があなたに何を言ったか知らないが、自分の人生は自分で決める。結婚を取り持つのが趣味のおせっかいな女性に干渉されたくはない」

レディ・ミルフォードは小さくため息をつき、手紙を引き出しに戻した。

「では、わたしは謝らなくてはならないわね、公爵閣下。ただ……ときどき、あなたが結婚しない理由はお母さまにあるんじゃないかという気がしてしまって――」

「なんだって？」

「子どもの頃、あなたはお母さまが何度も流産しては寝込んでいるのを見てきたでしょう。彼女は体が弱くて、妊娠に耐えられなかったのね。つらかったと思うわ。その苦しみを目の当たりにしていたあなたも、さぞつらかったでしょう。そのせいで、妻となる女性に同じ苦しみを与えるのが怖いのではないかしら」

レディ・ミルフォードの指摘は完全に的はずれだ。そう、たしかにベラが妊娠するかもしれないと思ったときには気が動転した。けれどもそれは、彼女に結婚を申しこまなくてはならなくなるからだ。父の死に責任を感じ、ひとりで生きていくと決意していたのに。父が遺したものを守ることに人生を捧げると誓ったのに。

この女性は、そのことを知る由もない。マイルズの暗い秘密を知っているのはこの世でただひとり、ベラだけだ。

「あなたは勘違いしている」冷ややかに言った。「わたしは仕事ひと筋に生きてきた。これからもそれは変わらない。妻や家族は邪魔になるだけだ」

マイルズを見つめるスミレ色の瞳が、一瞬氷のように冷たくなった。「わかったわ。じゃあ、ミス・ジョーンズのことは解雇するのね。彼女にはなんの罪もないの、いきなり屋敷から追いだしたら許しませんよ。ここに連れてきてちょうだい。わたしが次の仕事を斡旋《あっせん》します」

またしても、彼女の言葉にマイルズは不意を突かれた。ベラを解雇するだって？　エイルウィン・ハウスから追いだす？　ほかの男のもとで働かせる？

とんでもない。

彼は歯を食いしばった。もうベラに会えなくなると思うと、全身が拒絶反応を起こすようだった。彼女は自分のもとに置いておきたい。そのとき、恐ろしい考えがふと頭をよぎった。わたしはベラを容赦なく責めたてた。人格を貶《おとし》め、過剰な非難で心を傷つけた。彼女がすでに荷物をまとめて屋敷を出ていたら、どうすればいいのだ？

マイルズと口論になったあと、ベラは自分の寝室に逃げこんだ。鍵をかけ、ベッドの上の羽根枕に顔をうずめて、思いきり泣いた。こんなふうに心がくじけてしまうなんて、自分らしくない。いつも家族の中で一番強いのがベラだった。まとめ役であり、癒し役であり、理性の声だった。でもいままでの人生の中で、これほどみじめな思いはしたことがない。

わたしはマイルズを愛している。その感情はいつしかそっと心の中に忍びこんできた。特別な出来事があったわけではない。彼がたまに見せる笑みや、武骨な顔のうしろに隠れたやさしさ——そういったものに触れているうちに、いつの間にか心を奪われていたのだ。マイルズの目が氷のように冷ややかになったのを見てはじめて、愛情をたたえてやわらいだ彼の顔にどれだけ焦がれていたかを悟った。

涙が最後の一滴まで涸《か》れると、ベラは起きあがって、のろのろと化粧室に向かった。冷たい水を顔にかけ、腫れた目を冷やす。鏡に映った顔は青白く、平凡で、あらためて見ると、どうして高貴な生まれの公爵が求めてくれたのか不思議でならなかった。

ベラは洗練されたレディではない。異国の地で育ち、足首には変わったタトゥーを入れている。どこから見ても、男を惑わす魔性の女という柄ではない。

マイルズが怒りに任せて責めたてる声が耳にこだまする。ベラがレディ・ミルフォードと共謀して彼をだましたと、彼と結婚するために嘘を並べてエイルウィン・ハウスにもぐりこんだと、そう信じているらしい。

完全な誤解だ。マイルズは知らないけれど、ベラの真の狙いは宝の地図であり、それはまだ見つかっていない。この屋敷を追いだされたら、二度と探すこともできない。マイルズは怒って舞踏室を出ていった。どこへ向かったのかは見当もつかない。

ため息をついて、ベラはしんとした寝室に戻った。いますぐにこの屋敷を出ていけば、追いだされる屈辱は味わわずにすむ。けれど、もう午後も遅いし、手元にお金もない。弟と妹のことも考えなくてはならない。それだけではなかった。父の遺品が入った木箱が三つ、マイルズの書斎に置いてある。あれをここに残していくわけにはいかない。

冷たくなった腕をさすり、窓まで歩いて、バラの茂みのあいだを縦横に走る小道を見おろした。だめよ、まだしばらくここに残って、もう一度マイルズに会い、働いた分のわずかな給料を受け取らなくては。それでオックスフォードまで帰る馬車賃にはなるだろう。父の木箱は、あとで送り返してもらうよう手配すればいい。

運がよければ、明日にはここを出られるはずだ。

喉に大きなしこりができたかのようだった。ここを出ていくとなったら、ライラとサイラスはがっかりするだろう。ゆうべ着いて、やっと屋敷の中をひとまわりしたところだ。何もかもが新鮮で刺激的だった。退屈な日常に訪れた、うれしい変化だったはずだ。またあの小さな家に戻されたら、さぞ落胆するに違いない。

ベラにとっても同じだ。古代エジプトについて学び、遺物を分類していくこの仕事が好きだった。純粋に、ここにいるのが楽しい。もちろん、マイルズがいるからというのが大きいけれど。彼と語りあい、ともに過ごし、不機嫌なときにはなだめ、微笑ませる――それが喜びだった。代わりにマイルズは寛大な心を示し、弟と妹を家に迎え入れてくれた。ひょっとすると、彼は欲望だけでなく深い愛情も感じてくれているのではないかと、ほのかな期待を抱きさえしたのだ。

ところがライラがレディ・ミルフォードの名前を出したとたん、世界は一気に崩れ去った。マイルズの氷のように冷ややかな表情が脳裏から離れない。

レディ・ミルフォードがマッチメイカーだったなんて！　ベラは心底驚いた。社交界とは縁がないのだから、そんなことは知るわけがない。それにしても、どうして彼女は人づきあいの嫌いな独身主義者のエイルウィン公爵を誘惑するのに、よりによってわたしを選んだのだろう？

父がマイルズの父親に雇われていたというのはある。でもわたしは美人ではないし、そもそもレディ・ミルフォードとは一度しか会ったことがない。なぜわたしが気難しい野獣のようなエイルウィン公爵を手なずけられると思ったのかしら？

ふたりの相性がぴったりだと、どうしてわかったの？

意外にも、ベラとマイルズはすぐに惹かれあった。強烈な引力がやがて頂点に達し、一夜だけ愛しあったのだ。彼女はふとベッドに目をやり、激しい喪失感に襲われた。一度きりと納得しあったとはいえ、マイルズがそのあとも自分を求めているのは間違いないと思っていた。熱いまなざしや彼女の家族の扱い、絡めた指の力強さに思いが読み取れた。

いや、だからこそ――わたしに対して強い感情を抱いてくれているからこそ、マイルズはだまされたと感じて、あれほどの怒りを爆発させたのかもしれない。いまや彼はベラのことを計算高い悪女と見なし、軽蔑している。どうやって誤解を解いたらいいのかもわからない。

怒りが徐々に胸の痛みを追いやっていった。エイルウィン公爵がなんだというの？　彼にどう思われているか、どうして気にしなくてはならないの？　一度は心を通わせたわたしのことを少しも信用せず、最悪の想像をした彼を？

デーツやザクロの入ったバスケットは、まだドアの近くのテーブルの上にのっていた。マイルズを思いださせるものがいやで、ベラはバスケットを取りあげると、廊下を挟んだ向かいの弟の寝室に持っていった。サイラスが寝る前につまむだろう。

夕日が窓から斜めに差しこんでいた。弟は身のまわりのものを書き物机の上に乱雑に置いていた。父のペンとインク壺もある。お気に入りの本はベッド脇のテーブルの上だった。サイラスはすでにここを自分の部屋にしている。弟と妹をまた居心地のいい住まいから引き離さなくてはならないと思うと、心苦しかった。

ふたりはまだ図書室で勉強しているだろう。様子を見に行かなくては。さらにいくつか課題を与え、お茶の用意でもさせて、夜まで忙しくさせておこう。

そして、ひとつやらなくてはいけないことがある。幽霊のことがずっと頭に引っかかっていた。正体を暴いてやりたい。見当はついている。

ベラがエイルウィン・ハウスを去ることを幽霊は知らないはずだ。だからおそらく今夜も、うろつきまわって彼女をおびえさせようとするに違いない。

明日には出ていくのだから、仕返しをしても意味はないのかもしれない。けれど、ただ横になって朝を待つよりも、犯人を出し抜いてやれれば、多少は気が晴れるというものだ。

# 24

マイルズは胸をかきむしられる思いで、レディ・ミルフォードの屋敷から戻った。

馬を廏舎に戻し、ブーツで砂利を踏みながら、バラの庭を足早に通り過ぎる。すでに木陰には夕闇が広がりはじめていた。思ったよりも、ずいぶん帰りが遅くなってしまった。

通りで一台の馬車が、車軸が折れたせいで横転した。目の前で起きた惨事にマイルズは馬を止め、中にいた老夫婦を急いで助けだした。男性はめまいを起こし、女性のほうは頭から出血していた。夫婦は観光客で、ロンドンに知りあいもいないというので、マイルズは医者が到着するのを待ち、作業員が壊れた馬車を運び去るのを見守った。それから貸馬車を呼んで、ふたりをホテルまで送り届けさせたのだった。

いま、マイルズは緊張に胃がよじれるのを感じていた。もっと早く帰宅するつもりだったのに。朝食後、ベラと口論してから何時間も経ってしまった。あのときは、彼女に弁明する機会さえろくに与えなかった。そして容赦ない言葉でなじった。あれだけの非難を受けたのだ、ベラがすでに荷物をまとめ、双子を連れて出ていったとしても不思議はない。

灰色にそびえたつ西翼を見あげる。彼女の寝室の窓には明かりも見えず、動きもない。まだ夜にはなっていないから、青の応接間で仕事をしているのかもしれない。

もし、まだここにいるならの話だが。

中央翼に入る脇のドアを引き開けた。長い大理石の廊下に足音が響く。使用人の姿は見えなかった。ミス・ジョーンズはどこにいるかと尋ねることもできない。自分の足音以外は何も聞こえず、屋敷内は霊廟のように静まり返っていた。

かつて、この屋敷はいつもこんなふうだった。静かで、ひんやりとして、陰鬱で、マイルズが子どもの頃から訪ねてくる人もいなかった。孤独はいつしか彼にとって、なじんだ靴のように心地よいものとなっていた。そこへベラが現れた。気がつくと、廊下では彼女の声がしないかと耳を澄ませ、軽やかに歩く彼女を探し、その姿を見て喜びを感じるようになった。

また焦りが胸を締めつけた。ベラにはずっとここにいてほしい。もし出ていってしまっていたら……。

西翼の入り口に近づいたとき、アーカイブから出てくる人影があった。あのずんぐりした体つきはウィリアム・バンベリー・デイヴィスだろう。彼は本の山を抱え、振り返ってドアを閉めた。

マイルズに向かって軽く頭をさげると、バンベリー・デイヴィスは不満げな口調で言った。

「探していたのだよ、マイルズ。ご存じかな――」ふと言葉を切り、薄暗がりの中で目を凝らす。「おや、頬についているのは、もしや血では？」

マイルズは片手をあげて顔をぬぐった。指にねっとりとしたものがついた。いらだたしげにハンカチを取りだして拭き取る。「通りで事故があって手助けをしていたんだ。それで、なんの話だ？　急いでいるんだが」

「調べたい資料があって図書室に行ったんだが、あの行儀の悪い子どもふたりがいてね。きみは彼らにセネトボードで遊んでいいと言ったのか？　あれはボードゲームの起源と言われる、古代エジプトの大切な遺物だぞ！」

マイルズの心臓が跳ねた。ライラとサイラスが図書室にいるのか？

彼は一歩、バンベリー・デイヴィスに近づいた。「いつだ？　正確には、いつ双子が図書室にいるのを見た？」

バンベリー・デイヴィスが眉をひそめる。「さあ……三〇分ほど前だろうか」

三〇分前。ベラが弟と妹を置いて出ていくとは思えない。いまゲームの最中だというなら、まだ荷造りもしていないだろう。

安堵のあまり口元がゆるんだ。「だったらいい」バンベリー・デイヴィスの肩をぽんと叩く。「ありがとう」

ベラはまだこの屋敷にいる。それがわかったのなら、まずは着替えでもしよう。彼女には心から謝罪しなくてはいけない。薄汚れた格好では効果も半減しそうだ。

「言うことはそれだけか？」バンベリー・デイヴィスが食ってかかった。「駒がなくなりでもしたら、どうするんだ？」

マイルズはいらだった。この男は、ベラの父親に対する恨みをどうしても忘れられないらしい。つまらない私怨を持ちこむのもいいかげんにしろと言ってやりたかった。

「わたしはあのふたりが古代の遺物に対して大いに敬意を抱いていると信じている。ほかでもない、シーモア・ジョーンズに教えこまれたのだからな」

悔しそうな顔のバンベリー・デイヴィスを廊下に残し、マイルズはその場をあとにした。足取りも軽く、アーチ形の入り口を抜けて西翼に入る。オックスフォードまでベラを追っていき、戻るよう説得しなくてもいいと思うとほっとして力が抜けた。とはいえ細心の注意を払って、事を進めなくてはならない。

自分はなんと浅はかだったのだろう。ベラの説明を聞こうともせず、彼女の苦しい財政状況を考えてみようともしなかった。彼らの住むあの小さな家を目にしたあとだというのに。彼女には双子を養う手段すらなかったのだ。簡単にレディ・ミルフォードの策略に引っかかったのも無理はない。

青と金で装飾された公爵の寝室に入ると、マイルズは糊のきいたクラヴァットをはずした。そして奥のドアを抜け、化粧室に入った。そこは壁の一面が床から天井まであるマホガニー材のクローゼットになっている。めったに社交行事に顔を出さないマイルズには衣装もさして必要なく、中はがらがらだ。チャコールグレーの上着を脱ぎ、椅子にかける。そのときふと、ハサニが隅のスツールに座り、黒い靴を磨いていることに気づいた。

従者が仕事に復帰しているのを見て、マイルズは安堵した。彼は昨日、具合が悪いと言って仕事を休んでおり、従僕のひとりが代わりを務めたのだ。エジプト時代から長く仕えているハサニは、いまやマイルズの生活の一部のようになっていた。常に主人のうしろに控え、あらゆる要求に忠実に応えてくれる。いつ口を開き、いつ口を閉じればいいかを察知する不思議な能力があるようで、ハサニがそばにいると、マイルズはなぜか安心できるのだった。

ハサニがはっと顔をあげた。マイルズの顔を見たとたん、黒い目が見開かれた。

「公爵閣下！　おけがをされたのですか？」

マイルズは事故のことを簡単に説明し、洗面台で手と顔を洗った。会話をしたい気分ではなかった。ベラにどう話をしようかと、そのことで頭がいっぱいだった。ひょっとすると、話をすることさえ拒否されるかもしれない。あれだけ深く傷つけてしまったのだ、簡単に許してもらえると期待してはいけない。もう一度信頼してもらうまでには時間がかかるだろう。すでにふたりの友情が、修復不能なほど壊れてしまっているのでなければ。

マイルズは顔をしかめた。なんなのだ、この漠然とした不安は？　地図のない領域に放りだされたような感じがする。彼は公爵という立場で問題を解決することに慣れていた。女性の愛情を取り戻そうとしたこともなかった。肉体関係はいつも短期間で、深入りすることなく終わり、単なる取り引きと変わらなかった。

けれどもベラに対する思いはどこまでも深く、揺らぐことがなかった。なぜこうなったのか、どうすればこの気持ちをわかってもらえるのか、見当がつかない。ましてや怒りにわれを忘れ、信頼関係を台なしにしてしまったあとでは。

マイルズはタオルをつかんで体を拭いた。ふと見るとハサニが上着をハンガーにつるし、上質の生地にブラシをかけていた。首のうしろに彫られた目のタトゥーが見える。従者がその仕事をする姿は、長年のあいだに何百回と目にしてきた。

だが、妙にゆっくりとした不規則な手の動きが気になった。ハサニはまだ体調が完全に回復していないのかもしれない。

エジプト人の従者は、感情の読み取れない目つきでマイルズを見あげた。「今夜は書斎でお仕事をされますか、閣下?」

マイルズの思いはベラに戻った。一刻も早く和解したい。何か口実を設けて彼女を書斎に呼ぶことができれば、ふたりきりで話せるだろう。ふたたび彼女が微笑みかけてくれるなら、領地をすべて差しだしてもいいくらいだ。「ああ、そうだな。もうさがっていい。書斎には誰も入らないようにしてくれ」

着替えをすませたマイルズは青の応接間に行ってみたが、ベラの姿はなかった。図書室から明るい笑い声が聞こえ、磁石に引きつけられるようにして中をのぞいたものの、そこにも双子がいるだけだった。

見ると、ライラとサイラスは暖炉のそばの円テーブルについていた。大理石を彫ったセネトの駒をマホガニー材の天板に広げている。にぎやかなおしゃべりは、公爵の姿を見て唐突にやんだ。

ライラがさっと立ちあがり、愛らしくお辞儀をした。サイラスも立って一礼する。どちらもおどおどとマイルズを見あげていた。「こんばんは、公爵閣下」

ライラがゲームを隠そうとするかのようにテーブルの前にじりじりと移動してくると、マイルズは笑いを嚙み殺し、厳しい表情を浮かべてみせた。「きみたちが棚にあったセネトボードを見つけたと聞いた」

「じゅうぶんに気をつけて遊んでます」サイラスがあわてて言った。

「わたしたち、不注意な子どもじゃありません」ライラがつけ加える。「ミスター・バンベリー・デイヴィスがなんて言ったか知りませんけど」

ライラがつんと顎をあげた様子はベラを思いださせた。ベラはこの双子にとって、姉というよりは母親に近い存在なのだろう。いまさらながら、マイルズは感心せざるをえなかった。異国の地で暮らして使用人はたったひとり、父親はしじゅう発掘で家を空けるという状況で、彼女は弟と妹をしっかりと育てたのだ。

「ゲームで遊ぶのはかまわない」マイルズは近づいて、三〇のマス目が描かれた長方形の箱を見やった。上に四本の棒と小さな駒がいくつかのっている。「どうやって遊ぶかわかったか？」

「いいえ。でも、いろいろなルールを試しているところです」サイラスが熱心に答えた。

「教えてもらえないですよね、閣下」

「残念ながら、このゲームの説明書きみたいなものは発見されていないんだ。だからきみたちの努力は、ひょっとすると歴史的な発見につながるかもしれない」ふたりのうれしそうな顔を見て、思わず口元をゆるめる。「さて、わたしはきみたちの姉上を探しているんだが、見かけていないか？」

「一緒にお茶を飲んだんですけど」ライラが答えた。「そのあと、夕食には迎えに来るからここで待っていなさいと言われました」

「探してきましょうか？」サイラスが口を挟む。

協力は必要なかった。「実は計画に変更があってね。ベラとわたしは今夜、忙しくなりそうだ」少なくとも、そう願っている。マイルズは暖炉のそばの、天井からぶらさがっている金襴《きんらん》のひもを指し示した。「ここで夕食をとりたければ、あのひもを引くといい。使用人が好きなものを持って来てくれる」

「まあ、すごい！」ライラが声をあげた。「いま、引いてみてもいいですか？」

マイルズは笑った。自分も幼い頃は、何かにつけてひもを引いてみたがったものだ。

「ああ、どうぞ」

ライラが暖炉まで飛んでいき、サイラスもあとに続いた。「どういう仕掛けになってるんですか？」少年は肩越しにきいた。「壁の中に針金みたいなのが伸びていて……厨房までおりてるのかな、そうでしょう？」

「そうだ。明日の朝、見せてあげよう」マイルズは言った。「夕食がすんだら一時間ほどは起きていてもいいが、そのあとはちゃんとベッドに入るんだぞ。わかったな？」

ふたりともうなずいた。「ベラに、ぼくたちのことは心配しないでって伝えてください」

「姉はわたしたちがもう一五歳だってことを忘れているんです」ライラがつけ加える。「もう自分の面倒は自分で見られるのに」

「そうだろうな」マイルズはくすりと笑いながら言った。「さて、わたしは姉上を探しに行くよ。失礼する」

はやる気持ちを抑えて図書室を出た。屋敷の中は薄暗く、壁に取りつけられた燭台のろうそくが廊下をぼんやりと照らすだけだ。ほかにベラの居場所として考えられるのは寝室だけだった。双子とお茶を飲んだあと、ずっと寝室にこもっていたのだろうか？　マイルズは胸が痛んだ。いわれのない非難の数々を思いだし、涙に暮れているのでなければいいが。

幅の広い階段を急ぎ足でのぼった。足音がうつろに響く。彼の心を反映するかのようだ。ベラをこれ以上、悲しませてはいけない。なんとか償いをしなくては。土下座して、ひれ伏さなくてはならないとしても。

夕闇が西翼全体に暗い陰を投げかけていた。二階の廊下も真っ暗で、マイルズはろうそくを持ってこなかった自分を罵った。足元もろくに見えない。

突然、廊下の突き当たりで騒ぎが勃発した。

驚いて暗がりに目を凝らす。ふたりの人間がもみあっていた。ひとつは幽霊のような白い人影。もうひとりは黒っぽくてはっきり見えない。いったい何が起きているんだ？

鋭い悲鳴が聞こえた。それからベラの抑えた声。

恐怖に突き動かされ、マイルズは長い廊下を全速力で走った。侵入者がベラを襲ったのだ。

彼女は必死に抵抗しているようだ。

マイルズは飛びかかり、侵入者を彼女から引き離した。体つきと大きさからして男だ。頭からかぶっている白っぽい布をはぎ取る。

そして相手の顎にこぶしを打ちこんだ。男は喉が詰まったような声をあげ、仰向けに床に倒れた。泣き声をあげながら身を縮めている。マイルズは怒りに任せて男の体を引っ張りあげ――驚いて手を止めた。廊下は暗かったが、そのおびえきった顔は判別できた。いとこのオスカー・グレイソンだ。

# 25

ベラが短剣の柄を握りしめ、オスカー・グレイソンの喉元に当てたとき、マイルズがどこからともなく現れていとこに殴りかかった。「まあ、マイルズ！　あなた、ここで何をしているの？」

「それよりあいつはここで何をしている？」彼はいとこから目を離さずに低い声で言った。「それに、なぜこんな布をかぶってきみを襲ったんだ？」

「彼が襲ったんじゃないわ」ベラはいらだった口調で言った。「わたしが襲ったのよ。怖がらせるのはやめてもらおうと思って」

ベラは一時間ほどリネン室に隠れ、細く開けたドアの隙間から廊下をのぞき、幽霊が現れるのを待っていたのだった。ふだんベラの仕事が終わって二階にあがってくる時間になると、予想していたとおり使用人用の階段から人影が現れ、足音を忍ばせて彼女の寝室のほうへ向かった。

ベラはそっと廊下に出て、うしろから人影に飛びかかって喉元に刃を当てた。相手は叫び声をあげた。血を見ることになるから動かないでと警告を発したところにマイルズが暗がりから突進してきて、せっかくの獲物を取りあげたのだ。

「きみを怖がらせるだって？」マイルズが戸惑ったように言った。「なんのために？」

ベラは自分とナンが目にした幽霊のような人影のことを語った。「わたしが怖がってこの屋敷から出ていくように、彼とミセス・グレイソンが仕組んだことだったのよ」

「それは本当か？」マイルズはいとこの襟首をつかんだ。「来い、明かりのあるところで話しあおう」

「うっ」オスカーが哀れっぽい声をあげる。「痛いじゃないか！」

突然、また別の人影が使用人用の階段から飛びだしてきた。青いスカートが衣ずれの音をたてる。ヘレン・グレイソンだった。「主人を放してちょうだい」彼女は叫んだ。「彼に乱暴する権利なんてないはずよ」

「そっちこそ、手荒なことをされないだけ幸運と思え」マイルズが言い返した。

彼女が怒って鼻を鳴らすのを無視して、マイルズはいとこを引きたてるようにして前に進んだ。ベラは自分の寝室のドアを開けた。「どうぞ。暖炉に火も入ってるから」

少し前にナンはさがらせていた。この騒ぎを見せたくなかったからだ。マイルズはいとこを中へ引きずっていき、背のまっすぐな椅子をつかんで絨毯の中央に置くと、そこに座らせた。

ヘレンがそばに駆け寄り、膝をついて夫をなだめた。布をかぶっていたせいで、黒い巻き毛はくしゃくしゃだ。唇の横からは血が垂れている。彼女は自分のハンカチでそっと血を拭き取った。

ベラは短剣をドレスのポケットにしまい、暖炉でろうそくの芯に火をつけると、部屋をまわってほかのろうそくにも火をともした。思わぬ展開に、いささかいらだちを感じながら。家族間のもめ事を引き起こすつもりはなかった。幽霊ごっこでメイドを脅かすのはやめないと後悔することになると、オスカー・グレイソンに警告したかっただけだ。

「主人を殴ったわね」ヘレンが夫の椅子のかたわらにしゃがんだまま、マイルズをにらんだ。「あなたのいとこで、相続人でもある人を！」

「彼がベラにしたことを思えば、それでも足りないくらいだ」マイルズがきっぱりと言った。「幽霊の真似事をしようなんてくだらないことを考えついたのは、どうせきみなんだろう」

ヘレンは口をすぼめた。「ミス・ジョーンズは公爵家の一員ではないわ。異国育ちで素性も知れない。最初から忠告していたでしょう、財産目当てに違いないって」

「では、きみは財産目当てじゃないのか？」マイルズが皮肉な口調で返す。「わたしがベラと結婚して息子をもうけたら困ると思ったのだろう。公爵夫人になる機会が消えるからな」

「わたしはどうなる？」オスカーが割って入った。「わたしには六代目公爵になる権利があるはずだ！」

マイルズは鼻を鳴らした。「ばかな。きみがどう言おうと、わたしは結婚したければ自分の好きな女性と結婚する」

ベラとの結婚も考えているような言い方だったが、それを真に受けるほど彼女は単純ではなかった。マイルズはグレイソン夫妻をやりこめるために、ああ言っただけだ。それに自分がこの場にいないかのように話をされるのもうんざりだった。

「誰も結婚なんてしません」ベラはきっぱりと言った。「それよりみなさんのご希望どおり、わたしは明日、このエイルウィン・ハウスを出ていきます。公爵閣下にいままでのお給料をいただいたら、すぐにでも」

三人がいっせいにベラのほうを振り向いた。オスカーが痣のできた顔でにやりとする。ヘレンは勝ち誇ったように微笑み、マイルズは感情の読み取れない目でベラを見つめた。何か言おうとして口を開けたものの、また閉じて顎をこわばらせた。

マイルズが止めようともしてくれないことに、ベラは胸の痛みを覚えた。けれど、考えてみれば当然だ。彼はヘレンと同じで、ベラが結婚目当てだと思っているのだから。数時間前、はっきりそう言ったではないか。

ベラはヘレンのほうを向いた。「あなたは数日前、わたしの寝室から手紙の束を盗みだしましたね。それを読んだあと、ベッドの下に落としておいた。わたしに誤って落としたと思わせるように」

ヘレンが笑った。「何を言うの、なんの証拠もないくせに」

その見下すような笑みを見て、ベラは思ったとおりだと確信した。ヘレン・グレイソンはまさに、自分に都合のいい情報はないかと人の手紙を盗み読むような人間だ。彼女がこの寝室に無断で入ったと思うと無性に腹が立った。

マイルズが険しい表情で、いとこ夫婦に一歩近づいた。「きみたちのどちらかがオックスフォードのベラの家まで行って、彼女の父親の書類をあさったのか?」

今回はヘレンはぽかんとした顔をした。「オックスフォードですって? どうして社交シーズンの真っただ中にそんな田舎まで行かなくてはいけないの?」

「しかも家だなんて。冗談じゃない」オスカーもかすれた声であざ笑った。「まあ、ミス・ジョーンズがそのあたりの品のない地域出身だと聞いても驚かないがね。何しろわたしの喉元に短剣を突きつけた野蛮人だから――」

「いいかげんにしろ!」マイルズが吠えた。「どれだけベラを侮辱すれば気がすむんだ? ふたりとも、いますぐにこの屋敷から出ていってくれ」

「わたしたちはあなたを守ろうとしただけよ、マイルズ」ヘレンが立ちあがり、夫の肩に手を置いた。「その見返りに、あなたはオスカーを卑怯にも叩きのめしたのよ」

オスカーは殴られた顔に手を当て、うめき声をあげて哀れを誘った。

「ただちに出ていけ」マイルズがドアを指さして怒鳴った。「今後はどちらかひとりでもわたしの許可なしにこのエイルウィン・ハウスに足を踏み入れたら手当を完全に打ち切るから、そのつもりで」

傷が痛むふりも忘れて、オスカーが椅子から飛びあがった。「行こう、ダーリン。こんなところにいて侮辱を受けるのはごめんだ」

彼は妻と腕を組んでベラをじろりとにらみ、寝室を出ていった。マイルズもあとについてドアまで歩き、手を腰に当てて、暗い廊下を遠ざかっていくふたりを見送った。

そして寝室に戻るとドアを閉めた。ベラの体の奥に、心ならずも熱い欲望がこみあげる。いままでは、仕事用の簡素な服を着たマイルズしか見たことがなかった。いま、濃紺の上着に白いシャツ、糊のきいたクラヴァットといういでたちの彼は、たまらなく美男子に見える。わたしのために盛装したわけではないだろうけれど。

「出かけるところだったの？」さりげなくきいた。「だったら、どうぞお出かけになって」

マイルズは絨毯の真ん中で足を止め、じっと彼女を見つめた。「今夜の予定は特にない。きみと話をする以外は」

ベラの心臓が跳ねあがった。この部屋にふたりきりということが強烈に意識される。マイルズはいつにもまして大きく、威圧的に見えたが、それでも彼女はその腕の中に飛びこんで、肩に頭をもたせかけたかった。胸を締めつける緊張を、彼の力でほぐしてほしい。

でもそんなことをしたら、わたしがマイルズを誘惑するためにエイルウィン・ハウスに来たという彼の思いこみを裏づけるだけだ。また罠にかけようとしていると思われてしまう。

マイルズが一歩近づいてきた。「あのふたりはもうきみをわずらわせない。だが彼らがあんなつまらない小細工をしていたことを、なぜわたしに言わなかったんだ？　この屋敷の中で起きることは、すべてわたしの責任なんだぞ」

「彼らの仕業だという確証はなかったのよ」ベラは言い返した。「それにわたしはじゅうぶんひとりで対処できたわ。あなたの助けは必要なかった」

マイルズは反論したそうだったが、ふいに表情をやわらげ、唇をゆがめて苦笑した。

「きみは腕の立つ女性だよ。ことにあの短剣を持たせると。それでもきみを危険から守ろうとしなかったら、わたしは男ではない。きみだって、女性が攻撃されているのに何もしないような男は軽蔑するだろう」

ベラはむっとしたように腕を組んだ。「あなたがそんなことをおっしゃるとはね、公爵閣下。今日の午後は辛辣な言葉でわたしを攻撃したくせに」

マイルズは目をそらし、また彼女に視線を戻した。いとこが座っていた椅子の背に両手を置く。「そのことで謝ろうと思って来たんだ、ベラ。ひどいことを言って本当にすまなかった。あんな意地の悪いことを言うなんて、わたしが間違っていた。許してくれないか？」

突然の謝罪に、ベラは呆然として彼を見つめ返すことしかできなかった。舞踏室での冷ややかな仮面が一転して、誠実な改悛《かいしゅん》の表情に変わっている。なぜだろう？　何かあったのかしら？

耳の奥では、またあの痛烈な言葉が響いている。

〝恥じらうふりをしてベッドに誘い、それから突き放して、欲望が募るように仕向け――〟

ベラはぎこちない足取りで暖炉まで歩き、マイルズのほうに向き直った。

「あなたを誘惑して、祭壇の前に連れていこうなんて考えたことは一度もないわ。あまりにも不当な非難よ。忘れたの？　これ以上……その……しちゃいけないと言いだしたのはわたしのほうだって」さすがに〝愛しあう〟という言葉は口にできず、あいまいにベッドを指し示す。〝愛〟という言葉はふたりの関係において、なんの意味も持たない。ベラにとっても同じだ。ふたりのあいだにあったのは燃えあがるような、けれども許されない情熱だった。いけないとわかっているのに、もう一度あの歓びに浸れたらと願わずにいられない。

マイルズの視線はベラをとらえたままだった。「あのときは衝撃が大きすぎて、まともにものを考えることができなかった。わかった事実からすると、きみがわたしをだましていたとしか思えなかったんだ。だが、屋敷を出てすぐに過ちに気づいたよ。レディ・ミルフォードの家のドアを叩く頃には、自分でもそうわかっていた」

「彼女に会いに行ったの？」

「ああ。彼女におせっかいを焼かれるのは二度とごめんだからな。実は今回がはじめてじゃないんだ」マイルズは椅子の背を放してベラに近づいた。「ともかく、わたしの推測どおりだとわかった。きみは何も知らなかったとレディ・ミルフォードは認めたよ。自分ひとりで計画したことだと」

脚から力が抜けていくのを感じて、ベラは暖炉のそばの椅子に座りこんだ。マイルズはもう怒っていないらしい。それは本当だろう。けれども、あの非難の数々はまだ胸に突き刺さったままだった。「どういう意味？　今回がはじめてじゃないって？」

マイルズはベラの前で足を止め、指で髪をかきあげた。「最初に会ったときに話しただろう、わたしに取り入ろうとする女性が大勢いると。数カ月前、レディ・ミルフォードがここに花嫁候補者を連れてきたんだ。レディ・ベアトリスという名の、学校を出たばかりの退屈な娘だった。この屋敷をどう改装したいかという、くだらないおしゃべりを延々と聞かされたよ。彼女は明らかにレディ・ミルフォードのたくらみに乗り、妻の座を狙っていた。だからきみもそうに違いないと思ってしまったんだ」

腹立たしさを感じながらも、マイルズの気持ちがわからないでもなかった。彼は古代エジプト研究に人生を捧げてきた。けれども女性の多くは、その献身ぶりが理解できない。マイルズを見れば、立派な爵位とこの豪奢な館――結婚すれば自分がここの女主人になれるということ――しか目に入らない。レディ・ベアトリスを連れていったレディ・ミルフォードでさえ、それは同じだった。

実を言えばベラも、マイルズには妻のやさしい愛情が必要なのではないかとひそかに考えていた。ただしそれは、社交界のレディたちが考えるような浅はかな理由からではない。彼は一見ぶっきらぼうだが、その強面《こわもて》な仮面の下はすばらしい男性だから。愛されて当然の人だからだ。でも、それを口にすることはできなかった。そんなことを言ったら、自分が彼に対して愚かな思いを抱いていると告白したも同然になってしまう。

マイルズが椅子の前に膝をつき、彼女の手を取った。「ベラ、頼むから、出ていくなんて言わないでくれ。ここにいてほしい。きみとライラとサイラス――みんな好きなだけ、ここにいてくれてかまわない」

ベラの喉が詰まった。マイルズのあたたかな指の感触に心が溶けていく。絶大な権力の持ち主であるエイルウィン公爵が、自分の前にひざまずいて許しを請うている。あちこちの女性に同じことをしているとは思えない。

でも、どうしてわたしにいてほしいの？　その答えが聞きたくてたまらなかった。マイルズは義務感と、紳士的なふるまいへのこだわりが強い。雇い人に対する不当な扱いに対して償いをしなくては、と思っているだけではないかしら？

それとも、わたしを求めているから？

そう思うと体の奥に火がついた。とはいえ、ふたりに本当の意味の未来があるわけではない。相手が誰であれ、マイルズは結婚は考えていないのだ。以前、結婚という制度への疑問をはっきりと口にしていた。かといって、ベラは愛人になることはできない。弟や妹の名に傷がつくかもしれないからだ。

彼女は手を引っこめ、胸の痛みと困惑を隠して、冷ややかな目つきでマイルズを一瞥した。

「それが賢い選択だとは思えないわ、閣下。やっぱりわたしはオックスフォードに戻るのが一番なのよ」

マイルズがわずかに眉をひそめ、つかのま目をそらした。いかつい顔に焦りが浮かぶ。やがて彼はまたベラに視線を戻した。「少なくとも、もうしばらく待てないか？　まだシーモア卿の書類に目を通していない。よければ今夜から、その作業をはじめたいんだ」

「わたしはライラとサイラスと一緒に夕食をとる約束をしているの」

彼はかすかに口元をゆるめた。「残念ながら、もう遅いと思うよ。さっき図書室に寄ったんだが、ふたりともおなかが空いているようだったから、ベルを鳴らすひもを引けば、使用人が好きなものを持ってきてくれると言っておいた」

「でも、今夜はあの子たちと過ごそうと思っていたのに」

「ふたりは古代エジプトのゲームの遊び方を研究中だ。もう一五歳だぞ、自分たちだけでじゅうぶん楽しめる年頃だよ。適当な時間になったらベッドに入ると約束もした」マイルズは立ちあがり、ベラに手を差しだした。「来てくれ。侵入者がこの木箱の中の何を探していたのか調べたいんだ」

陰りを帯びた視線がじっとベラに注がれた。あれこれ言い訳を探しても無駄のようだ。実際、彼女としてもマイルズとふたりきりで夜を過ごすと思うと胸が高鳴るのは否定できない。

ベラは深く息を吸いこんだ。そんな熱いまなざしで見つめられては抵抗のしようもない。不安を抑えて、彼女はマイルズの手に自分の手を重ねた。


三〇分後、ベラとマイルズは書斎の暖炉の前に並んで座っていた。彼が保管室の鍵を開けて木箱のひとつを取りだし、いまはふたりして中身を調べているところだった。手分けして調べれば早いのかもしれないが、マイルズは何かなくなっているとしたら当然ながらベラにしかわからないと言い、彼女の近くにオットマンを置いた。そして、そこに腰かけて一緒に書類や日誌に目を通していった。

マイルズがすぐそばにいると、ベラは気が散って作業に集中できなかった。彼の手が触れるたびに、体のぬくもりが感じられるたびに、胸がどきどきする。何より、仕事を放りだして彼の腕に抱かれたくてたまらなくなった。

でも、それはできない。マイルズの魅力に屈する危険はじゅうぶんに承知している。もっと苦しい思いをするだけだ。早く仕事をすませてしまったほうがいい。そうしたら、いつでもここを出ていける。

ノートのページをぱらぱらとめくり、父がペルシアの発掘現場で発見したさまざまな遺物の図や、走り書きの描写を見ていった。それらはライラに見つかる前に侵入者が探っていた木箱に入っていた、父が亡くなる直前に書かれたものだった。

「日誌は全部きみが自分で詰めたのか？」マイルズがきいた。「双子も手伝ったのかい？」

「いいえ、実は父が詰めたの。ノートがいっぱいになると木箱にしまって、新しいのを使いはじめたのよ」ベラは口をつぐみ、どうしてこの日誌に興味を持つ人間がいるのだろうと思案した。「ねえ、こんなことをしても無駄なんじゃないかしら。侵入者の狙いは父の日誌ではないかもしれない。単に木箱の中に金目のものがあると思っただけかも……」

マイルズが片方の眉をあげた。「全部見てみないことにはわからないな。ただ、なんとなくこれに関係あるんじゃないかという気がする。きみも同じじゃないのか？」

「どういうこと？」

彼はベラの手を取り、しっかりと握った。ふいに真剣なまなざしになる。

「きみもエジプト関係のものを探っていた。最初は保管室のパピルス。次にアーカイブの書類。何を探していたのか、そろそろ打ち明けてくれてもいいんじゃないか？」

# 26

不意を突かれ、一瞬ベラは肺を締めつけられたように息ができなくなった。マイルズの茶色の目は、まっすぐに彼女の心の中を見透かすようだ。父の言葉が聞こえた。

〝約束してくれ。エイルウィンを探しだせ。地図を見つけるんだ。半分はおまえのもの……ファラオの宝〟

マイルズが彼女の顎をつかんで持ちあげ、揺るぎない視線で目をのぞきこんできた。

「きみは間違いなく何かを探していた。侵入者も同じだ。関連があるに違いない」

「それは考えてみたわ。でも――」彼女は言葉を切った。たったいま、自分も何かを探していたと認めてしまったことに気づく。

「話してくれ」マイルズがやさしく促した。「なんであれ、わたしも力になれるかもしれない」

目をそらすこともできず、ベラは唇を嚙んだ。彼の茶色の瞳はあたたかく、包容力を感じさせる。ふいに何もかも話してしまいたくなった。誰も――弟や妹でさえ、父が死の床で明かした事実については知らない。けれど、いま正直に話すことを拒んだら、二度とマイルズの信頼を得ることはできないだろう。ふたりのあいだの重苦しい空気を一掃したい。本当の目的を隠すために、これ以上作り話などしたくない。お互いにもう秘密などないと思いたい。

ベラは喉のしこりをのみこんだ。「ひとつ約束してほしいの。怒ったり、怒鳴ったりしないと」

先刻のふるまいを悔いているのか、彼はわずかにまつげを伏せた。「約束する」

「わたしが何か目的を持ってエイルウィン・ハウスへ来たというあなたの考えは正しいわ。実際そうなの。ただ、それは父が死に際に、イングランドへ戻ってあなたを探すようにと言ったからなのよ」

「わたしを探せと？」

「ええ。でも、そのときはあなたが誰か知らなかった。レディ・ミルフォードが訪ねてきて、はじめてわかったのよ。父は重い病気にかかっていたのだけど、亡くなる直前、少しだけ意識を取り戻した瞬間があったの」ベッドの脇に座り、父のまぶたが開いて青い瞳が自分を見つめたときのことを思いだし、ベラは喉を詰まらせた。「父はわたしの手を握って、はっきりと言ったわ。〝オックスフォードに帰りなさい。約束してくれ。エイルウィンを探しだせ。地図を見つけるんだ。半分はおまえのもの……ファラオの宝〟」

マイルズは何も言わなかった。彼女が身をこわばらせて反応を待つあいだ、沈黙を破るのは暖炉の火がはぜる音だけだった。彼はベラの真の目的を、花婿探しより悪いと思うかもしれない。盗っ人の烙印《らくいん》を押されるかもしれない。

それでも彼女はあとを続けた。「わたしは宝の地図を探しにここへ来たのよ。贅沢がしたいわけではないけれど、ライラとサイラスを養っていかなくてはならないから。あのときはあなたのことを何も知らなかった。わたしたちに取り分を要求させまいとするかもしれないと思ったの」

マイルズが眉根を寄せた。立ちあがって彼女を見おろす。「つまりきみはずっと、宝の地図を探していたのか？」

「そう。でも、見つからなかったわ」ベラは指を椅子の肘掛けに食いこませた。「パピルスがしまったある保管室に入るのを禁じられたから、アーカイブを探してみようと思ったの。別の書類に混じっている可能性もあるかもしれないし」

彼は机の前を行ったり来たりしはじめた。「王の宝……だが、おかしな話だ。父はすべての遠征の資金を出していた。発掘した遺物をイングランドへ持ち帰るのに、エジプト政府にかなりの金を払ったはずだ。雇い人であるきみの父親に墓室の中身を折半するなんて約束はするわけがない」

そんなふうに考えてみたことはなかった。エイルウィン・ハウスに来たのはまったくの無駄足だったのかしら？「わたしにわかるのは、父が言ったことだけよ。何かしら説明があるはずだわ」

マイルズは暖炉の火を見つめ、考えにふけっている。「わたしは発掘現場で毎日手伝いをしていた。宝の地図なんてものが話に出たことはない。シーモア卿が高熱のせいで何か思い違いをしたということはないか？」

「そんな……そうは思わないけれど。父は自分の言葉がちゃんとわたしに伝わったか、確かめようとしていたわ。わたしはまた明日、話をしましょうと言ったの。でも結局、その夜のうちに亡くなってしまって」

ベラはまばたきして涙を払った。泣いている場合ではない。

じっと座っていられず、彼女は椅子から立ちあがって、行ったり来たりしているマイルズを見つめた。「ハサニの話によると、あなたのお父さまはエジプトへ王家の墓を探しに行かれたとか。そこには黄金の遺物が埋蔵されているという噂だったそうね」

「ツタンカーメンの墓のことだな。だが、その埋蔵品の話はただの伝聞だ。いまのところ裏づけはない」

ベラは夢がしぼんでいくのを感じた。父の最後の望みをかなえられないのはあまりに悲しい。とはいえ、マイルズの顔を見れば、彼も途方に暮れているのがわかる。

手首に触れて、歩きまわる彼を押しとどめた。「お父さまが地図を発見して、あなたには言わなかったということはありえない？　あなたが集めたパピルスの中にないかしら？」

マイルズがゆっくりとかぶりを振る。「あれには隅々まで目を通した。すべてヒエログリフで書かれている。地図のようなものは見たことがない――」ふと表情が変わり、彼はベラのほうを振り返って腕をつかんだ。「シーモア卿はなんと言った？　もう一度、正確に教えてくれ」

ベラは繰り返した。「〝オックスフォードに帰りなさい。約束してくれ。エイルウィンを探しだせ。地図を見つけるんだ。半分はおまえのもの、ファラオの宝〟」

腕をつかむマイルズの指に力がこもった。「きみは最初、そう言わなかった。〝エイルウィンを探しだせ。地図を見つけるんだ。半分はおまえのもの〟そこで間を置いたあと、〝ファラオの宝〟と言った」

「そう、父はそこで間を置いたのよ」思いだして言う。「単にしゃべりづらかったんだろうと思ったわ。衰弱しきっていたから。でも、あえてそこで間を置いたのだとあなたは思うの？」

「そうだ。〝地図を見つけるんだ、半分はおまえのもの〟シーモア卿が伝えたかったのは、きみが半分の地図を持っているということだったんじゃないか？」

その発想にベラは驚いた。「まさかそんな。だとしたら、それはどこにあるの？」

「おそらく木箱にしまったか、日誌のあいだに挟んだんだろう。だがきみが半分持っているなら、わたしが残りの半分を持っていることになる。だからシーモア卿はきみに、イングランドに戻ってわたしを探せと言ったんだ」

「信じられないわ。本当にそう思う？」

「ああ」マイルズの声が活気づいた。「実を言うと、意味が解読できないパピルスの断片があるんだ。来てごらん。見せてあげよう」

彼は燭台を手に取ると、書斎の隣の保管室に入っていった。ベラは興奮を覚えながら、すぐそのあとに続いた。マイルズの推測どおりなのかしら？　ああ、そうであってほしい。

背の高い書棚は、以前ベラがここに忍びこんで彼に見つかった夜とまったく変わりがなかった。あの夜、マイルズはベラを抱き寄せてキスをし、彼女の奥深くに眠っていた欲求を呼び覚ましたのだ。思いだすだけで、また体が熱くなる。

だめよ、おかしなことを考えてはいけない。いまは、いいえ、永遠に。もうしばらくエイルウィン・ハウスにとどまると決めたにしても、結局はいっときのことだ。いつまでもいたら、またしてもマイルズの胸に身を預けたいという誘惑に負けてしまうだろう。彼が結婚に拒絶反応を示すことはわかっていても。

マイルズは部屋の奥まで進み、彼女に燭台を手渡した。「持っていてくれ」

彼は書棚の一番上の引き出しを開け、手のひらほどの大きさの一枚の薄いパピルスを取りだした。それを机まで持っていき、磨き抜かれたマホガニー材の天板の上に慎重に置く。ベラはろうそくの明かりがその脆い紙を照らすよう、燭台をそばに置いた。

パピルスいっぱいにヒエログリフが描かれている。インクは薄れ、あちこちに小さな穴が開いて、紙を作るのに使った草の繊維が見えていた。けれども残念ながら、地形図や道はいっさい記されていない。

マイルズは机から金縁の眼鏡を取りだし、パピルスを入念に調べはじめた。やがて紙の片端を指さして言った。「端がぎざぎざになっているのがわかるか？　ちぎられたあとだろう。

おそらく半分に」

「でも、地図には見えないわ」

「たしかに。だが、言葉や文章はある場所を示しているようだ。右、左、目印など。腰を落ち着けてじっくり解読してみないと正確なことはわからないが、たぶんこのパピルスがシーモア卿の言う地図なのだと思う」

感動して、ベラは思わず彼の腕をつかんだ。「ああ、マイルズ。宝の地図は本当に存在したのね」

マイルズは眼鏡をはずして脇に放るとにっこりした。目つきをやわらげ、彼女の頬を指でそっとなぞる。「しかし、あと半分がないとこれも価値がない。きみの持っている残り半分を探さなくては」

それから一時間、ふたりは三つの木箱をすべて引っ張りだし、何十とある革表紙の日誌やそのほかの書類を調べたが、これまでのところ収穫はなかった。パピルスの断片はどこにも見当たらない。ひょっとしてあいだに挟まっているのではないかとノートも全部のページを開いてみたものの、無駄だった。

作業をしながら、ふたりはエジプトで何があったか仮説を立ててみた。おそらく先代のエイルウィン公爵かベラの父親が、発掘中の墓の中でパピルスを発見したのだろう。そこには宝の詰まった王墓の方角が描かれていると気づき、彼らは安全策として紙を半分に裂いて、片方ずつ持っていることにしたのだ。

最後の木箱を開けながら、ベラはふと頭に浮かんだ恐ろしい考えを口にした。

「マイルズ、この地図があなたのお父さまの死に関係があるということはありうるかしら？何者かが地図を盗むためにお父さまを殺したとは考えられない？」

彼が顔をあげ、ベラの目を見つめた。表情がこわばり、冷ややかになった。

「その可能性はあると思う」

骨まで凍るような恐怖が彼女を襲った。膝に広げたノートのことも忘れるほどだった。

「だったら、父が大急ぎでエジプトを離れた理由もわかるわ。自分も命を狙われるかもしれないと思ったんでしょう。だから母とわたしを夜のうちに出発させたのよ」ベラは言葉を切った。吐き気がこみあげてくる。「でも、マイルズ、父はあなたをひとり残していったのね。殺人者がうろついていると知りながら。どうしてそんなことができたのかしら」

マイルズが励ますように彼女の腕をさすった。「そんなに衝撃を受けることはない。いま気づいたことがある。シーモア卿は地図の半分を持ち帰った。わたしの持つ半分だけでは、なんの価値もなくなったんだ。そうすることで、彼はわたしは守ったんだよ」

「だけど、あなたも一緒に連れ帰ることもできたはずよ」

「そうはいかない。父が亡くなり、わたしはエイルウィン公爵となった。未成年の貴族を誘拐したとなったら、シーモア卿は警察に追われることになっただろう」

マイルズの言うとおりなのかもしれない。父はそのとき最良と思える行動を取ったのだ。

「オックスフォードの家に侵入した人物も、父の持っていた半分の地図を探していたのかしら？　ひょっとして、もう見つけたのかも……」

「ありうるな」彼は苦い顔で言い、木箱からまた別の革表紙の日誌を取りだした。「だからこそ、きみに早くこの地図のことを話してほしかったんだ。わたしたちが相手にしている人間は、すでに一度殺人を犯しているかもしれないのだから」

とはいえ、ベラはこれまでとても秘密を打ち明ける気にはなれなかった。最初からなんとか自力で地図を探しだすと心に決めていたし、彼に邪魔されるのではないかと恐れてもいた。エイルウィン・ハウスを去ると決めたいまになってようやく、話したところで何も失うものはないと思えたのだ。

でも、そうは言えない。だから、ベラはただこう応えた。「犯人はウィリアム・バンベリー・デイヴィスじゃないかと考えたことはない？　彼はエジプトにいたし、地図の噂を聞いて、ひとりじめしたくなったのかもしれないわ。自分ではなく、わたしの父が遠征に参加することになって、ひどく父を恨んでいたでしょう。もしかすると、埋もれたファラオの墓を発見したという栄誉が欲しかったのかも」

「それは考えた」マイルズは日誌を置き、彼女の指に指を絡めた。「ベラ、この件はわたしに任せてくれないか。もし地図が本当に古代の墓の方角を示しているなら、それを手にした者は大きな危険を負うことになる。きみを危ない目には遭わせたくない」

「わたし、自分の身は自分で守れるわ」

彼は小さく笑った。「ああ、それは知っている」ベラの手をぎゅっと握り、親指で手のひらをなぞる。そしてまた真剣な顔になって続けた。「だが、聞いてくれ。きみはこの世の誰より大切な人だ。きみに何かあったら、わたしはどうやって生きていけばいいかわからない」

激しい感情のこもったその口調に、ベラの心臓が跳ねあがった。こちらをじっと見つめるマイルズの瞳は率直で、強い意志をたたえている。ふいに世界が消え失せ、この世にふたりだけになったかのようだった。周囲が寝静まった中、書斎にふたりきり。しかも、身を寄せあうようにして座っている。ベラはたまらなく彼が愛おしくなった。地図も、埋もれた宝も、もうどうでもいい。頭にあるのはマイルズのことだけ。わたしは彼にとってそれほど大切な存在なの？　そんなこと、ありえない夢と思っていたのに……。

「ああ、マイルズ」彼女はつぶやいた。

どちらが先に動いたのかはわからない。だが、気がつくと抱きあっていた。マイルズがやさしく深いキスをする。ベラは体がとろけそうだった。心のどこかでは、許してはいけないとわかっている。けれども彼の腕の中にいると何もかもがしっくり来て、抵抗する気力が失せてしまうのだ。

マイルズの手が背中をさすり、髪をもてあそび、首や耳にそっと触れる。ベラも彼を愛撫したいという欲求に身を任せた。これが現実だと確かめたい。引きしまったウエストとたくましい胸の輪郭を思い起こしながら、上着の下に手を滑りこませる。血が熱くたぎった。まるでわたしたちはあの地図みたい。二枚がひとつに合わさって、ようやく完全なものになる。彼のいない人生は、さぞかしわびしいものだろう。とはいえ、いずれ別れが来ることは避けられない。ふたりは境遇が違いすぎる。彼は高貴な身分。わたしは平民も同然だ。

マイルズがわずかに身を引き、ベラの額にキスをした。彼も自分の欲求に全面的に屈するのが怖いのかもしれない。手のひらで彼女の顔を包みこむと、燃えるようなまなざしで見つめた。「告白するよ、ベラ。わたしはきみを愛している。きみと結婚したい。結婚しなくてはならないんだ」

彼女は震えた。まさか本気で言っているはずがない。「いっときの欲望から、そう言っているだけでしょう」

「たしかにきみには欲望を感じている。当然だろう?」マイルズは親指でベラの濡れた唇をなぞった。「しかしそれだけでは、夜も昼もきみのことばかり考えている理由が説明できない。片時もきみから離れられない理由も。きみのたったひとこと、ほんの一瞥で胸がよじれそうになる理由も」思いをこめた熱っぽい視線が彼女に注がれる。「きみはわたしの妻になるんだ」

夢を見ているに違いない。それともわずか数時間のあいだに、彼の結婚観が劇的に変わったの?

ベラは冗談でかわしてみた。「まあ、マイルズ。〝公爵閣下のひとにらみ〟でわたしを脅かすつもり?」

「きみにイエスと言ってもらうためなら、なんだってするさ」マイルズはそっと手のひらにキスをした。「イエスと言ってくれ。いつもきみにそばにいてほしいんだ」

切ないため息をもらして、ベラは彼の顔に触れた。顎は伸びかけたひげでざらざらしている。「わたしは公爵夫人にはなれないわ。どうしていいかわからないもの」

「ならば公爵領は放棄してしまおう」マイルズはあっさりと言った。「どんなことをしてでも、きみと結婚したい。自分のすべてをかけて、きみの心を射止める努力をするよ。いずれはきみもわたしを愛するようになる」

ベラは驚いて目をぱちくりさせた。「まあ、わたしがあなたを愛していないと――」

彼がベラの唇に指を当てた。「ベッドの中で、きみはわたしを〝マイ・ラブ〟と呼んだ。そのときは希望を抱いたよ。ひょっとしてきみも……と。だが弟のことも同じように呼ぶのを聞いて、あれは単に親愛の情を示す呼びかけなのだと気づいた」またじっと彼女を見つめる。「結婚してくれ、ダーリン、わたしがふたり分の愛情を注ぐよ」

ベラはもうこれ以上、自分を抑えられなかった。思いが胸からあふれだし、思わず彼の首に腕をまわした。「マイルズ、もちろんわたしもあなたを愛しているわ。誰よりも大切な人よ。あなたは何ひとつ変わる必要はないの。いまのままのあなたが大好きだから。ただし、わたしと結婚したら、二度と娼館に足を踏み入れてはだめですからね！」

マイルズがくすりと笑う。顔がぱっと輝いた。「きみがただひとりの女性だ。約束する」

彼はふたたびキスを――今度はもっと激しいキスをした。歓びのあまり、ベラの頭がくらくらしてくるまで。やがてマイルズは立ちあがり、彼女を抱きあげた。

彼の首に腕をまわして笑う。「何をするつもり？」

マイルズの目が期待をこめて輝いた。「ここではちゃんと愛しあえないだろう？　そろそろ公爵の寝室に案内する頃合いだと思ってね。おそらくきみはこの先一生、そこで夜を過ごすことになるだろうから」

興奮のきらめきがあたりに満ちるのを感じながら、ベラは彼にしがみついて首に鼻をすりつけた。抱きあげられたまま廊下に出る。マイルズの足取りはしっかりとして力強かった。この瞬間が現実だなんて、彼が自分を愛しているなんて、とても信じられない。マイルズは寝室に入ると、足で蹴ってドアを閉めた。広い部屋に、明かりはベッド脇に置かれたランプと、暖炉で赤く光る燃えさしだけだ。

マイルズは大きな天蓋付きのベッドにベラを座らせると、ふたたび唇を合わせた。キスをしながら、服を一枚ずつ脱がせていく。やがてひんやりとしたシーツに彼女を横たえた。ベラが伸ばした手を制して言う。「待ってくれ。まずはわたしがきみを歓ばせてあげるよ」

今度ばかりは彼女もおとなしく従った。そもそもマイルズの愛撫に抵抗するのは不可能だ。大きな手が胸、腹部、腿をなぞり、脚へとおりていって、足首のタトゥーに触れる。それからまたあちこちを愛撫しながら上へ戻り、肘から胸の谷間を経て、脚の付け根にたどりついた。そっと脚を押し開き、指で、それから舌で、秘められた場所を甘く攻めたてる。ベラは体に火がついたようになり、身もだえするしかなかった。

歓喜の波が頂点に達した頃、マイルズが身を沈め、彼女の中を満たした。ベラは本能的に背中をそらし、体の奥深くで彼を受け入れた。マイルズとひとつになる――いまこの瞬間、これ以上に自然なことはなかった。彼は一瞬動きを止め、肩で息をしながら、ベラの目を見つめた。その顔は無防備な愛情に満ちあふれ、表情は信じられないくらいにやさしかった。ああ、夢を見ているみたい……。

「ベラ」マイルズがささやく。「きみはわたしのものだ。永遠に」

もはや知りつくした顔の輪郭を、彼女はそっと指先でなぞった。「ああ、誰よりも愛しいあなた」

それ以上、言葉が出てこなかった。マイルズが動きはじめたからだ。まずはゆっくりと。ベラが彼の背中にしがみつくようにして腰をあげ、リズムを合わせると、徐々に動きが速く激しくなっていった。体の中で歓びが砕け散り、波打つように全身に広がっていく。マイルズもまた、彼女の名を呼びながら自らを解放した。

そのあとふたりは汗まみれの体を絡ませて、歓喜の余韻に浸っていた。ベラはマイルズの重みを楽しみ、彼が横にずれると小声で抗議した。マイルズは喉の奥で小さく笑って彼女を脇に引き寄せ、もつれた髪にそっとキスをした。

しばらくとりとめのない話をした。暗黙の了解で、どちらも失われた地図の話はあえて避けていた。いまの甘い気分に現実の世界を入りこませたくないからだ。マイルズはレディ・ミルフォードを訪ねたときの話をした。結婚の意志はないときっぱり宣言したものの、結局あの女性の意のままになってしまったと冗談交じりに語った。「彼女はわたしがきみと恋に落ちることを期待していたと堂々と認めたよ。冗談じゃないと切って捨てたんだが」そう言って苦笑する。「実は彼女の言葉で自分の気持ちに気づいたんだ。きみを愛している、と。きみを屋敷から追いだす結果になったのではと思うと、いても立ってもいられなかった」

ベラはマイルズの肩に頭をもたせかけ、手でぼんやりと胸をさすった。「驚いたわ。あなたが信条を変えるとは思いもしなかった」

「きみを愛していると気づいたら、もうあと戻りできなかった。結婚の誓いで、きみを自分のものにしなくてはと思ったんだ」彼はベラの顎を持ちあげた。「早いに越したことはない。明日にも手配にかかろう」

愛情と幸せが胸にあふれた。これでいいのだ。わたしたちにはお互いが必要なのだから。「ああ、マイルズ。わたし、あなたと結婚したいわ。あなたの妻になりたい」

ふたりの体がまた溶けあった。ゆっくりと、やさしく、愛を確かめあうように。ともに満たされると、マイルズはベラの腕の中で眠った。目を閉じていると、彼はふだんよりはるかに若く、無心に見える。濃いまつげが扇のように頰にかかっていた。厳しい父親と病弱な母親のもとで過ごしたマイルズの孤独な子ども時代を思い、ベラはこれから一生、彼の人生を愛で満たそうと心に誓った。

わたしは失われた宝の地図を探しに、このエイルウィン・ハウスへとやってきた。そして地図の代わりにマイルズを見つけた。彼こそ真の宝だ。宝石や金銀が山と積まれた墓よりも尊い、何より大切な宝。

やがて、ふと冷ややかな現実のつぶやきが至福のひとときに忍びこんできた。何者かがあの地図を探している。そして自分たちは情熱に任せて、あのパピルスを書斎に置きっぱなしにしてしまった。

# 27

ベラは足音を忍ばせて公爵の寝室を出た。ドアの前でいったん足を止め、最後にちらりとマイルズを見る。尽きることのない深い愛情が胸に満ちてきた。彼は大きなベッドで横向きになり、上掛けを引きしまったウエストまでかけてぐっすりと眠っている。ベラが起きだしたとき、わずかに身じろぎしたが、目は覚まさなかった。まだマイルズのそばにいたいという思いを抑えて、彼女は静かに服を着た。

このまま朝まで眠って、暖炉の火をつけに来たメイドや主人を起こしに来たハサニに見つかるのは避けたかった。使用人たちのあいだで話題になるだろうし、噂はほかの屋敷にまで広まるかもしれない。ベラに芳しくない評判が立てば、マイルズの名が汚れるだけでなく、弟や妹にも影響が及びかねない。

そう、だからいまのうちに部屋を出たほうがいいのだ。このまま、ここにいたくても。

意を決して向きを変え、廊下に出た。大理石の床にベラの足音だけが不気味に響く。自分の部屋へ行く前に、用心のためパピルスと父の書類を保管室にしまって鍵をかけておきたかった。

犯人はウィリアム・バンベリー・デイヴィスだろうか？　彼が地図を手に入れようとしてマイルズの父親を殺したの？　そう思うと背筋がぞくりとした。けれど、だとしたらどうしてバンベリー・デイヴィスはマイルズの手元にある地図を盗まなかったのかしら？　ベラの父がエジプトを発ったあと、バンベリー・デイヴィスは実質的にマイルズの後見人のような立場にあった。盗む機会なら、いくらでもあったはずだ。

地図がふたつに裂かれたことを、バンベリー・デイヴィスは知らなかったというのはありうる。ベラの父が完全な地図を持って逃げたと思っていたのかもしれない。

それなら理屈は通る。朝一番にマイルズに話そう。どう対処するかは彼に任せればいい。彼なら警察に連絡して、バンベリー・デイヴィスを殺人罪で逮捕させることもできるはずだ。

ベラは書斎に入った。室内はふたりが出ていったときのままだった。マホガニー材の机の上にはパピルスの断片がのっている。ろうそくの火もまだ消えていなかった。柱時計が時を告げ、ベラはびくりとした。顔をあげて時刻を確かめる。

意外にも、まだ真夜中だった。ほんの数時間のあいだに一生分を生きたような気がする。思わず口元がほころんだ。その数時間で自分の境遇が、夢にも思わなかった方向へと劇的に変わったのだ。今日の午後にはマイルズの非難を浴び、みじめな思いを嚙みしめていた。翌朝にはエイルウィン・ハウスを出ていくつもりだった。

それがいまは、この豪奢な屋敷がベラの終《つい》の住処《すみか》となった。マイルズと結婚し、公爵夫人となって、彼の子どもを産むのだ。ベラはそっと自分の腹部に触れた。すでに命が宿っているということはありうるかしら？　ああ、早くマイルズに息子なり娘なりを産んであげたい。彼がこれまで知らなかった、幸せな家族というものを与えてあげたい。

そんなことを考えているうちにすっかり気分が浮きたち、ベラはハミングしながら三番目の木箱に近づいた。ふたりの気持ちが高まって、最後まで調べなかった箱だ。日誌を二、三冊自分の寝室に持っていき、寝る前に目を通そう。中に手を入れ、数冊のノートを引っ張りだした。そのとき、一番下のノートから何かが滑り落ちた。

折りたたんで封をした紙を拾いあげ、ひっくり返した。手紙かしら？　表書きには父の筆跡による走り書きで名前がふたつ、並んで書かれている。〝ラムズゲート侯爵〟が線で消され、下に〝エイルウィン公爵〟とあった。

ベラはふっと昔に戻り、まだ幼い娘として、父のうしろに立っていた。父はインクの上に吸い取り紙代わりの砂を振りかけてから、指で弾いて払った。もどかしげな声をもらし、ペン先をインク壺に浸して、名前の上に二重線を引く。テントには熱風が吹きこみ、外では陽光がじりじりと照りつけ――。

目をしばたたくと記憶の断片は消えた。ベラは書斎にひとり立ちつくし、赤い封蠟で閉じた手紙を見おろしていた。ラムズゲート侯爵。聞き覚えがあるのは不思議ではない。マイルズがエジプトでそう呼ばれていたのを聞いたことがあるし、父が侯爵に宛てた手紙を目にしたこともある。

どうして父はこれを送らなかったのだろう？　そもそも、いつ書いたの？　先代のエイルウィン公爵が亡くなった直後かしら？　だとしたら説明がつく。父は無意識にいつもマイルズが呼ばれている名前を書いてしまい、そのあと間違いに気づいて、線で消して新たな称号を記したのだ。

ベラは椅子に座り、手紙が挟まれていた日誌を開いた。のたくったような走り書きの文字に目を通すうち、興奮がわき起こってきた。これこそ父がエジプト滞在中に書いた、紛失したと思われていた日誌だ。もっとも、いまは発掘現場での日々について詳しく読んでいる時間はない。

急いでページを繰り、マイルズの持つ半分の地図の片割れとなるパピルスを探した。だが、日誌に挟まれてはいなかった。ベラは焦りを覚えた。この日誌にないとしたら、いったいどこにあるのだろう？

マイルズへの手紙の中だろうか？

彼女は封書をろうそくの明かりにかざしてみた。でも、透けては見えなかった。マイルズを起こしたほうがいいかしら？　それとも朝まで待つべき？

そのときふと、膝の上に広げた日誌に不自然なところがあることに気づいた。革表紙の背がてっぺんのところでわずかにゆがみ、端がほつれている。ベラは指で糸をほどいていき、中をのぞいて息をのんだ。パピルスの断片がちらりと見えたのだ。

急いで残りの糸をほどき、古《いにしえ》の紙を損なわないよう慎重に取りだした。間違いなく地図の残り半分だった。

彼女は椅子から飛びあがると、念のため机に持っていった。震える指でふたつの断片をつなぎあわせてみる。長い時を経て薄くなった象形文字を見つめた。人や動物を描いたものが並んでいる。一番上には、ハサニの首のうしろにあるような小さい目が描かれていた。

喜びがこみあげ、ベラはひとり微笑んだ。ついに地図を見つけた。マイルズもさぞ興奮するだろう。彼が内容を解読すれば、ツタンカーメンと伝説の宝が眠る、誰も知らないファラオの墓の場所が明らかになるのだ。

朝まで待てなかった。マイルズにすぐに知らせなくては。謎が解けた喜びを彼と分かちあいたい。

けれどもベラが向きを変えようとした瞬間、背後に動きがあった。それと同時に鋭い痛みが後頭部を襲った。

そして世界は暗転した。

目覚めてみると、マイルズは大きなベッドにひとりきりだった。片肘をついて体を起こし、暗い寝室を見渡す。家具は黒い影を作り、暖炉では燃えさしが赤く光っていた。夢の中で、どこからかどすんという音を聞いた気がする。あれは自分の心臓の音だったのかもしれない。ベラはいなかった。ドレスも消えている。自分の寝室に戻ることにしたのだろう。

マイルズはふたたびベッドに横になり、頭の下で腕を組んで天蓋を見あげた。心配するまでもない。慎重なベラのことだ、男性のベッドにいるところを人に見られたくなかったのだろう。気持ちはわかるが、マイルズは彼女にそばにいてほしかった。

ベラは自分のことを強くて有能だと自負している。とはいえ、彼女は喉を切られた遺体を目にしていない。発掘現場で父を殺したあと、盗っ人たちは野営地を荒らしまわり、テントに火をつけていった。マイルズは当時六歳だったベラを、燃えあがるテントから引っ張りだしたのだ。

ひょっとすると何者かがあの部族民たちを金で雇い、父を殺させたのではないか？　そんな疑念は当初からマイルズの心にまとわりついていた。証拠があるわけではないが、一番の容疑者はシーモア・ジョーンズと思われた。事件の直後に家族を連れて消えたのだから。いかにも犯人が取りそうな行動だ。

だが、いまになってようやく事情がわかった。シーモア卿は命の危険を感じ、地図の半分を手にエジプトを離れたのだ。

つまり犯人はほかにいるということになる。地図を手に入れようともくろむ何者か。いったい誰だ？　考えられる容疑者はふたり。当時エジプトにいたウィリアム・バンベリー・デイヴィスかハサニだ。

バンベリー・デイヴィスはエジプト遠征からはずされたことをずっと恨んでいた。伝説の墓を発見するという名誉には飛びついたことだろう。だが、ハサニは？　あのエジプト人は長いこと忠実に公爵家に仕えてきた。最初はマイルズの父、そのあとはマイルズに。彼の忠誠心を疑う理由はない。

それでも胃のあたりに居座る不安は消えなかった。ベラに危険が及ぶはずはない、と自分に言い聞かせる。彼女は自分の寝室で眠っているのだ。

何者かが地図を探してベラの家に押し入ったとはいえ、その人物は彼女が地図の存在を知っているとは思っていないはずだ。彼女はマイルズ以外の人間には、その話はしていない。おそらく心配しすぎなのだろう。ベラにここに、この腕の中にいてほしいだけだ。彼女が左手の指に指輪をはめ、祭壇の前で誓いの言葉を述べるまでは、なんとなく安心できないというだけ。あまりに長いあいだ父への義務を果たすことだけを考え、禁欲的な生活を送ってきたせいに違いない。ベラと出会って、はじめて罪悪感から解放された。自分がこれほど深く人を愛せるとは思わなかったが、彼女と結婚するという決断に間違いがないことだけは自信を持って言える。

目を閉じて、もう一度眠ろうとした。しかし無理だった、地図のことがどうしても頭を離れない。ベラがもっと早く話してくれていたらよかったのに。もっとも、話せなかった理由はわからなくもない。今夜まで、彼女がマイルズに心を許す理由もなかった。

上掛けをはねのけ、起きあがって床からズボンを拾いあげた。書斎に鍵をかけてこなかった。地図が盗まれる危険は冒せない。

ふと、ハサニのことを思いだした。あの従者の何かが、ずっと心に引っかかっている。ハサニは前日、体調を崩していた。オックスフォードまで出向き、ベラたちの家に何者かが侵入してシーモア卿の書類をあさっていたと聞いた日の朝、現れなかった。

犯人はハサニなのか？　病気というのは不在の言い訳か？

夕方、ハサニがマイルズの上着にブラシをかけていたときの動きは、どことなくぎこちなかった。マイルズはベラにどう謝ろうかとそればかり考えていたので、そのときはあまり深く考えなかった。だが、なぜぎこちなく見えたのか、ようやくわかった。ハサニは右ききだ。それなのに左手でブラシをかけていた。だから動きが不自然だったのだ。

マイルズは胸騒ぎを覚えた。ライラは侵入者を短剣で切りつけた。あとで刃に血がついていたと言っていた。ハサニは右腕を傷つけられたのだろうか？

答えを知る方法はひとつしかない。

急いでシャツを着ると、マイルズは大股でドアに向かった。廊下に出た瞬間、遠くから音が聞こえてはっとした。ガラスの割れる音だった。


気がつくと、あたりは真っ暗だった。ベラは最初、自分がどうしてかたい床に横たわっているのかわからなかった。後頭部がずきずきする。やがて書斎にいて、背後に動きを感じたことを思いだした。そのあとは……何も覚えていない。

周囲を見まわしながら、ゆっくりと体を起こした。そっと頭のこぶに触れる。ここはどこだろう？

何かが背骨に当たった。手を伸ばすと丸い取っ手に触れた。手を上に動かしてみる。同じような突起がいくつもあった。おそらく引き出しをなぞっているのだ。

書斎の隣の保管室の中らしい。でも、ドアはどこかしら？

明かりも窓もない暗闇で、何も見えなかった。書棚に沿って這うように進む。やがて角を曲がると、かすかに四角い光が見えてきた。

ドアだ。

ベラはゆっくりと立ちあがった。頭がくらくらする。ゆっくりと前に進み、ドアの取っ手に触れた。まわしてみたが、ぴくりとも動かない。鍵がかかっているのだ。

こぶしを握ってドアを叩いた。その音が頭にがんがん響く。「マイルズ！」

彼が目を覚まし、ここから出してくれるだろう。とはいえ、寝室を出るときにドアはきっちりと閉めてしまった。それに公爵の寝室からこの書斎までは、かなりの距離がある。声がマイルズに聞こえる見込みは薄い。けれど、叫ぶ以外にどうしたらいいかわからない。

もう一度、今度は力いっぱいドアを叩いた。そして声をかぎりに彼の名を呼んだ。

だが、書斎からはなんの音も返ってこなかった。この屋敷の中で目を覚ましているのは彼女ひとりらしい。

額を木製のドアにもたせかけた。わたしを閉じこめたのは誰だろう？　たぶん後頭部を打たれ、意識を失ったところをこの部屋に引きずってこられて、鍵をかけられたのだ。ウィリアム・バンベリー・デイヴィスが暗闇に紛れて屋敷に戻ってきたのかしら？　もう宝の地図を手に入れたの？

ふいに足音が聞こえて、鍵がかちゃかちゃと鳴った。ドアが開き、ベラは突然の明るさに目をしばたたいた。助けに来てくれたのはマイルズではなかった。

白いローブ姿のハサニが、ガラス製のオイルランプを手に立っていた。

「ミス・ジョーンズ！」浅黒い顔に心配そうな表情を浮かべて言う。「ドアを叩く音が聞こえたので。大丈夫ですか？」

「誰かがわたしの頭を殴って、ここに閉じこめたの」ベラはハサニの脇をすり抜け、机に駆け寄った。しかし、二枚のパピルスは消えていた。「ああ、なんてこと。ねえ、ミスター・バンベリー・デイヴィスを見かけなかった？　すぐにマイルズを起こさなくてはいけないわ」

「その必要はありません」ハサニが請けあった。「公爵閣下は状況を把握しておられます」

「把握してる？」

「そうです。少し前、閣下はミスター・バンベリー・デイヴィスがこの書斎をうろついているところを発見し、地下のワイン貯蔵庫に閉じこめました。そしてわたしに地図を取ってくるよう命じられたのです。そうしたらドアを叩く音が聞こえたという次第で」

「じゃあ、あなたが二枚のパピルスを持っているのね？」

ハサニはローブの脇をぽんと叩いた。「地図はここ、わたしのポケットに入っています。さあ、公爵閣下のところへご案内しましょう」

エジプト人の従者はランプを手に書斎を出て、主翼に続く廊下を進んだ。ベラはのろのろとあとに続いた。いまだに頭が痛み、気分が悪い。

ハサニはいらだっているようだった。ベラの少し前をせかせかと歩き、ときおり振り返っては彼女を急かした。ベラはふと、彼の首のうしろにあるタトゥーに目を留めた。地図に描かれていたのと同じ図柄だ。どういう意味があるのだろう？

角を曲がり、また別の長い廊下に差しかかったところできいてみた。「閣下は地図のこと、なんと言っていたの？」

ハサニが振り返る。ランプの明かりが顔にくっきりと影を作った。「ツタンカーメンの墓の場所が、ヒエログリフで書かれているということだけです。その墓は何千年ものあいだ、砂漠の砂に埋もれたままだとか」

ベラは妙だと思った。マイルズは、じっくり解読してみないと正確なことはわからないと言っていた。「あなたは前に言っていたわね、公爵閣下のお父さまはツタンカーメンの墓を探していたと。でも……ミスター・バンベリー・デイヴィスはどうやって地図のことを知ったの？」

ハサニの顔が陰った。「あの男は欲に突き動かされていました。死者への敬意などかけらもなく、なんでもかんでも首を突っこんでいた。墓に押し入ってファラオの眠りを妨げ、少年王が死後の世界で必要とする品々を盗むことしか頭にないのです。ツタンカーメンの墓がイングランド人のくずに略奪されるなど、あってはならないことです」

その口調に表れた憎悪の深さに、ベラの肌はぞくりと粟立った。ふたりのあいだに明らかな敵意が存在するのは、以前にも目の当たりにした。バンベリー・デイヴィスがミイラの分析にかかっているとき、ハサニはその干からびた肉体に祈りを捧げるべきだとして譲らなかった。まるで古代エジプトの司祭のように……。

ハサニがドアの前で足を止めた。そして暗い目つきでベラを見つめた。

「あなたがパピルスの残り半分をイングランドに持ち帰らなければよかったのにと思わずにいられません。ツタンカーメンの眠る場所には、誰ひとり入ってはならないのです」

どうしてハサニは父が地図の半分を持っていったことを知っているの？　マイルズが話したのかしら？

ベラの戸惑いをよそに、ハサニは腕を伸ばしてドアを開けた。ゆるい袖がめくれて、右の前腕に巻かれた布がちらりとのぞいた。

彼はワイン貯蔵庫におりる狭い木製の階段をおりるよう、手ぶりで示した。

「お先にどうぞ、ミス・ジョーンズ。閣下がバンベリー・デイヴィスをとらえています。長らくお待たせするわけにはいきません」

ベラの胸に冷たい恐怖が広がった。あの布。あれは包帯？

ライラは短剣で侵入者に切りつけたと言っていた。ベラははっと気づいた。バンベリー・デイヴィスが犯人と決めつけていたのは間違いだった。

犯人はハサニだ。

マイルズは貯蔵庫にはいない。これは罠だ。はめられるところだった。

ベラは額に手を当て、壁に寄りかかった。「階段をおりるのは無理そうだわ。頭を打たれたせいで、ひどくめまいがするの。あなただけ、おりていってくれないかしら」

もう片方の手をひそかにスカートの脇へ滑らせ、短剣を探す。けれどもポケットは空だった。意識を失っているあいだに抜かれたのだろう。

「行きましょう」ハサニが有無を言わせぬ口調で言った。「わたしが手を貸しますから」

身を寄せてくる彼に、ベラは思いきりこぶしを突きだした。こぶしはけがをした右の前腕を直撃した。

ハサニが痛みにうめき、左手に持っていたランプを取り落とした。ガラスが割れ、こぼれたオイルに火がついて、大理石の床の上に筋状の炎があがった。

ベラは向きを変えて逃げようとしたが、ハサニが無傷なほうの腕を伸ばして彼女をつかみ、開いたドアへ押しやった。その腕は驚くほど筋肉質で、力が強かった。彼はわたしを殺す気だ――急な階段の下へ突き落とそうとしている。

ベラは悲鳴をあげた。自分の声が廊下に反響する。腕を振りまわし、もがきながら、ハサニを蹴りつけた。けれどもスカートが邪魔になった。彼はものすごい力で、少しずつベラを階段のほうへ押しやっていく。渾身《こんしん》の力にゆがんだ顔は冷酷そのものだった。

突然、体にかかる重みが消えた。燃えるオイルの明かりが、がっしりした大きな体を照らしだした。

マイルズ！

獰猛なうなり声をあげ、マイルズはハサニを自分のほうへ向かせると、思いきり顎を殴った。エジプト人の従者はのけぞり、壁にぶつかった。体を折って苦しげにうめく。マイルズは攻撃の手をゆるめなかった。駆け寄って、ハサニの胸倉をつかむ。「父を殺したのはおまえだな、そうなんだろう！」

不気味な明かりを受けて、ハサニの顔は邪《よこしま》な誇りをたたえていた。「先代の公爵閣下はツタンカーメンの――太陽神ラーの御子《みこ》であられる王の墓を暴こうとしていたのです。許されることではありません、決して！」

「なんてやつだ！　王の墓がなんだというんだ！」

マイルズがふたたびこぶしを突きだしたが、ハサニは無傷なほうの腕で防いだ。激しいもみあいになり、ハサニが隙を見てナイフを取りだした。刃がきらりと光る。

「マイルズ、気をつけて！」ベラは叫んだ。

彼は身をかがめ、ナイフを叩き落とした。床を滑っていくナイフを、ベラはすばやく拾いあげた。柄をしっかりと握って振り返る。ちょうどハサニがマイルズの手を振りほどいたところだった。

エジプト人の従者は炎に突進した。そして腕を突きだし、二枚のパピルスを燃える炎の中に投げ入れた。

地図が！

ベラは前に飛びだしたが、すでに手遅れだった。パピルスはたちまち燃えあがり、一瞬にして黒い灰になった。

それと同時に、ハサニが焦りのせいか、自分のローブを踏みつけて横によろめいた。そして開いたドアの向こうへと倒れかかった。必死に腕を振りまわしたが、そのままあえなく階段の下の暗がりにのみこまれていった。

貯蔵庫の床に激突する、恐ろしい音が響いた。

マイルズが急いで階下へおりた。しばらくして戻ってくると、ベラを腕に抱き、髪に唇を押しつけた。心臓が激しく打っている。「終わったよ」彼はささやき、ベラの顔をあげさせた。「彼はもう、きみに危害を加えることはない」

彼女は身震いした。ナイフを落とし、マイルズに腕をまわしてしっかりとしがみつく。体のぬくもりがうれしかった。「ああ、マイルズ、彼はわたしを殺そうとしたの――そしてあなたのことも。王の墓を見つけさせまいとしていたのよ」

彼はベラを抱く腕に力をこめた。「間に合ってよかった。きみの悲鳴を聞いたとき、遅かったかと思ったよ」

かたい胸に手を当てて、彼女は悲しげにマイルズを見あげた。「でも、地図は燃えてしまったわ。なくなってしまったのよ」

彼は大理石の床でいまだに燃えている炎を見やった。けれども意外なほど落ち着いて、ベラの頰からやさしく髪を払った。「たいして残念だとも思わないよ。あの地図はあまりに多くの悲しみと不幸を生んだ。わたしの父を死に追いやり、きみとシーモア卿を長い逃亡生活へと追いこんだんだ」

「でも……あなたは研究者でしょう。その墓は世紀の大発見だったかもしれないのに」

マイルズが大きな手でベラの顔を包みこんだ。茶色の目に浮かぶ深い愛情に、彼女は全身が熱くなった。「ベラ、愛しい人。きみの身の安全のほうが、わたしにとってはファラオの墓より何倍も大切だ。当然だろう？　きみがいてくれるかぎり、宝は永遠に埋もれたままでかまわない」

# 28

翌朝、ベラは図書室で彼女のきょうだいと会話に興じているマイルズを見つけた。三人は台座にのった地球儀のまわりに集まっている。ライラとサイラスは自分たちの育ったペルシア南部の山脈がどこにあるかを説明し、代わりにマイルズはエジプトの、多数の遺物が発掘された王家の谷の場所を指し示した。

三人が――この世で自分がもっとも愛する三人が一緒にいるのを見て、ベラは胸が熱くなるのを感じた。黄色いドレスを着たライラはどこまでも可憐で愛らしく、ひょろりと背の高いサイラスはマイルズの堂々とした姿勢を真似て、精いっぱい肩をそびやかしている。マイルズはといえば、暗褐色の髪がいつものようにいくぶん乱れ、白いシャツに覆われた胸は広く筋肉質だ。表情はくつろいでいて、幸せそうだった。

ベラは輪に加わると、大胆にもマイルズのウエストに腕をまわした。その仕草を見て、ライラとサイラスが仰天した顔をする。ベラがふたりを口もきけないほど驚かせるなんて、はじめてのことかもしれなかった。

彼女はマイルズを見あげた。「わたしたちのこと、ふたりに話した?」

マイルズの唇が弧を描き、とろけそうなほど魅力的な笑みを作った。「きみを待っていたのさ、ダーリン」それからライラとサイラスに向かって言う。「きみたちの姉上は、わたしの妻になってくれると約束した。手配ができ次第、結婚する予定だ」

双子は目を丸くして、しばし無言でマイルズとベラを交互に見やった。だが、やがて一気に質問がはじまった。

「結婚式はするの？」ライラが目を輝かせて尋ねる。「すてきなウェディングドレスを着るんでしょう、ベラ。わたしもきれいなドレスが着られるかしら？」

「つまり、ぼくたちはずっとここに住むってこと？」今度はサイラスがきく。「ここがぼくたちの家になるの？　食べるものが欲しいときは、いつでもベルを鳴らしていい？」

「ああ、いいよ」マイルズは笑いながら言い、少年の肩を叩いた。「ところで、しばらく姉上とふたりきりにしてもらえないかな。彼女に見せたいものがあるんだ」

マイルズはベラの指に指を絡めて図書室を出ると、廊下を歩いて近くの控えの間に入った。広く豪華なしつらえの部屋で、金箔張りの椅子やソファが置いてある。たしか最初にこのエイルウィン・ハウスを訪れたとき、ここで待つように言われた。ところがベラはマイルズに会うため、ひそかに従僕のあとをつけていったのだった。

あらためて見ると、その部屋にはエジプトの遺物がいくつも展示してあった。神々をかたどった見事な彫刻の数々。けれどもマイルズはそれらの前で足を止めることなく、ベラを暖炉の前まで連れていった。大理石の暖炉の上には巨大な絵がかかっていた。

深紅のケープに毛皮の襟をつけた、茶色い髪の堂々とした男性の肖像画だった。片手に剣、もう一方の手には笏を持っている。そのいかめしい表情は、マイルズの〝公爵閣下のひとにらみ〟を彷彿《ほうふつ》とさせた。

ベラは彼のほうを振り返った。「似ていらっしゃるわ。あなたのお父さま？」

「そう、第四代エイルウィン公爵だ」マイルズはしばし肖像画を見つめた。その顔には後悔と悲しみがにじんでいる。「何年ものあいだ、わたしは父のことで自分を責めてきた」

ベラは彼の肩に顔をもたせかけた。「あなたのせいではないわ。もうわかったでしょう。すべてはあの地図のせいだったの。ハサニはファラオの墓が発見されるのを、なんとしても阻止しようとしていた。たぶん自分のことを、古代エジプトの司祭か何かのように考えていたのね」

マイルズの表情が陰った。「父を殺した男が何年間もこの屋敷で暮らしていたなんて、いまでも信じられない。しかもあいつはきみを襲った――」吐き捨てるように言うと、ベラの後頭部をやさしく撫でた。「今朝は具合はどうだ？　頭はまだ痛むか？」

「もう大丈夫よ。それより、すべて解決して気分がいいわ」

マイルズは彼女のウエストに腕をまわし、自分のほうへ引き寄せた。

「真実を明らかにしてくれて感謝しているよ。きみはわたしを罪悪感から解放してくれた。これまでは父を前にすると悲しみと後悔ばかりがこみあげたが、いまでは愛情と尊敬を感じられるようになった」

ベラはポケットに手を入れて手紙を取りだした。マイルズに心の平和を与えてくれる内容であることを祈りながら彼に渡す。「忘れるところだったわ。ゆうべ、日誌に挟まれていたこの手紙を見つけたの。あなたのお父さまが亡くなられたあと、父があなたに宛てて書いたものだと思うのよ。どうして送らなかったのかはわからないけれど」

マイルズは表書きにふたつ並んだ名前を見おろした。〝ラムズゲート侯爵〟が消され、その下に〝エイルウィン公爵〟と書かれている。ゆっくりと裏返し、親指で封を切った。

マイルズがひとりで読めるよう、ベラは離れようとした。けれども彼に引き止められた。

「眼鏡を持っていないんだ。代わりに読んでくれないか？」ベラをソファへと導き、体が触れあうほど近くに並んで座る。そして手紙を開いて彼女に渡した。

戸惑いながらも、ベラは父の言葉を声に出して読んだ。

「〝親愛なるラムズゲート侯爵へ。エイルウィン公爵が亡くなり、言葉にできないほどの悲しみを感じています。公爵はすばらしい方でした。あなたを深く愛しておられました。あまりにも誇り高いがゆえに、そうした感情を示すことはめったにありませんでしたが。高い地位にふさわしい厳格なふるまいをすること、あなたを正しく教育すること、自身が強く高潔な指導者としてあなたの手本となること——お父上はそれらを尊い使命と心得ていらしたのです。ただ、あなたが学問探求に強い興味と情熱を注いでおられることが、お父上にとってどれほど誇らしく、喜ばしかったか、それだけはおわかりいただきたいと思います。

しかしながら、そのエイルウィン公爵の死がわたしの肩に重くのしかかっていることを告白しなくてはなりません。先週、わたしは発掘現場である発見をしました。パピルスに描かれた地図です。そのことはお父上とわたししか知りません。その地図が、邪悪な心にひそむ欲をかきたてることが容易に想像されたからです。わたしたちは安全のため、地図をふたつに裂きました。それでも何者かに知られたのでしょう。あなたに危険が及ぶのを防ぐため、あえてこれ以上は説明しません。どうぞご理解ください。わたしはただちにこの地を去らなくてはなりません。地図の半分を手に家族を連れて、エジプトを出ます。それがあなたの身を守ることにもなるでしょう。永遠の愛情と敬意をこめて、シーモア・ジョーンズより〟

ベラが見あげると、マイルズの瞳は涙で潤んでいた。マイルズは目をそむけたが、ベラは彼を引き寄せ、慰めるように背中をさすった。

「父はあなたが地図のことを知っては危険だと判断したのね」小声で言う。「だから手紙を送らなかったんだわ。もし知ったら、あなたはお父さまを殺した犯人を突き止めようとしたでしょう。そうしたら、逆に殺されていたかもしれない」

マイルズが身を引き、真剣な顔でベラを見つめた。「実を言うと、わたしは最初から父は殺されたのではないかと疑っていた。今度はわたしが、いまから話すことを聞いても怒らないでほしいとお願いするほうだ」

「なんなの？」

マイルズは手紙を脇に置き、彼女の手を取った。「ベラ、わたしは長いこと、犯人はきみの父親ではないかと疑っていた。信じたくはなかったが、シーモア卿が急にいなくなった理由がほかに考えつかなかったからだ。そこへ突然、きみがこの屋敷を訪ねてきた。きみを雇ったのは、真実を明らかにできるかもしれないと思ったからなんだよ」ベラの手を持ちあげてキスをする。「許してくれるかい？」

彼女はやさしく微笑んだ。「どうりで、父のことをあれこれきいてきたわけね」

「シーモア卿を疑うなんて、わたしのことが嫌いにならないか？」

ベラは大きく首を横に振った。「どれも過ぎたことよ。もう関係ない。ただ、あなたが最終的にすべての真実を知ったことをうれしく思っているわ。父はあなたを愛していたし、あなたのお父さまもあなたを愛していた。結局、ふたりはあなたにとって一番いいと思う道を選んだのよ」

マイルズは微笑みながら、彼女を引き寄せた。「一番といえば、廊下を忍び足で歩いているきみを見つけたあのときが、わたしの人生で一番幸運な瞬間だったと言えるな」

「わたしを〝公爵閣下のひとにらみ〟でにらんだけれどね」

「ところが、きみはまったく怖じ気づかなかった」彼がベラの首筋を指でなぞる。彼女の体に熱いものがほとばしった。「あのときからすでに、わたしはきみに恋していたのかもしれない」

マイルズの顔が愛情をたたえてやわらいだ。その表情を見るといつも、ベラはかぎりない喜びに包まれる。彼の胸に身を預け、速い鼓動を肌に感じて幸福感に浸った。

「わたしにとっての一番は、書斎ではじめてあなたに抱かれてキスされたときかしら。あんな歓びがあるなんて思ってもみなかったわ。ああ、マイルズ、あなたを愛してる。本当に愛しているわ」

「わたしも愛している」マイルズは茶色の瞳をいたずらっぽくきらめかせて言った。「これから毎晩、いまが一番幸せだと思ってもらえるよう努力するよ」

## 訳者あとがき

オリヴィア・ドレイクの《シンデレラの赤い靴》シリーズもいよいよ四作目となりました。今回の主人公たちは、英国貴族の娘でありながら中近東やアジアで育ったヒロインと、前作でベアトリスがご執心だったエイルウィン公爵です。

ベラは幼い頃に考古学者である父親について外国へ渡り、中近東やアジアを旅しながら暮らしていました。しかし父親がペルシアで病に倒れ、〝オックスフォードへ帰りなさい。エイルウィンを探しだせ。地図を見つけるんだ。半分はおまえのもの……ファラオの宝〟という謎めいた言葉を遺して息を引き取ります。ベラは父の最期の願いをかなえるため、はるばるオックスフォードへ帰郷します。

そこに訪ねてきたのがレディ・ミルフォード。彼女の勧めにより、ベラはエジプト学者のエイルウィン公爵のもとでキュレーターの仕事をすることになります。ベラにとっては地図を探す願ってもないチャンス。けれどもエイルウィンは傲慢で気難しく、おまけにベラの父親に深い恨みを抱いているようで……。

エイルウィンは野獣と呼ばれる孤高の公爵で、暗い過去にがんじがらめになっており、仕事だけを生きがいにしていました。一方、ベラは家族愛には恵まれていましたが、子どものころに母親を失ってから年の離れたきょうだいの世話に明け暮れ、父まで亡くしたあとは、慣れない土地で、生活に対する不安やきょうだいをひとりで育てる重圧を感じていました。そんなふたりが出会い、最初は反発しあうものの、次第に大事な存在へと変わっていきます。愛情深いベラがエイルウィンの心を解きほぐして孤独を癒し、またベラは新たな支えを得て、ようやく自分の幸せを見つけるのです。

ツタンカーメンの墓が実際に発見され、数々の副葬品が発掘されたのは、この物語の時代から一世紀近く経った一九二二年のことです。その直後に、発見者であるハワード・カーターを支援していたカーナヴォン卿や関係者が次々と急死したため、〝ファラオの呪い〟と呼ばれるようになりました。また、二〇一五年には隠し部屋が発見され、そこにツタンカーメンの義母であるネフェルティティ王妃が埋葬されている可能性があると判明し、調査が進められています。尽きることのない謎は、いまもなお人々を引きつけてやみません。

さて、《シンデレラの赤い靴》シリーズですが、本国では二〇一六年の五月に五作目が出版されます。今度のヒロインはまたがらりと趣向が変わって、コヴェント・ガーデンの女優です。どんな物語が繰り広げられるのか、また本シリーズがどう発展していくのか、楽しみに待ちたいと思います。

二〇一六年七月

ライムブックス

# 魔法《まほう》がとける前《まえ》に公爵《こうしゃく》と

著　者　オリヴィア・ドレイク
訳　者　水野麗子《みずのれいこ》

2016年8月20日　初版第一刷発行

発行人　成瀬雅人
発行所　株式会社原書房
〒160-0022東京都新宿区新宿1-25-13
電話・代表03-3354-0685　http://www.harashobo.co.jp
振替・00150-6-151594
カバーデザイン　松山はるみ
印刷所　図書印刷株式会社

落丁・乱丁本はお取替えいたします。
定価は、カバーに表示してあります。
 ISBN978-4-562-04486-3 Printed in Japan